民國文化與文學^{研究}文叢

七 編

第 19 冊

帝國的榮耀與沒落
——《申報》對晚清軍事的構建及想像（中）

易 耕 著

國家圖書館出版品預行編目資料

帝國的榮耀與沒落——《申報》對晚清軍事的構建及想像
（中）／易耕 著 — 初版 — 新北市：花木蘭文化事業有限公司，
2017〔民 106〕
目 6+162 面；19×26 公分
（民國文化與文學研究文叢 七編：第 19 冊）
ISBN 978-986-485-249-9（精裝）
1. 中國報業史 2. 晚清史
820.9   106013223

ISBN-978-986-485-249-9

9 789864 852499

民國文化與文學研究文叢
七 編 第十九冊   ISBN：978-986-485-249-9

帝國的榮耀與沒落
——《申報》對晚清軍事的構建及想像（中）

作　　者　易　耕
總 編 輯　杜潔祥
副總編輯　楊嘉樂
編　　輯　許郁翎、王　筑　美術編輯　陳逸婷
出　　版　花木蘭文化事業有限公司
社　　長　高小娟
聯絡地址　235 新北市中和區中安街七二號十三樓
　　　　　電話：02-2923-1455／傳眞：02-2923-1452
網　　址　http://www.huamulan.tw 信箱 hml810518@gmail.com
印　　刷　普羅文化出版廣告事業
初　　版　2017 年 9 月
全書字數　625222 字
定　　價　七編 31 冊（精裝）新台幣 58,000 元

帝國的榮耀與沒落
——《申報》對晚清軍事的構建及想像（中）

易耕　著

目

次

下　冊

第 4 章 「中西優劣說」[註1]
——帝國所在的世界

　　依照發生的地域，軍事新聞可分為國內、內外和國外三類。本書一、二章涉及國內，第三章講述內外。由國內到內外，進而過渡到國外，是謀篇佈局的正常邏輯。在本章，話題就是《申報》對國外軍事新聞的報導。國外這個概念，涵蓋了除中國之外的所有國家。從本書寫作角度，一是無法全部涉及，二是即便想涉及，《申報》也未必能提供足夠的史料。因而，本章抓住一些有代表性的重點國家、地區和事件，實現管窺全豹。在第一節，先從中國的鄰國——日本開始。

4.1　《申報》視野中的日本軍事

4.1.1　器物和制度的全面學習——《申報》視野中的日軍近代化

　　中日兩國同在東亞、文化同根同源、同被洋人叩關，更是同在十九世紀後半葉開始了向西方學習的歷程。清廷的洋務運動與日本的明治維新幾乎同時，但卻同途殊歸。細緻考究起來，洋務運動與明治維新的「途」也並不相同，故而「歸」之不同也源於此。西學路途之異，兩國異在何處？本書研究時段的《申報》就提供了一些蛛絲馬蹟。雖然僅是軍事的角度，但也值得梳理和考量，引發人們深思了。

〔註 1〕 摘自《申報》1876 年 03 月 10 日 01 版社論《書中西優劣說後》的標題。（2016 年秋記）

　　亞洲有中、俄兩大國，但與俄國地跨兩洲且歐洲部份較先發達不同，中國歷來屬於東亞且佔據了這一地區的最大面積。領土上的地大物博，文化上的源遠流長，使中國成為歷史上這一地區的最大影響力。日本、朝鮮和東南亞的許多國家，都屬於中國文化圈，深受儒家思想形態的影響。四民社會、開科取士、三綱五常、仁義禮智，被作為一個普遍的價值觀得到遵循。有利也，有弊也。「君子不器」的社會風尚嚴重壓抑了「雕蟲小技」的發展和演進。當走出中世紀的歐洲用堅船利炮威脅中國時，器物上的落後才被東亞地區所感知。

　　按照傳統的理解，東方人強調安土重遷、心靈修養、精神體驗、參禪悟道，西方人注重海洋拓展、科學技術、新教倫理、資本契約。中國作為東方文明的代表，對西方文化長期保持居高臨下的姿態，中央之國和四周蠻夷的歷史意識長期延續。即便到了晚清，軍事上冷兵器對熱兵器的失敗在清廷官員和思想家看來也不是文明的失敗，而是「技」、「術」這兩課需要補。「師夷長技以制夷」，這個口號得到清廷士大夫的廣泛支持，也說明了他們對儒家文化的自信。綜觀本書研究時段的《申報》，大聲疾呼開洋務、興西學者眾，搖旗吶喊「打倒孔家店」則無。

　　日本則不然。日本不在東亞核心的位置決定了它受到中國的輻射影響，一旦這個輻射的源頭有異動，日本就見異思遷了。由於日本歷史短於中國，思想哲學淺於中國，所謂「包袱」比較輕，加之民族性等其它原因，於是造就了日本「師夷」的另一種學習態度。《申報》恰好提供了將抽象問題具體化的條件，本書研究的軍事領域恰好提供了具體問題具體分析的極佳視角。因為西方打敗東方自軍事始，東方學習西方也自軍事始。日本軍事領域的革新，是怎樣的？

　　與中國一樣，日本也從西方買軍艦：

　　　　智利、秘魯兩國構兵之時，智國曾在英國定造一兵艦，以備折衝之用。及船既造好，而兩國皆已罷兵，此船亦無所用之。近為日本人購去，……此船用鋼包裹，堅固無比。……船上置□炮二尊，炮彈之大約有十寸。又有小炮八尊。每晚點電氣燈表裏通明。〔註2〕

　　與中國一樣，日本也自建船塢仿造軍艦：

　　　　惟目下正當擴充海陸兩軍之際，僅有橫須賀及長崎兩船廠不敷

─────────────
〔註2〕《日人購船》，《申報》1883年08月30日02版。

製造，是以擬就西海道擇一良地添築。……擬將前與外國人所買神戶之紀魯米船廠遷至廣島鎮相近之處，因神戶舊址本可造船，惟船渠太淺且風浪過激不能兼修船隻，故此次派員前赴該處查勘基址也。〔註3〕

與中國一樣，日本也從國外進口槍炮：

日廷近在美國購買槍炮藥彈多不可計，……日本欲向英購辦炮械及水雷船等，已聞先購定克虜伯大炮。〔註4〕

與中國一樣，日本也修鐵路為運兵之用：

日本前從箱館闢一火車路直達東京，行人稱便，經本館節次列報。茲又聞日廷欲從西京再闢一路而抵烏左地方，估價需洋一百萬元。約計三年大功方克告竣云。〔註5〕

一個「行人稱便」，就開始與中國不同了。中國修鐵路，官紳有批判的，民人有疑懼的，加之事故，加之人浮於事、管理低效，不但「便」難以實現，還有建了再拆除的。鐵路如此，電線亦然。當中國士民為電報線的怪力亂神而爭論不休時，日本人卻「具稟上官，請將電線通設於國內，凡藩服郡邑各處無不枝分派衍、交互錯綜，以冀消息捷速、呼應通靈」〔註6〕。民風已開，官民呼應，日本的電報建設比中國快了一大截。光緒（1881）七年，津滬通電報，而此時日本已經「通國皆然」。《申報》不無羨慕地感慨：「中國如能行之，則亦千載下之盛事耳！」〔註7〕

中國士大夫對西方欲拒還迎，一句「師夷長技以制夷」寫出了多少無奈、多少鄙夷。正是這種心態，造成清廷洋務運動中的偏差。僅僅引進西方器物，卻忽視器物背後的管理、運營等人的因素。簡而言之，就是注重硬件，但不注重軟件。可是如果一旦注重軟件，就勢必滑向「全盤西化」的「陷阱」，亦不是清廷士大夫們所願意的。日本則不然，同為洋務的明治維新則徹底不少。單就海軍一項，單從《申報》來看，能看出了不少與中國的不同之處來。

首先是船隻的行駛制度。日本規定：「無論戰船、商船，其船主及大二副司機器者均須考取、領有執照。」而清廷認為駕駛車船乃雕蟲小技，熟讀經

〔註3〕《添設船廠》，《申報》1884年04月04日02版。

〔註4〕《廣購軍火》，《申報》1879年11月29日02版。

〔註5〕《日本增築鐵路》，《申報》1878年05月17日01版。

〔註6〕《東洋設立電線》，《申報》1874年08月22日02版。

〔註7〕《電線日盛》，《申報》1881年02月17日01版。

書的士人不屑與此，令農工商自生自滅、學習駕駛便是了，安有培訓、考試之說？因而中國沿海、沿江的船隻事故不在少數，原因也就在此。傳統的政府負責不了新興工商社會的管理職責，落後的人力資源承擔不了先進的技術工具。與中國相比，《申報》提醒讀者：「實事求是之心即此已可略見，毋曰國小藐視之。」〔註8〕

其次是軍艦的運行管理。與清軍操練和閱兵重排場、講美觀相比，日軍訓練也講實事求是。日常訓練瞄準打仗，以打得贏為目的，實戰演習是常訓的科目。《申報》描寫在一次海戰演習中，日軍分為主客兩隊，交鋒激烈，堪稱「一場惡戰」。「主軍漸披靡，退入東京灣，至造船所。敵艦乘勢追迫，主艦協力復與之戰，再接再厲。各用炮及水雷等攻擊，敵艦稍卻。是役也，雖係演習，頗不視同兒戲。」〔註9〕「兒戲」說的是誰們，《申報》編者、讀者都是心知肚明的。

兒戲還有廣為人知的一例，就是清軍在軍艦大炮管上晾曬衣物，被外國人看到，傳為笑談。與之對比鮮明的是日本的海軍，當他們在美國港口停泊時，留下這樣的映象：

（日本）兵船名琉球港者，駛到新金山之西德里地方添裝□塊。
該處西人群往該船瞻矚，見其船上及所用器具等□無不色色精潔，兵丁輩亦皆一副整潔，與泰西各兵船可相□□。兵丁船上帶有學徒三十五人，皆已在本國水師學堂習學四年，現在令其在船上觀習駕駛之法，以廣□見。即此船觀之，日本水師之規模亦可想見矣。〔註10〕

制度和人是相輔相成的，日本軍事在「人」的因素上亦不輸於中國。《申報》對日本水師提督松村惇造頗多介紹和讚譽：「曾在美國海軍學校肄習八年有奇，一切戰陣攻擊之法無不精曉，臨機應變肆應裕如。學術既成，又在兵艦巡覽各國四年有奇，以積前後功升授今職。為人踐履篤實持躬，謙遜有古君子風，其接物交友週旋應對之間恂恂如也，談論之間溫文爾雅，擬之羊叔子之輕裘緩帶，殆無愧色焉。」大為折服之餘，《申報》感慨道：「日本扶桑兵艦者真可謂得人者矣！」〔註11〕

物盡其用，人盡其才。青出於藍而勝於藍，日本學習西方軍事的成功還

〔註8〕 《日本船政》，《申報》1878 年 02 月 14 日 01、02 版。
〔註9〕 《海軍會操》，《申報》1889 年 04 月 13 日 02 版。
〔註10〕 《兵船精潔》，《申報》1881 年 05 月 24 日 01 版。
〔註11〕 《日本兵船得人》，《申報》1884 年 06 月 06 日 02、03 版。

表現在仿製武器的性能超過了西方。在海軍，日本製造的水雷船速度超過了西方的〔註12〕；在陸軍，日本製造的槍械也更爲精美〔註13〕。

尤其令《申報》驚異的是，日本一位鑽研槍械小有成就的鐵匠竟被兵部徵召，吃上了皇糧，這在科舉取士制度影響深遠的中國無異於天方夜譚。「國家留意人材若此，該兵部人員可謂盡心謀國者矣。」如果日本的這位鐵匠生在中國，既不敢私自製造槍械，又不能得到國家的賞識重用，只能碌碌無爲，不啻爲人才的浪費。更糟糕的是，「倘其人而懷才莫試，心復貪狡，則將私開爐火鑄造軍械以接濟匪人之用」，非但沒有利國利民，還加劇了亂局。〔註14〕說到底，還是體制的問題。

連康梁維新黨人尚且依附於《孔子改制考》、《新學僞經考》來託古改制，《申報》在當時的輿論環境中就更不敢在意識形態上大肆突破了。體制問題，被轉化爲古今之爭，而不是中西之分。「古之用人也，或以德進，或以事舉，或以言揚。德成而上，藝成而下。故天下無棄人，而人間無廢事，非專以一門取士而片長薄技皆從割愛也。降至今日，中國以文武兩途取士，文則僅以制藝帖括爲衡鑒人才之具，武則僅以刀石弓矢爲登進豪傑之方。」也就是說，今日的「所學非所用、所用非所學」，是科舉已降造成的，日本軍事革新好於中國，不在西學，而在復古。〔註15〕

總之，無論古今中西，「有器尤必有人」是《申報》所代表的輿論界的共識：「船艦非有人爲之駕駛，槍炮非有人爲之施放，兵士非有人爲之統轄，則何以衝風涉浪？則何以命中致遠？則何以陷堅挫銳？」〔註16〕

4.1.2　《申報》視野中日本爲軍事的全民動員

日本洋務，風生水起。物、人、制度，三位一體，而尤以人爲核心。《申報》看到了這一點，提醒還做著「天朝上國」之夢的士大夫們：「日本未嘗無人」〔註17〕。然而，《申報》看到的「人」，是駕駛船艦的，是統轄兵士的，

〔註12〕　《青勝於藍》，《申報》1885 年 10 月 16 日 01、02 版。
〔註13〕　《洋槍新樣》，《申報》1880 年 11 月 13 日 01、02 版。
〔註14〕　《論日本留意人材》，《申報》1882 年 11 月 24 日 01 版。
〔註15〕　《論日本留意人材》，《申報》1882 年 11 月 24 日 01 版。
〔註16〕　《日本兵船得人》，《申報》1884 年 06 月 06 日 02、03 版。
〔註17〕　《論日本未嘗無人》，《申報》1879 年 12 月 29 日 03、04 版；
　　　　《論日本未嘗無人二》，《申報》1879 年 12 月 30 日 04 版。

不是高級的專業人員，就是領兵打仗的將領。這些金字塔頂端和上部的精英們固然需要，但是國家軍事國防金字塔的塔基是由千千萬萬個普通士兵組成的，是由萬萬億億個普通老百姓支撐的。基礎不牢，地動山搖。近代戰爭背後是國力的較量，是民族凝聚力的檢驗。有基礎支撐的人民戰爭必勝，脫離群眾的精英戰爭必敗，中外概莫能外。如若論及甲午戰爭的勝敗原因，能否全民動員、全民參戰，就是重要一條。在本書研究時段的《申報》，日本軍事是全國關注的大事。

擴軍備戰，經費難免。國庫空虛，求助人民。日廷發放國債，國民踴躍認購，支持國防建設。〔註18〕不僅對借債積極響應，即便是有去無回的捐款，日本人也慷慨解囊，「雖海中一島國，而好義急公者頗不乏人」，一年之間「以海防要需由民間獻納者，共已三百五十萬元」〔註19〕。反觀清廷，一旦發行債券便無人問津、應者寥寥，除了強制性的派捐徵稅，似乎看不到更好的辦法。為什麼中日兩國迥異？

日本民族中的武士道傳統精神與近代西方的叢林法則一相結合，便在舉國上下形成了尚武、西學的輿論風潮。日本國土狹小，憂患意識強，民族成分單一，有利於新思想的傳播和洋務活動的開展。更為重要的，就是民族的凝聚力和上下一心的合力。合力來源於百姓對政府的信任，從《申報》新聞看來，日本明治天皇這一代的統治集團適逢其時、恰當其用。海軍學校的畢業典禮，天皇親自參加〔註20〕；軍隊操演，天皇到場檢閱〔註21〕；伊藤博文從德國請來政治家，朝廷千里逢迎〔註22〕；就連日本國的皇子，也「以世子之貴而猶不憚勤劬」〔註23〕，留學英國，刻苦學習軍事。一場日皇參加的閱兵，被寫得如臨其境，日皇穿軍服，頗為重視。其中時間觀念極強，眾多權貴毫不拖沓，可見日軍自上而下的高效。

> 西曆正月八號，日本陸軍之在京者奉命赴青山練兵場操演。
> 午前七點鐘，各兵在場整列以待。九點鐘，日皇從赤阪假皇居出門。……少頃，日皇駕到。……禮畢，指揮官三好陸軍中將引導日

〔註18〕 《日廷告貸》，《申報》1878 年 05 月 16 日 01 版。
〔註19〕 《日人急公》，《申報》1890 年 06 月 05 日 02 版。
〔註20〕 《日本雜事》，《申報》1883 年 10 月 27 日 01、02 版。
〔註21〕 《會閱大操》，《申報》1890 年 04 月 12 日 02 版。
〔註22〕 《日本雜事》，《申報》1883 年 10 月 27 日 01、02 版。
〔註23〕 《日本世子至英》，《申報》1881 年 04 月 09 日 02 版。

皇周圍閱兵畢。十點鐘，各隊合操，如茶如火，頗有可觀。十一點
鐘，車駕還宮。是日，日皇穿軍服，胸前佩各國皇帝所贈勳章，並
乘歐洲定造新馬車，光彩奪目。〔註24〕

而此時的清廷呢？帝黨后黨爭權奪利，洋務頑固爭執不休；慈禧為大壽
而挪用海軍經費修頤和園；伊藤博文的同學嚴復窮困潦倒，不受重用；皇親
國戚們歌舞昇平，陶醉在「同光中興」的夢裏。明之亡，亡於萬曆；甲午敗，
此見端倪。令人失望的政府，一盤散沙的人民。道不行，乘桴浮於海。《申
報》沒有把話說得十分明白透徹，只是比較日本水師學堂人頭攢動和「中國
水師學堂招人往學尚慮無人應募」，說了一句中日「風氣不同」〔註25〕就罷
了。

「風氣不同」是很含混的評價，也就可以不必上綱上線。日本實行徵兵
制、全民皆兵，兵役三年。「丁壯凡年及二十歲者即要策名軍籍，無論編歸
水師及陸營，皆須當兵三年。」〔註26〕這被《申報》用「古已有之」來巧
妙化解，納入了士大夫們的認識框架和知識體系，似乎不足為怪，更不必警
惕。

古者寓兵於農，無事則於耜，有事則於戈。後世兵與農分，而
兵制遂不可問。唐代府兵之法，最為近古，蓋給田以耕而依期訓練，
以備徵調，此與寓兵於農之制相表裏也。……普國之制，舉國皆兵，
籍俾民間，自為訓閱。無事則蒼赤千城，有事則朝廷心膂。國中丁
壯自弱冠以上者皆得提調從戎。日本近亦心儀此制，該國王已發上
諭，飭地方官憲出示曉諭，居民凡自年遞弱冠，皆策名軍籍，嗣此
兵民一體，見籍民以充兵，設兵以衛民。〔註27〕

舉目而自悲，顧影而自憐。日本全民動員的蓬勃、團結是洋場文人們不
難聞的，而同胞的麻木不仁、上下的離心離德也是他們不難見的，中日的比
較令人黯然神傷。《申報》說：中國的洋務，「其用心亦良苦矣，其□資亦良
巨矣，然而習之已成者卒不多見」〔註28〕。似乎已經對尚未發生的甲午之戰
有了預測。

〔註24〕《日皇閱兵》，《申報》1889 年 01 月 25 日 02 版。
〔註25〕《日本世子至英》，《申報》1881 年 04 月 09 日 02 版。
〔註26〕《日本新變軍政》，《申報》1873 年 04 月 15 日 03 版。
〔註27〕《東洋更換兵制》，《申報》1873 年 02 月 15 日 02 版。
〔註28〕《論日本習西法之認真》，《申報》1882 年 12 月 24 日 01 版。

4.1.3　《申報》視野中的日軍積極備戰

　　如果說醫學與軍事也有相通之處，那麼醫學上的「治未病」與軍事上的「備未戰」就是類似的道理。中醫講究保健和平時的調養，以保持身體的良好狀態，防患於未然；軍事講究平時多流汗、戰時少流血，只有時刻準備打仗，才能在用兵時有備無患。可是，大部份人是健康的，大多數社會是平靜的，生病並不是身體的常態，戰爭也並非社會的主流。怎樣有效地積纍對疾病和戰爭的理性認識呢？

　　李時珍遍訪草藥，寫就《本草綱目》；張仲景廣集醫方，著有《傷寒雜病論》。他們都是從大量的感性認識昇華到理性認識，進而總結經驗，爲人們用藥和治病給出對策。醫學如此，軍事亦然。備戰並不僅是自說自話地買槍炮、購艦船，也不僅是簡單直接地出洋、考察，而是需要在實踐中學習和檢驗。「是騾子是馬，拉出來遛遛」，軍事最好的實踐就是戰爭，軍備最好的檢驗就是打仗。觀戰，就是望、聞、問、切，就是從旁對病案的記錄，就是找到軍事的癥結所在。

　　「日本善法西學」〔註29〕。日本人對這一點看得明白，早在甲午戰爭前的二十年，就開始有目的地觀戰，並從中吸取經驗教訓。但凡有軍隊交鋒，無論遠近，日本人多不放過。

　　　　日國朝廷即派一具船駛往黑海，以觀俄土兩軍之戰。按，日本事事效法泰西，此役亦猶行西之道歟？〔註30〕

　　　　日本因法越交兵，擬發兵船至越南東京，俾兵官等得以習學戰陣之法。茲悉法廷業已允許，故日廷定派兵官前往，有兩員業經於本月十二日附兩法公司船先往矣。〔註31〕

　　　　日廷曾商之印度總督，請派日本兵官三人至印度察看印兵駐紮之處，請決可否，印督允之。日本即派兵官三人前往，並有醫生一名隨之而去，藉以考察地氣疾病云。〔註32〕

　　　　前晚三菱公司輪船來滬，帶來東洋新聞紙云，東瀛有四日報館，每館派一人來華以紀中法戰事，寄回登報云。〔註33〕

〔註29〕　《論日本善法西學》，《申報》1875 年 10 月 20 日 01 版。
〔註30〕　《派船觀戰》，《申報》1877 年 12 月 22 日 01 版。
〔註31〕　《日人觀戰》，《申報》1883 年 07 月 22 日 02 版。
〔註32〕　《派弁赴印》，《申報》1886 年 04 月 08 日 01 版。
〔註33〕　《派人觀戰》，《申報》1884 年 09 月 06 日 02 版。

　　俄國、土耳其、印度，這些國家距離中國比日本還近，但在《申報》上並沒有清軍前往觀戰的報導，反倒是日軍千里迢迢到了前線、搶了先機。如果說軍隊考察戰爭還算分內之事，那麼記者遠渡重洋、登山涉水，去報導與本國無直接關係的國際軍事新聞，對一個西化未久的東方國家來說，確是難能可貴了。更值得一提的是，日本派出報導國際軍事新聞的有四家日報館，而當時中國日報館出名者一共也未必有四家之多。報館為什麼破費派記者？因為新聞報導有人看。說到底，還是日本民眾對戰事的關心，對富國強兵的期盼，「日本邇來崇尚西學、仿傚西法，不獨在廷諸人為然，即民間亦復風行」〔註34〕。

　　對待沒有本國參戰的外軍新聞尚且如此，一旦日軍與中國交戰，日本報人就更加汲汲營營了。甲午戰爭時期，日本新聞界派出了龐大的採訪團隊。民間的關注，輿論的重視，軍隊的勤勉，交相輝印，相輔相成。李鴻章一人、北洋海軍一師，所面對的敵人並非日本軍隊，而是整個日本民族。由此推理，甲午戰爭中的清軍焉能不敗？

　　再說日本。有了群眾基礎，擴軍備戰自然是手到擒來；有了輿論關注，軍隊情形理應是一目了然。在《申報》上，多次出現日本海軍和陸軍的編制、人數、駐地、佈防、裝備、軍械、戰艦名稱等諸多細節，既有章法，又有條理，一絲不苟。〔註35〕

　　　　第一軍，東就鎮，統領官陸軍少將野津道貫。其第一、第二師屯駐於東京，屬其管轄者曰小田原、曰靜岡、曰甲府；第三師屯駐於佐倉，屬其管轄者曰木更津、曰水戶、曰宇都宮。

　　　　第二軍，仙臺鎮，統領官陸軍少將福原實。其第四師屯駐於仙臺，屬其管轄者曰白川、曰水澤、曰若極；第五師屯駐於青森，屬其管轄者曰盛岡、曰秋田、曰山形。

　　　　第三軍，名古屋鎮，統領官陸軍少將四條隆歌。其第六師屯駐

〔註34〕《論日人能勤於其職》，《申報》1887 年 12 月 11 日 01 版。
〔註35〕《日本兵艦數目》，《申報》1882 年 09 月 03 日 01 版；
　　　　《日本兵數》，《申報》1875 年 04 月 06 日 02 版；
　　　　《譯記日本陸軍總數》，《申報》1880 年 02 月 20 日 02 版；
　　　　《譯記日本水師船隻》，《申報》1880 年 01 月 29 日 02、03 版；
　　　　《日本兵船考》，《申報》1893 年 06 月 06 日 01 版；
　　　　《日本兵船考補遺》，《申報》1893 年 06 月 12 日 01 版。

於名古屋，屬其管轄者曰豐橋、曰岐阜、曰松元；第七師屯駐於金澤。

第四軍，大阪鎮，統領官陸軍少將三好重臣。其第八師屯駐於大阪，屬其管轄者曰兵庫，曰和歌山、曰西京；第九師屯駐於大津，屬其管轄者曰敦賀津；第十師屯駐於姬路。〔註36〕

不僅是對自己的軍隊瞭如指掌，連中國的山川河嶽也被日本人掌握。有親派專家勘探的：「查訪內地名山大川以及險要形勝之區」，「有一覽無餘之勢」。〔註37〕也有留意購買的：日本人出訪歐美，多注意購買長江的「西式河道圖本」，《申報》指出「長江水道之圖乃西人取用為駕駛輪船之要件，否則河水之淺深、江面之寬狹、河流之曲折，不能一目了然，即不能駕駛西船」。這雖是一件小事，但由小見大，能看出日本「意存窺伺」〔註38〕中國。

與日軍的清楚明白相對的，是清軍的混亂無章。八旗、綠營自不消說，單看看新式的軍隊如何吧！清廷初建海軍時，經費和編制按照北洋、南洋、福建來分別安排，管轄和指揮大權不在中央，而在地方督撫。各自為備，以鄰為壑。中法戰爭後，清廷著力整頓海防，方才設立海軍衙門，作為中央一級統管。但長期以來形成的畛域觀念卻一時難以消除，各人自掃門前雪，休管他人瓦上霜。清軍有的是避戰、保船的小農經濟思維，缺的是全國一盤棋的近代國家意識。甲午一役，威海衛，北洋艦隊全軍覆沒後，竟有南洋（或福建）海軍人員向日本索要參戰的兩艘炮艇，理由是該兩船係支持北洋之用。言下之意就是甲午戰爭是李鴻章的北洋與日軍交戰，與南洋福建無關，豈不可笑？

由此觀之，清軍的備戰與日軍比起來，差的不是一個數量級，差的不是一槍一炮、一車一船，而是從上到下、從整體到局部都遜於人的。中國的有識之士看到了這一點，並在《申報》上有所體現。

查歐洲諸國，遇有某國添設兵額、加治水師，必即懷疑而相詰。以為彼既自強其國，必有後謀，我不亟圖自強，是自貽戚，而不念及本國社稷之安也。夫日本刻不與我國和好無間，惟綜覽其大勢，果能常保承平哉？中東兩國既屬鄰邦，且為亞細亞洲自立最強之

〔註36〕《譯記日本陸軍總數》，《申報》1880 年 02 月 20 日 02 版。
〔註37〕《日本人探路》，《申報》1875 年 09 月 07 日 02 版。
〔註38〕《探聞東人舉動》，《申報》1874 年 08 月 12 日 02 版。

國，則其永敦友誼，交受其益。我中國惟以此為心，眾人所共知也。
顧究日本歷來政令，殆非安坐無事、不圖他謀之邦也。且國內多懷
貳計謀之黨，恐國君欲守睦鄰之道，其下之欲逞私臆者比比皆是。
竊恐今日和好，明日渝盟，出人意計之外，奈之何哉？兩國大勢既
已如斯，則中國必應自念：設或一旦與之啟釁，兩國之力究竟何如
耶？〔註39〕

「兩國之力究竟何如耶？」問得好！該論還提醒讀者：「我中國不得置
諸度外也！」〔註40〕然而，《申報》上這種難得的清醒聲音被更多的麻痺大
意聲音所湮沒。其一，國家觀念上，「中國立意在保泰持盈，故凡事可以徐
而致，人不乘我之隙，我即不自啟其隙」〔註41〕。其二，戰略方針上，「今
之泰西，昔之胡越也，日本則鄰人也，鄰弱則我失奧援，鄰強則我亦可互相
庇蔭」〔註42〕。

一句「持盈保泰」，道出了多少清廷士大夫的傲慢。這種傲慢是前近代化
中國僅存的思想滿足感，並很快將在甲午一敗中煙消雲散。如果說國家觀念
的轉變是令中國人從自認的中央之國和世界政治經濟文化中心轉到甘心偏居
一隅或參與平等國際交往，而這種轉變對於歷史深厚的中國和積累了千年的
價值觀世界觀的士人來說在心態上不免失衡故而情有可原，那麼在處理中日
關係的戰略問題上，晚清士大夫們就難辭其咎了。姑且不談「以鄰為壑」，「遠
交近攻」的道理是熟讀經書的士人應該懂得的。

事後諸葛亮的態度對歷史研究要不得，後人笑前人是更不應該的。替古
人辯解甲午戰前清人對日本侵略動向的忽視，有一個重要原因，就是強鄰環
伺、顧此失彼。其中最令晚清輿論警覺的，就屬俄國。

4.2　《申報》視野中的俄國軍事

經史子集，史列於經之後，是中國傳統文人所熟知的。從歷史上看，來
自海路的侵擾和來自陸路的侵擾，孰多孰少？日本是中國的東鄰，與中國隔
海相望，雖然曾在歷史上給中國造成麻煩，但僅限於倭寇在沿海小打小鬧之

〔註39〕《綜論中東時事》，《申報》1879 年 02 月 11 日 01、02 版。
〔註40〕《綜論中東時事》，《申報》1879 年 02 月 11 日 01、02 版。
〔註41〕《書日本海軍全部戰數目後》，《申報》1882 年 10 月 25 日 01 版。
〔註42〕《日東武備論》，《申報》1893 年 04 月 24 日 01 版。

類，並未威脅中央王朝的根基。中國的北鄰則不然，北戎自古以來就是四境少數民族中最為強悍的。漢代有匈奴、宋代有遼金、明代有蒙古，這些北境外的武裝力量是歷朝歷代的極大威脅。漢高祖白登之圍，險些成為匈奴的俘虜；明英宗土木之變，真的成了蒙古的俘虜。更有甚者，來自北方的蒙古和女真竟入承大統，建立宗廟社稷。

《申報》創刊時，滿清入主中原已逾二百年。經歷了多年的融合、同化，思想意識漸與漢族士大夫合流。清廷以一種坐中央而四顧的眼光觀之，無疑要吸取漢族士人傳統的邊境認識論。這種認識論的代表就是長城。萬里長城之修築，自秦至明而不輟。在地理上，長城是一道橫亘在中國北境的防線；在心理上，長城亦是一道存在於中國文人士大夫心中的防線。清廷坐鎮中原多年，無心重回白山黑水的「龍興之地」，對於將北部重點關注甚至「妖魔化」的士民動向就不以為意了。因而，在《申報》中多看到俄國強大的身影，以及文人們對「北極熊」的隱憂。

4.2.1　《申報》視野中的俄國軍事準備

俄國地廣人稀，氣候苦寒，歷史上其主要統治核心位於歐洲的莫斯科附近。近代以來，俄國解放農奴，進行資產階級革命，景象大為改觀：「國仍是國，地仍是地，民仍是民，昔何以貧，今何以富，昔何以弱，今何以強」〔註43〕。《申報》盛讚了俄國君主的勵精圖治，評價了俄國的富強是「首屈一指」〔註44〕。十九世紀後半葉和二十世紀前半葉，是世界戰略格局的大調整，用群雄逐鹿來形容並不過份。國富兵強，相輔相成。先富的國家均積極戰備，蓄謀宰割後富的國家，俄國也是如此。

攘外必先安內，先西瓜、後芝麻，俄國戰備首先要立足本土。怎樣從近東的莫斯科大公國將軍力延展到遠東的黑龍江？增進交往，促使通暢，實現東西交通，是必由之路；河流封凍，交通不暢，修建長距鐵路，是不二之選。在《申報》中，對俄國鐵路的報導既細緻又全面：既有連貫亞歐的西伯利亞鐵路〔註45〕，也有通往中亞的鐵路〔註46〕，還有導向印度的鐵路〔註47〕，更

〔註43〕《論俄國富強之故》，《申報》1873 年 07 月 25 日 01 版。
〔註44〕《論俄國富強之故》，《申報》1873 年 07 月 25 日 01 版。
〔註45〕《俄國鐵路情形》，《申報》1892 年 02 月 22 日 02 版。
〔註46〕《俄建鐵路》，《申報》1880 年 02 月 18 日 02 版。
〔註47〕《路聯歐亞》，《申報》1886 年 06 月 06 日 02 版。

有在琿春、海參崴等地的鐵路〔註 48〕，等等。俄國修鐵路有個特點，就是軍事目的多於商業用途。下引材料就是一例。

> 俄國人現在黑龍江之美歌路士地方興築鐵路以達琿春，約於日間開辦。此處地氣奇寒，一歲中約有八個月河面冰凝，舟楫不能來往。此路一成，則行旅定多稱便。……大工告成之後，不獨俄國有事時兵餉易於轉運，即地利之興亦指日可俟云。噫！俄之厚，中之薄也。不知袞袞諸公亦曾預籌及之否耶？〔註 49〕

袞袞諸公有何反應？有何預籌？這不是設問，而是擔憂。這種擔憂，既來源於歷史上北邊入侵的教訓，也來源於現實中泰西各國的經驗。「輪車鐵路各國皆有，均繫首重便商，次則利國。惟俄則與眾不同，凡欲修建鐵路，國家必派武員，查勘合宜，方許築造，否則不可。揣其用意，所在專爲調兵運糧計，是則俄之所重者蓋在此而不在彼也。」〔註 50〕各國修路造橋，多是因爲人口集聚、商業繁榮，交通設施不敷使用，看重的是商業目的；俄國反其道而行之，未有人，先有路，把鐵路修到荒蠻貧瘠之地，看重的則是戰略目的。

司馬昭之心，路人皆知。「俄之所眈眈注意，久思逞其蠶食鯨吞者也，即以鐵路一端觀之，其大略亦可知矣。」〔註 51〕實際上，俄國的擴軍備戰既不僅在中俄邊境，也不僅限於鐵路。

陸上依靠鐵路，海上難缺水師。俄國修船塢〔註 52〕、造軍艦〔註 53〕，西至波羅的海〔註 54〕、東抵日本海，海軍備戰如火如荼。《申報》評道：「無論其西侵歐洲、東略亞部，皆宜於水戰，而不宜於陸戰。蓋取道於陸則遠而遲，取道於水則近而速。俄人才思深志遠、蓄謀積慮，非一日矣。」〔註 55〕

俄國處心積慮的準備，目的在於軍事擴張。一旦國際局勢變化，嗅到蠶食鯨吞的機會，俄國就伺機而動了。

〔註 48〕　《俄築鐵路》，《申報》1892 年 08 月 03 日 01、02 版。
〔註 49〕　《俄築鐵路》，《申報》1892 年 08 月 03 日 01、02 版。
〔註 50〕　《論俄人專意鐵路中國不可不備》，《申報》1879 年 01 月 10 日 04 版。
〔註 51〕　《論俄人專意鐵路中國不可不備》，《申報》1879 年 01 月 10 日 04 版。
〔註 52〕　《新置船廠》，《申報》1893 年 12 月 26 日 02 版。
〔註 53〕　《造船近聞》，《申報》1881 年 01 月 05 日 01 版。
〔註 54〕　《俄國波羅的海水師考實》，《申報》1893 年 01 月 02 日 01 版。
〔註 55〕　《譯記俄國水師戰艦總數》，《申報》1880 年 02 月 21 日 02 版。

4.2.2 《申報》視野中的俄國軍事擴張

吃柿子，揀軟的捏。積貧積弱的中國、內鬥不休的清廷，是俄國最先下手的對象。「俄官某近日在上海西國店鋪購買中國沿海地圖，毋論精粗，盡儲夾袋。」〔註56〕通過研究中國沿海沿邊的戰略形勢，俄國認爲朝鮮是中國的藩屬，又能提供俄國最迫切需要的東方出海口，自然是俄國的首要目標。

> 俄國擬將高麗貴彌海島佔據，用作水師戰船聚會之區。……若得此島爲水師署，則俄國之威可遍太平洋，且於有事之秋可由此以犯高麗王城。〔註57〕

> 俄屬海參崴地方所刊俄字新聞，有「俄國東方形勢論」。略謂我國若欲經略東洋，與他國扼要爭雄，雖占濟州島、元山津兩處，猶不能扼南方日本海之要。以形勢而論，莫如據對州一島較勝他處。〔註58〕

朝鮮的海島背靠陸地、面朝大洋，是陸戰的延伸、海戰的前沿，軍事戰略地位非常重要，是兵家必爭之地。清廷對俄國的動作不聞不問，日本則不然。朝鮮淡出，俄日爭島，「日廷迅派兵船前往駐泊以資保護己國人民」〔註59〕。

由於日本在東方的對峙，俄國東擴沒有嘗到多少甜頭，於是向西發展。〔註60〕先是借助中國西北的叛亂而攻城略地〔註61〕，再則向中亞、東歐地區滲透勢力。時而探路〔註62〕，時而樹敵，堪稱四面出擊。印度〔註63〕、波斯〔註64〕、奧匈帝國〔註65〕、法國〔註66〕、德國〔註67〕、基華國〔註68〕、

〔註56〕《狡謀可駁》，《申報》1880 年 04 月 09 日 01 版。
〔註57〕《俄人叵測》，《申報》1885 年 03 月 09 日 09 版。
〔註58〕《西報譯登》，《申報》1885 年 08 月 02 日 01 版。
〔註59〕《西報譯登》，《申報》1885 年 08 月 02 日 01 版。
〔註60〕《海島改作軍臺》，《申報》1879 年 02 月 21 日 02 版。
〔註61〕《俄疆日廣》，《申報》1876 年 04 月 15 日 01、02 版。
〔註62〕《俄將探路》，《申報》1879 年 03 月 28 日 02 版。
〔註63〕《俄將探路》，《申報》1879 年 03 月 28 日 02 版。
〔註64〕《俄波爭端》，《申報》1880 年 04 月 10 日 02 版。
〔註65〕《俄澳構怨》，《申報》1880 年 04 月 10 日 02 版。
〔註66〕《俄法失歡》，《申報》1880 年 04 月 23 日 02 版。
〔註67〕《大軍壓境》，《申報》1880 年 05 月 28 日 01 版。
〔註68〕《俄國與基華國戰事》，《申報》1873 年 07 月 31 日 02 版。

巴馬〔註 69〕，這些現在聞名或不聞名的國家都曾與俄國處於敵對或交戰狀態。甚至蘇伊士運河也受到俄國的覬覦。〔註 70〕

　　打仗需要人，俄國如此左衝右突，大量徵兵在所難免。《申報》這樣報導和評論：

> 　　俄欲將亞細亞洲中所轄之民人設立強令爲兵之律。主此議者謂，此律一行，俄國新強中可驟增兵額二十萬名，所費糧餉亦不甚大也。……但國家之虐政莫虐於強人爲兵，況揆其語意又無厚利以要結乎民心。設一旦怨氣勃發，倒戈相向，即調歐洲之兵以征之，而路隔遼遠成行甚難。竊恐俄羅斯未獲增兵之利，而先受叛民之害也。《傳》曰：「多行不義必自斃，子姑待之。」吾願中英兩國之亦姑待之也。〔註 71〕

　　《申報》對俄國的窮兵黷武所持的是作壁上觀的看笑話心態，坐等其「多行不義必自斃」。可是值得注意的是，「子姑待之」也就罷了，爲什麼「中英兩國之亦姑待之」，特別要把英國也說進來呢？

> 　　俄人於亞細亞洲經營貿易，竭力殫心。輪舟之外繼以火車，以濟其所不及。現聞俄國集眾議專擬即建造鐵路，由地中海直達霍罕。……此路若成，俄得以徑達印度，直通北口。不獨便於商務，即行師旅戰軍裝亦無不利。夫豈英與中國之福哉？〔註 72〕

　　這條報導中，對於俄國大肆修建的鐵路，《申報》也擔憂地說：「豈英與中國之福哉！」與「中英兩國之亦姑待之」如出一轍。在《申報》看來，中英兩國福禍相依，一致抗俄。這是爲什麼？

　　首先，俄國西向擴張，侵犯了英國在阿富汗、土耳其等地的既得利益，兩國關係一度處於交戰的邊緣。其次，俄國向東南擴張，觸碰了英國在中國、朝鮮等地的傳統勢力。第三，當時美國尚未崛起，俄國是世界版圖最大、軍力最強的國家。按照戰國時「合縱」的思維，各國應當聯合起來抗秦，也就是共同抵擋俄國這個超級大國。加之俄國在北境處心積慮，這條戰線自古以

〔註 69〕《巴馬確信》，《申報》1898 年 01 月 01 日 02 版；
　　　　《英電譯登》，《申報》1893 年 03 月 17 日 01 版；
　　　　《巴馬電音》，《申報》1893 年 05 月 12 日 01 版；
　　　　《譯電傳巴馬事》，《申報》1893 年 05 月 10 日 02 版。
〔註 70〕《俄窺新開河》，《申報》1878 年 12 月 20 日 02 版。
〔註 71〕《俄國增兵》，《申報》1879 年 03 月 13 日 01 版。
〔註 72〕《俄建鐵路》，《申報》1880 年 02 月 18 日 02 版。

來就是長城防禦的，也是中原人民所恐懼的，視俄國爲敵順理成章。當然，《申報》作爲英國人資產的背景因素已經在本書多次提及，此處亦有所關聯。老闆是英國人，編報紙的上海文人自然不敢對英國造次，大罵完俄國，英國來小幫忙，妥當得很。

> 俄人處心積慮，其所以加意經營，竭力籌度，……蠶食鯨吞。得尺則尺，得寸得寸，絕不稍留餘蘊者，蓋數十年如一日也。其爲上者既好大而喜功，窮兵而黷武。其國風俗悍強，惟情剛勁，習於戰鬥，樂死忘身。……論者每比俄國爲無道之虎狼。〔註73〕

> 歐州諸國俄爲大，幅員之廣莫如俄，兵甲之眾莫如俄。……誠與歐洲諸大國如普奧英法比權量力，亦未見其高下也。普奧英法之於俄，勢鈞力等，互相抗衡，俄所以未敢西出雷池一步也。近來俄國之所注意□，不在歐洲而在亞洲。……宜親英以防俄，兩大協力同心，聯聲合勢，保疆宇小，扶弱鋤強。〔註74〕

如果說《申報》對日本是不放心，對俄國是敵視，那麼對英國就可稱爲並肩盟友了。在下一節對英國的軍事報導中，這一點更有體現。

4.3　《申報》視野中的歐洲軍事

4.3.1　以褒爲主——《申報》視野中的英國軍事

作爲最先工業革命和最廣開疆拓土的「日不落帝國」，英國成名於十九世紀。本書研究的《申報》時間，正是英國如日中天的階段。如果說俄國的鯨吞蠶食是中國文人眼中的窮兵黷武並受到指謫，那麼俄國與英國相比就只能算是「以五十步笑百步」了。究其原因，俄國版圖大、英國本土小；俄國是大魚吃小魚，英國是鼠吃象。誰的擴張更厲害，一目了然。在新聞事實上，《申報》並不迴避英國的觸角伸遍全世界，一篇題爲「英兵總數」的報導讓我們看看大英帝國的全球霸業。

> 英國所有兵數本年西正月一號出有報單。……在中國者計十萬四千五百九十一名，在印度者計七萬二千一百九十六名，在埃及者計

〔註73〕　《論俄人志在東方》，《申報》1893 年 05 月 28 日 01 版。
〔註74〕　《論俄人志在東方》，《申報》1890 年 08 月 10 日 01 版。

三千二百四十名，在各屬國新疆有計二萬八千六百六十九名。〔註75〕

英國的殖民地不勝枚舉，駐軍遍及世界。在報導中姑且列出較大的三個——中國、印度、埃及，其餘殖民地均以「各屬國新疆」概括之，氣魄很大。這麼多的殖民地，不是像歷史上中國的藩屬國那樣自動稱臣納貢的，而是英國用堅船利炮打下來的。金戈鐵馬，氣吞萬里，《申報》中英國的軍力就堪稱於此。海軍全球無敵〔註76〕，陸軍所向披靡〔註77〕，防務秀於歐洲〔註78〕，攻法先於各國〔註79〕。這樣的雄壯之師席捲而來，抵抗者焉能不敗？臣服者焉能不順？眾多殖民地焉能不服？

清朝的國門最先被英國打開，中國最先是英國的殖民地，到《申報》創刊時已有三十多年歷史。《申報》館在上海租界中，是洋人勢力最強的所在。《申報》老闆是英國人，記者編輯們的工資報酬都受制於人。無論是被迫還是甘心，《申報》在報導上對英國的殖民侵略呈現一邊倒的態勢，這種超國家、超階級的呼應無疑是那個場景中的「政治正確」，也是某些文人諂媚走狗相的真實寫照。

先看英國對南部非洲的侵略。一邊是武裝到牙齒的英帝國主義，另一邊是刀耕火種的淳樸黑人，《申報》沒有同情弱者，反倒成了強者的幫兇。將黑人與野蠻無知、尚未開化的傳統觀念聯繫起來，定義為「生番」〔註80〕。中國的臺灣也有生番，在士人的眼中，並不因為生番是原住民而天然獲得領地。生番只有成為熟番和編戶齊民，土地只有成為中央帝國所有，才有合法合理性。這樣概念的偷換，非洲成了英國的實際領地，侵略成了鎮壓叛亂。風捲殘雲，非洲黑人不是「陣亡」〔註81〕，就是「敗北」〔註82〕，繼而「不能抵禦被殺甚多」〔註83〕，「不日即可平定也」〔註84〕。

再看英國對北部非洲的侵略。《申報》夾敘夾議，議論部份簡直把英國當

〔註75〕《英兵總數》，《申報》1892 年 01 月 02 日 02 版。
〔註76〕《整頓水師》，《申報》1893 年 06 月 01 日 02 版。
〔註77〕《新制巨炮》，《申報》1885 年 09 月 10 日 02 版。
〔註78〕《英國籌防》，《申報》1885 年 03 月 01 日 02 版。
〔註79〕《英國兵數》，《申報》1883 年 11 月 10 日 02 版。
〔註80〕《鞠旅征頑》，《申報》1879 年 02 月 19 日 02 版。
〔註81〕《阿洲戰信》，《申報》1879 年 04 月 24 日 02 版。
〔註82〕《電音述敗》，《申報》1882 年 03 月 26 日 01 版。
〔註83〕《英軍勝報》，《申報》1879 年 03 月 13 日 02 版。
〔註84〕《阿南續報》，《申報》1879 年 09 月 06 日 02 版。

成本國，這種語氣，只有甲午戰爭時對日本才用過。

> 阿拉比之前隊兵丁在郎末刻地方與英兵構戰，……英兵已將該
> 兵擊退。英兵死傷不多，而阿兵則斷頭折脛者殊爲不少也。鄒人與
> 楚人戰，何異螳臂當車哉？〔註85〕

> 英將格來罕與埃及亂黨四千人大戰於海星地方，大獲勝捷。亂
> 黨死傷甚眾，隨即奮勇追剿。……格來罕將軍前於是地已奏□功，
> 至此又有是捷，該亂黨當不難指日蕩平也。〔註86〕

敵人是螳臂當車，英軍是指日蕩平，《申報》感歎：「英軍之勢亦可畏也
哉！」〔註87〕除了臣服與歌頌大英帝國的摧枯拉朽之外，《申報》還獨具匠心
地爲英國的王道而非霸道唱讚歌。「數罟不入洿池」，「斧斤以時入山林」，不
擅殺降，愛惜民力，在英國的征伐中亦有報導。英國對傀儡統治者也多加教
誨，指示「不准埃王擅行殺戮」〔註88〕，一副世界警察的派頭，真是「養生
喪死無憾，王道之始也」！顯然，此時的英國已經被文人們納入「分久必合」
的歷史認識體系，作爲世界的未來「始皇」，其並六國、官鹽鐵、書同文、車
同軌，有了道義上的合理性。如果世界是個地球村，那麼村長是英國莫屬，
通行語言是英語莫屬。中國不再是中，英國不再是夷，就從這些細微處，體
現了清人思想觀念的嬗變。

大勢所趨，人心所嚮。有了這種對歷史趨勢的判斷和預測，《申報》看
緬甸對英國殖民侵略的反抗就有點逆歷史潮流而動的不識時務了。「英爲泰
西強國，緬欲以兵力抵禦，猶之螳臂當車，勢必不敵。即使先有小勝，終必
大挫，是固無難立決者。緬王何愚暗若此哉！」〔註89〕江河萬古流，百川終
入海，「英滅緬甸」〔註90〕是必然的。在英軍的凌厲攻勢面前，緬甸軍隊頗
爲可笑可悲：

> 緬兵景象華麗而離奇，大有演戲之意，……其尤可笑者則炮兵
> 也。其炮俱係鍍金，炮口大小與鳥槍彷彿，而有銅以護之。洗炮之
> 竿則比炮口大至三倍，以此制敵，何敵能摧乎？兵後有象八十餘，

〔註85〕《英兵捷報》，《申報》1882 年 08 月 10 日 01 版。
〔註86〕《英將奏捷》，《申報》1885 年 03 月 25 日 01 版。
〔註87〕《攻毀炮臺細情》，《申報》1882 年 08 月 19 日 01、02 版。
〔註88〕《詳述埃及戰事》，《申報》1882 年 10 月 14 日 01、02 版。
〔註89〕《緬甸消息》，《申報》1879 年 05 月 01 日 02 版。
〔註90〕《英滅緬甸》，《申報》1886 年 02 月 09 日 02、03 版。

各帶炮兩尊，炮長二尺，與玩物無異。兵士排列又甚遲滯，（英國）
僅調印度一營兵以代之，輒亂旗靡可預卜云。〔註91〕

若再執迷不悟，大兵一到，攻城掠野。……英印諸軍皆有傷亡，
然緬兵已傷亡遍野云。〔註92〕

二十四日倫敦電音謂，英國兵已將緬兵擊敗，緬王恐懼請和。
英人謂緬當惟英是聽，方許罷兵。嗚呼！緬其不國矣。〔註93〕

如果用秦滅六國來比喻英國在世界的擴張，那麼俄國與英國的衝突摩擦
就是晉楚爭霸、或是楚漢相爭了。在楚漢之爭中，項羽先採取攻勢而劉邦是
守勢，劉邦約法三章，民心所向，謀臣武將投奔，終將項羽打敗。「俄國自
恃其強，開疆拓土，意欲蠶食諸邦」，是咄咄逼人的攻勢，「英國默察」，遣
使詢問，是知書達理的守勢。中國人講究和爲貴，在《申報》看來俄國「貪
得無厭」、「有恃無恐」，首先就失了人心。雖然英俄兩國勢均力敵，「將來英
俄相持之後，孰勝孰負，尚未可知」，但是中國的態度足以影響「兩國相爭」
〔註94〕的結局。

英以商務爲重，持盈保泰，不願中國之多事，惟願中國之無事，
其處心積慮似與俄人稍異。俄人與我毗連，犬牙相錯，未嘗不生垂
涎之心，此所以遊說之士有遠交近攻之說也。……英之兵勇雖眾，
而與俄法相較其數遠不逮矣。故英爲今日計，欲聯中以防俄，即以
自衛其印度亦須於兵事早爲整頓。嗚呼！俄人之鷹瞵鶚視，其足以
爲患，豈獨在中國哉？〔註95〕

報導英國的軍事擴張，最終卻落到聯英抗俄的調子上來，《申報》在這一
點上，堪稱英國的機關報和說客了。

4.3.2 以貶爲主——《申報》視野中的法國軍事

《申報》館在上海的公共租界上，並不在法國租界的勢力範圍，因而不
必忌憚言論中對法國的刺痛。加之英國商人的投資背景、英法在擴張中的競
爭關係，《申報》對法國的軍事報導呈現一種微妙的態勢來。從陟罰臧否來

〔註91〕《緬甸消息》，《申報》1879 年 07 月 10 日 01 版。
〔註92〕《英緬戰事彙述》，《申報》1885 年 12 月 12 日 02 版。
〔註93〕《緬甸不國》，《申報》1885 年 12 月 03 日 01 版。
〔註94〕《論英俄交爭事》，《申報》1873 年 02 月 13 日 01 版。
〔註95〕《論英宜備兵以保屬地》，《申報》1891 年 10 月 25 日 01 版。

看，俄國是絕對的負面和貶，英國是完全的正面和褒，而法國就是一種介於褒貶之間而側重於貶的立場。

與報導英國的軍事類似，《申報》也向讀者首先介紹了法國的兵力情況。

> 法蘭西為海內之強國，其兵額之多，久為天下所推重。西報核其本年通國兵額，云現兵可供徵調者共計四十九萬八千名。內有黑兵、……司號令之武弁、……額外武弁、……司雜事之武員、……步兵、……馬兵、……炮兵、……築城開濠之兵、……管糧車之兵、……管餉銀之兵、……巡捕兵、……合而計之，統共員弁二萬六千九百六十八人。三道頭兵十二萬一千九百十四人，餘兵三十四萬九千六百十五人。吁，可謂盛矣！〔註96〕

如數家珍之餘，末了的一個「吁」字引出「可謂盛矣」，頗令人玩味。我們來假想一下，介紹完畢英國和俄國的兵數之後，《申報》該怎樣加編者按？報導英國兵數，末尾來一句：「何其盛也！」是比較合適的。報導俄國兵數，末尾來一句，「兵凶戰危，不可不察也，該國窮兵黷武如此，其國破家亡亦可俟也歟！」也是比較符合《申報》一貫風格的。對於介於英俄之間的法國，先來一個長吁短歎的「吁」字，本來就帶著既羨慕、又嫉妒、還有點恐懼的意味。之後，「盛」就「盛」唄，卻說成「可謂盛矣！」既是有無奈，也有不屑。言下之意就是：法軍的強盛是所謂的強盛，是色屬內荏的紙老虎，是鏡花水月，並不可靠。

因而，法軍積極訓練，被說成「又將折衝於閫外」〔註97〕；法軍研製新型燈塔，被說成「燃犀照怪」〔註98〕；法軍一艘年久失修的軍艦事故，也被寫得淋漓盡致、添油加醋，就差幸災樂禍、彈冠相慶了。一條「傳得」的新聞寫成這樣，真是有聞必錄啊。

> 傳得，法國有初制之鐵甲船，極稱堅固，歷年已久，蓋木質而包以鐵皮者也。近停於道龍海面，猝因失火延及藥房。宛如地裂山崩，傾刻炸散。海旁附近之屋靡不煙銷火滅、片瓦無存。該船鐵片間有飛上海灘者，入地約深十八寸。所有沿海之煤氣燈，無一不滅。藥性之烈，概可知矣。〔註99〕

〔註96〕《法國兵數》，《申報》1881 年 03 月 18 日 01 版。
〔註97〕《法國兵數》，《申報》1881 年 04 月 15 日 01 版。
〔註98〕《新制奇燈》，《申報》1883 年 01 月 26 日 01 版。
〔註99〕《鐵甲船炸沈》，《申報》1875 年 12 月 31 日 02 版。

　　法國與英國一樣，在世界推行軍事擴張，但《申報》筆調卻迥然不同。英國侵略非洲是剿滅「生番」，法國在非洲的敵人就不叫「生番」而叫「土人」。與英國王師南定、摧枯拉朽相比，法軍在非洲卻不甚順利。

　　　　本月二十四日倫敦發來電報言法兵之往多尼思者，現在薩哥安地方爲土人所圍，彼此奮力角勝，尚未分高下也。〔註100〕

　　　　前報述法人在馬達加斯加發兵登陸往攻，茲接倫敦發來電音，謂法兵一隊前往馬島探路，爲馬島之兵所敗，然則法人窮兵黷武只取敗衂而已，果何爲哉？〔註101〕

　　英國統一世界是王道，法國四處征伐是霸道。英軍所至，民心所向；法軍所至，雞犬不寧。雖然法國在非洲勝利並獲得殖民地，但《申報》認爲法軍勝之不武。

　　　　昨日聞得滬上西商接到電音，云法人已用開花炮攻打馬達加斯加矣。〔註102〕

　　　　前報載法國兵船數艘用開花炮攻取加畢司地方一節。茲接本月初五日倫敦發來電報，知該處已爲法兵所得矣。攻無不克，其法之謂乎？〔註103〕

　　先進的法軍難敵非洲土著人的英勇，便使用開花炮轟擊，進而攻城。雖稱「攻無不克」，但這不是以強凌弱嗎？一句「其法之謂乎」把《申報》的鄙夷和聲討寫的躍然紙上。在強悍的霸道之師面前，《申報》的兩個「矣」字，更是寫出了對第三世界人民的同情。

　　同爲第三世界的還有泰國，泰國古稱暹羅，清代亦循此稱。法軍在東南亞地區以越南爲據點，不斷覬覦周邊小國家，暹羅便是有代表性的一個。法國步步爲營，試圖介入暹羅內政外交，將其國王變爲傀儡。「故暹國中之少年氣盛者，咸忿忿不平，欲磨厲以須，與法人詰朝相見。惟暹王之意則不特不敢望勝法，且恐兵士反戈相向之爲己憂。」〔註104〕爲了鎮壓暹羅國民的反抗，法軍既從越南，又從非洲殖民地調兵〔註105〕，使暹羅「士氣仍以強鄰偪處有

〔註100〕《法兵被困》，《申報》1881 年 09 月 21 日 01 版。
〔註101〕《法兵敗信》，《申報》1885 年 09 月 22 日 02 版。
〔註102〕《法人黷武》，《申報》1884 年 05 月 31 日 01 版。
〔註103〕《法兵得地》，《申報》1881 年 08 月 03 日 01 版。
〔註104〕《法暹構釁》，《申報》1893 年 04 月 10 日 02 版。
〔註105〕《電傳暹事》，《申報》1893 年 07 月 25 日 01 版。

遜謝不遑之意也」〔註106〕。即便如此,《申報》仍認為法軍有兵力不敷之憂:
「法即欲與暹為難,豈能多派軍士前來,與暹人朝夕從事?法兵既寥寥無幾,
暹人自足與之頡頏。孰勝孰負,尚未可知。」〔註107〕「暹法之釁已成恐未易
了息矣。」〔註108〕

如果說法軍對第三世界國家濫施淫威,尚且與中國遙遠,《申報》態度不
明朗可以理解。那麼,到了中法因為越南即將開戰的前後,到了法國開罪英
國的時候,《申報》就對法軍的所作所為大加撻伐了,堪稱算總賬。

> 黷武窮兵,必反受其禍。理固當然,事無足怪。……法蘭西
> 暴師境外,屢動其武。……戰無不勝,攻無不取,墮其城堡,收
> 其兵仗。忽爾許其議和,忽爾肆其要挾,兵鋒再接,所傷實多。
> 昨日報載法兵既攻取帶麥、帶尾地方,駐境英兼交涉使銜領事之
> 參贊為法所執,並傳檄領事,限於二十四點鐘以內出境,乃未及
> 二十四點鐘,而領事已溘逝矣。想因氣憤所致。迨領事殯葬時有
> 英國諸官乘英兵艦前往,會葬事畢欲回,法人盡拘執以去。又有
> 牧師某亦為法人所執。然則法人之強橫可謂極矣……今天下無敢
> 與較者。順吾者生,逆吾者死,逆之者信死矣,而順之者亦未必
> 生。何也?法人行事,逞欲肆志,不為他人稍留餘地也。……法
> 之隱憂實為迫切,而己猶不悟,汲汲然勞重兵、越重洋,與中國
> 爭越南而欲攘奪其地。是與螳螂捕蟬不虞黃雀之啄其背者何異。
> 吁!可哀也已!〔註109〕

4.3.3　不褒不貶——《申報》視野中的德國軍事

綜觀近代以來歐洲走出中世紀的步伐,大致可以分為三個梯隊。第一梯
隊是西班牙、葡萄牙、荷蘭等,未知海洋的探索、新航路的開闢就是這些國
家完成的。他們最早環遊世界、最先擁有殖民地〔註110〕、最快享有航海帶
來的財富,「海上馬車夫」〔註111〕是那個時代給他們的評價。這個評價恰如

〔註106〕《暹法近情》,《申報》1893 年 06 月 21 日 01 版。
〔註107〕《暹法近聞》,《申報》1893 年 06 月 15 日 02 版。
〔註108〕《暹法要聞》,《申報》1893 年 06 月 01 日 02 版。
〔註109〕《論馬達加斯加近事》,《申報》1883 年 08 月 03 日 01 版。
〔註110〕南美洲的國家巴西,曾是葡萄牙的屬地,該國官方語言至今仍是葡萄牙語。
〔註111〕一般指荷蘭。

其分，因爲馬車這種運輸方式只能說是中世紀的主流，隨著蒸汽機的發明、工業革命的開展，馬車被火車淘汰，馬車夫也讓位了。滾滾的歷史車輪毫不停留，殘酷地將工業革命不甚徹底的西、葡等國甩下。主宰十六、十七世紀的第一梯隊讓位於主宰十八、十九世紀的第二梯隊，英國、法國登上歷史前臺。

中國甫一開眼，看到的世界便是如此的：第二梯隊的法國獨霸歐洲、英國征服世界。兩國在侵略中國上取得暫時的一致，但利益格局複雜多變，縱橫捭闔與明爭暗鬥從未停止。與此同時，歐洲一些後進的國家也紛紛改革、統一，富國強兵並挑戰已有的勢力格局，普魯士即爲一例。

《申報》創刊的前一年，普法戰爭剛剛結束。法軍戰敗，與普軍在凡爾賽簽訂城下之盟。經此一役，德國統一，法國霸主地位動搖。《申報》甫一開眼，看到的國際軍事新聞中，最大者莫過於此。理應報導，但如何報導？

首先，《申報》的老闆是英國人，英法關係微妙，對法國置些微詞本來就是可以的。普法戰爭戰敗的是法國，歐洲地緣政治調整，英國樂得坐山觀虎鬥，就更方便評頭論足了。其次，《申報》的記者編輯多爲華人，近代以來祖國是被侮辱和被損害的，雖屢試不第、淪爲洋人的打工仔，但匹夫之責的鬱氣積於心中，不吐不快。英國的地位短時難被撼動，英國的老闆也不容在報紙上水淹龍王廟，但法國則不然。大肆議論法國被打敗並不爲過，而且還有些敲山震虎、指桑罵槐的意味，個中奧妙英國老闆是難懂的。第三也是最重要的一點，打敗法國的是後來居上的德國。德國也曾積貧積弱、也曾內鬥不休、也曾被分裂宰割，但痛則變、變則通，一戰而雪前恥，大快人心。《申報》潛意識把德國作爲中國的表率，希望借助榜樣的力量，進一步推動中國的改革和發展。

有了這樣的思想活動，對於這樣的重點新聞，《申報》的報導自然是知無不言、言無不盡。

> 普軍第一、二隊大兵奉命往攻，……法兵在對山發炮轟擊。是日午刻兩陣相角。普國第十四旗兵往敵法軍，法軍之數衆於普兵，約數信但爲普兵計，必先驅法兵下山、不得據險，然後始可以制勝。普兵於是陸續往攻，且知援軍將至，勇氣百倍。先擊其正面，復攻其左隅，轉戰相持，竟爲法軍所敗。及晡，普軍全隊皆出，列陣酣鬥。是時炮若震霆，彈如雨集，兩軍呼聲動天地。普兵後隊雖聞炮聲，仍

魚貫捷進，或有竟當炮路而前趨者。普國大將雲高卡至掌握兵符、指揮士卒，命攻法兵之前。法兵有潛伏於林者，亦環而攻之，普兵遂獲捷。法兵退至南岸再戰，意圖恢復，步騎炮三隊齊出，迭攻環擊，相持甚力。普步卒堅銳驍勇，勢不能破，雖經炮彈橫飛而陣卒不動。普兵第五旗有一隊兵士，攀藤緣葛直上一山峰。其經路狹迫高危，人即蛇行蒲伏，亦不能履之而上，而普兵竟得造其巔。既至，遂攻法兵所據之山，法兵疑為從天而下，駭懼紛走，普軍遂全勝。〔註112〕

德軍攻佔有勇有謀，軍事報導有血有肉。又是「魚貫捷進」勇猛衝鋒，又是「攀藤緣葛」抄敵後路，精彩如同水滸、三國，文人們讀了能不過癮嗎？再者，水滸、三國是自己人打自己人，而這新聞中被痛打的是宰割過中國的敵人，讀者們看了能不手舞足蹈、揚眉吐氣嗎？這樣受歡迎的好新聞，《申報》能不多多益善嗎？

據統計，《申報》連載的「普法戰紀」同題報導，竟有24篇之多！堪稱空前絕後。這些連載，來源於《香港華字日報》的王韜。《申報》與王韜有著不淺的淵源。《申報》主筆錢昕伯是王韜的女婿，錢昕伯在辦報前曾前往香港考察報業，並受到王韜的指教、提點。在新聞業務上，可以說王韜與《申報》有著師徒關係。因此，創刊早期的《申報》，面對著普法戰爭這樣抓牢讀者的好機會，請師傅出山，再正常不過，並且對師傅也頗多美譽之詞。

> 普法戰紀一篇不下數十萬言，經本館已陸續刊佈矣。其書系《香港華字日報》所翻譯，而為王紫銓所撰成者也。是書也，用筆之精深、敍事之簡當，其足以悅人耳目、啓人聰明，固不待言。而所論器械之精、甲兵之壯、糧餉之富、謀略之神，皆千古所罕見、而為近時所僅聞。……惜中人研心史學者皆囿於中土，而如王紫銓之深於西文、不憚翻譯之勤勞者甚少也。〔註113〕

如此難得的「普法戰紀」，如此多的稱讚，是值得結集出版的。《申報》為此奔走呼號，盡了很大的力氣，一篇征人捐款刊刻的啓事，寫得晦澀難懂、蕩氣迴腸。開篇是：「嗚呼！百年興廢，金戈鐵馬之場，一角雲煙，剩水殘山之局。魂歸望帝，杜鵑徒有哀聲，地失胭脂，壯士者無顏色。四百三之部落化盡蟲沙，十八萬之旌旗散同鳥鼠。」在雲遮霧繞中，這篇啓事首先把中國戰史作了回顧，

〔註112〕《續錄普法戰紀》，《申報》1873年05月07日03版。
〔註113〕《讀普法戰紀書後》，《申報》1873年04月21日01版。

句踐、太子丹、劉裕、匈奴單于先後出現。然後抬出太史公，用「史筆固具三長」來評價王韜的大作。繼而旁敲側擊，用「陳司馬瑞南、馮州守明二君」的聯名推薦來抬高此書的身價。最後才步入正題，「略計鏤板之費，不下三百餘金，勢必賴大雅之流各資涓滴，與其結佛緣，以沾利益」。〔註114〕

這樣的募捐啓事堪稱成功，有錢出錢者落得「大雅」的尊名，沒錢出力者也獲悉該書的煊赫地位。書未上市，名已遠揚，堪稱最早的圖書推薦廣告。報紙上連載一遍，報紙銷量上去了；圖書上結集出版，圖書銷量也上去了。廣告促銷，書報互動，抓住熱點，趁機大賣。《申報》創刊不到一年就有這樣的生意經，眞是門檻精！憑藉這樣的商業頭腦，《申報》擠垮《上海新報》，獨霸上海灘報界數十年，實乃適逢其會了。

報界的社會責任就是不僅帶著輿論一起樂，還要讓大家一起思考。德國打敗法國，後來居上，間接地出了中國人心中的惡氣。高興過了，也該找找原因、觸類旁通、總結經驗教訓吧？法國爲什麼敗？德國爲什麼勝？

「法之爲國也，富強甲於歐洲，由來久矣，故歐洲諸國孰不仰望焉而惟命是從者也。而在法國，自視爲所向無敵，足以稱雄於天下，區區普國何足懼哉？」「當興兵之際，將帥不深於籌劃，軍士不習於戎行」，「以驕悍爲奇謀」，「以戰鬥爲兒戲，不量敵人之虛實，不計當前之勝負。」「古語云兵驕則敗，今益信然」。〔註115〕原來法國輸在驕傲輕敵。

德國贏在何處呢？「夫普於法其眾寡不相敵、強弱不相敵、貧富又不相敵，而普卒能取勝於法者，何哉？蓋由於群臣用命、將士同心」，「潛心戰法、兵法、陣法也」。〔註116〕德國注重軍事，《申報》多有報導，練兵〔註117〕、造船〔註118〕，平時工夫很深。德國的軍事裝備，在中國也很有口碑，李鴻章籌建北洋艦隊，旗艦定遠、鎮遠兩艘當時領先於世界的鐵甲巨艦，就是從德國船廠訂購的。

千軍易得，一將難求。《申報》還將德軍的勝利歸結爲著名將領毛奇的指揮，稱讚他與俾斯麥「一將一相共持社稷」〔註119〕。作爲一種英雄史觀的體

〔註114〕《徵刻王紫釋詮先生普法戰紀啓》，《申報》1872 年 09 月 10 日 03 版。
〔註115〕《讀普法戰紀書後》，《申報》1873 年 04 月 21 日 01 版。
〔註116〕《讀普法戰紀書後》，《申報》1873 年 04 月 21 日 01 版。
〔註117〕《德國添兵》，《申報》1885 年 08 月 10 日 01 版。
〔註118〕《定購魚雷》，《申報》1888 年 12 月 03 日 02 版。
〔註119〕《德將毛奇事略》，《申報》1891 年 05 月 18 日 03 版。

現，報上刊登了德將毛奇的簡歷，中西合璧，人是國外的人，事是國外的事，但認識論和語言風格卻是中國本土的，按照紀傳體史書的風格，把毛奇納入了某某「飛將軍」的框框。有些不倫不類，且看滑稽之處。〔註120〕

> 公生於西曆一千八百年，誕降之處則在德之邑佔地方。其封翁同爲普國兵官，公固將門之子也。溯其於十一齡之際，即往旬麥國都城書塾內學習戎機。迨至一千八百十九年即在旬麥營中效力，時將軍芳齡尚未冠也。……閱十年，推升至營官之職。至三十五歲時，擢授游擊。……至四十二歲之時，升爲參將。……年五十即升爲副將。五十五充爲太子府中長史兼司御廄。時即隨從太子往遊各國，至是聲名漸噪，因與大學卑士麥大臣鑾諸公同事，故齊名於德國。……公在普營屢立奇功，多非他將所能。年七十，適遇普法難作，公於是奉命提師。戰功偉烈，實與卑相相衡。其明年，普破法京，亂定之時，德皇乃論前勳以行酬庸之禮，於是擢公爲德國陸軍統領並封侯位。年七十二，始舉爲上議院大臣。公至是乃抒其抱負，而發爲經綸。一千八百八十五年，公乃將其生平所學著之成書並以譯作英文，俾得通行各國。迨至一千八百八十八年之際，公以年老請辭。明年，遂解組歸，即以其兵柄盡託於副元戎華打斯接管。〔註121〕

後起之秀也好，學習榜樣也罷，在殘酷的資本主義擴張時期，軍事是一決高下的唯一手段。積貧積弱者臣服於兵強馬壯者，寰宇之內，概莫能外。在文化、科技輸出之前，德國也是個鐵蹄肆虐的帝國主義列強之一。普法戰爭，只是其軍事擴張的開始；本書研究時段中的《申報》報導了德國與日斯巴尼亞（西班牙）的摩擦，亦是磨刀練棍；〔註122〕二十世紀上半葉的兩次世界大戰，才是德國軍事的眞正爆發。

如果站在二十世紀，回望十九世紀後半葉的歐洲軍事，無疑是大戰的前

〔註120〕《瀛寰志略》中對華盛頓的生平介紹，與此處亦有異曲同工之妙。李彬在《中國新聞社會史》中已有提及：「古色古香的文言文，讓人覺得這個華盛頓有點『怪異』」。並將其放在新聞文體的革新部份加以介紹，值得參考。詳見該書第 79 頁。（李彬：《中國新聞社會史（第二版）》，北京：清華大學出版社，2009 年。）

〔註121〕《德將毛奇事略》，《申報》1891 年 05 月 18 日 03 版。

〔註122〕《德日傳聞》，《申報》1885 年 09 月 04 日 02 版；
《德日續聞》，《申報》1885 年 09 月 08 日 02 版；
《德日軍政》，《申報》1885 年 12 月 13 日 01、02 版。

夜。各國既有軍備，又有摩擦，在壓抑中剋制，在摩擦中舒緩。打而歇，歇而打。風聲鶴唳，草木皆兵，一有風吹草動，即陷一片混戰。下一節即看這一時期的歐洲軍事，在《申報》中有著怎樣的體現。

4.3.4　《申報》視野中的歐洲其它各國軍事

4.3.4.1　基本情況

英、法、德、意、奧，是傳統歷史課本中提及的歐洲列強前五位。其中前三甲的英、法、德聲名顯赫，其軍備、擴張、戰鬥等犖犖大端，在《申報》上並不少見。與之相較，意大利和奧匈帝國〔註123〕的軍事內容，在數量和篇幅上都少了不少。

> 意大利國現請克虜伯炮廠定造一百三十墩之巨炮，造成之後如試驗得法，則尚須定造數尊，以備海邊需用也。〔註124〕

> 意大利國……四面受敵，增兵一事實不容緩。雖經額定每年新徵兵十六萬五千名入營更替，然尚嫌兵力過薄，……議定以每年添足八萬名，以厚兵力。〔註125〕

> 奧國……須加增軍餉一百萬元，由兵部儲藏，設遇國家有事，可以隨時提取，供給仗務。〔註126〕

新興國家摩拳擦掌，老牌國家不甘示弱。自無敵艦隊被英國打敗以來，西班牙在歐洲群雄中堪稱「家道中落」。但瘦死的駱駝比馬大，《申報》新聞中的西班牙舊船不少，且仍在作軍事努力，爭取趕上擴軍備戰的潮流。〔註127〕與後起新秀不同，西班牙捉襟見肘，只好精打細算，希冀在盤活存量的基礎上，搞一些新的軍械增量。

> 近時西班牙國海軍卿建議，我國所有兵船雖多，現觀各國新式戰艦愈出愈奇，現有戰船皆屬不適於用。亟宜籌款添造新式頭等鐵甲船六艘、二等鐵甲船六艘、□鋼鐵戰船二艘、水雷快船三艘，以備訓練整頓。戰艦實為當今第一要務，請於政府籌款迅賜准行云。

〔註123〕《兵數紀略》，《申報》1884 年 06 月 26 日 02 版。
〔註124〕《定造巨炮》，《申報》1884 年 12 月 23 日 01 版。
〔註125〕《意國增兵》，《申報》1884 年 08 月 02 日 01 版。
〔註126〕《電報譯登》，《申報》1891 年 09 月 17 日 02、03 版。
〔註127〕《整頓水師》，《申報》1884 年 09 月 23 日 09 版。

聞得已蒙先准，發交議院速議具奏。〔註128〕

曾經的海上第一強國西班牙現今為買幾艘戰艦而如數家珍，同為航海開拓者的葡萄牙到這時日子也不好過，堪稱慘淡經營。非洲殖民地「謀叛」〔註129〕，美洲殖民地「大亂」〔註130〕，外難攘，內不安。手忙腳亂地鎮壓、平定，卻難一勞永逸。不是不明白，是世界變化太快。與西班牙類似，在秀一秀前人留的花架子之餘，葡萄牙也謀求在軍事上有所振興。〔註131〕

> 葡萄牙國官報稱，葡國政府擬將全國兵制更改。今後陸軍兵額定十二萬名，其中分步兵三十六隊，約九萬九千五百名；騎兵十隊，員額六千七百七十名，馬五千八百四；炮兵一萬二百七十名；工兵二千五十二名。此不過本國陸軍兵額，至屬地兵數不在其內云。〔註132〕

有的改裝備、有的改兵制，西、葡兩國的艱難處境說明了那個階段歐洲競爭的殘酷。昔日春風得意，今朝落魄潦倒。虎落平陽被犬欺，龍困淺灘遭蝦戲。其興也勃焉，其亡也忽焉。盛衰興亡的縱橫對比，強烈地說明一點，那就是：誰的軍力弱，國力就弱，進而失去資源，惡性循環，萬劫不復。

用「警鐘長鳴」來形容這一點，在本書研究的《申報》時段，既自然又妥帖。在中國人接受「物競天擇、適者生存」的觀念之前，歐洲人已經劍拔弩張，磨刀霍霍了。

4.3.4.2 關繫緊張，一片混戰

始作俑者，其無後乎？十九世紀後半葉歐洲的擴軍備戰，很難說源於何時何國，很難分辨究竟是雞生蛋，還是蛋生雞。能夠從《申報》看到的，已經是鬧得不可開交的結果。「歐羅巴洲各國近今數十年來，國勢日強，兵數日增，軍火器械舟艦日益精良，駸駸乎虎視五洲、鷹瞵六合。自法國拿破侖第一翦滅四鄰併吞小國，而繼之以普法之戰，雷轟霆擊、電掃飆馳，於是列國皆聞風警懼，各懷戒心。」〔註133〕爭先恐後，是歐洲各國軍備心態的最好寫照。

〔註128〕 《西國增船》，《申報》1884 年 08 月 02 日 01 版。
〔註129〕 《葡屬謀叛》，《申報》1879 年 03 月 18 日 02 版。
〔註130〕 《巴西大亂》，《申報》1893 年 09 月 20 日 02 版。
〔註131〕 《葡人耀武》，《申報》1887 年 04 月 13 日 01、02 版。
〔註132〕 《葡改兵制》，《申報》1885 年 01 月 30 日 02 版。
〔註133〕 《論歐洲近來兵數日增》，《申報》1892 年 06 月 05 日 01 版。

法國整頓軍容，惟日孜孜。其欲自爲戎首，抑以預備禦敵則未可預料。見其舉動不遺餘力，蓋欲以較雌雄無疑義矣；

奧國近亦聚集兵糧；

意大利雖外面尚未張揚，而內則添兵籌餉，如臨大敵。且又在美購得行走大西洋之快船一艘，改爲兵巡船；

德國現以新式連響槍發給兵士，而各兵士亦操練頗熟，糧餉亦多預備，隨時可以立赴疆場；

俄國各處均有整備，日前俄京日報載有告白招買軍械，要五萬營帳、五十萬兵衣、二百萬對兵靴。此外，尚有火藥彈子等件……；

英國之水陸兩軍亦皆密密布置矣。」〔註134〕

在《申報》眼中，「歐洲各國決裂之勢有加無已」〔註135〕，並在顯著版面登載大篇幅「枯燥」的歐洲兵力配置。如果說這份遠東的報紙報導介紹一下日本的軍力和兵數是與地緣政治休戚相關，那麼隔著偌大的亞歐大陸去報導近東的戰船數量〔註136〕與軍隊數量〔註137〕，足以說明歐洲的緊張態勢在輿論市場上的受歡迎程度。同時，也足以證明當時歐洲的火藥味有多麼濃厚！

養兵不能不練，練兵更促備戰。怎樣練？「法占葡地」〔註138〕、「英俄失歡」〔註139〕、「荷亞交爭」〔註140〕、「西法失和」〔註141〕、「意法爭毆」〔註142〕，這些頗不和諧的字眼並非杜撰，而全都是曾在《申報》顯著版面出現的新聞標題。不必摘引內容，亦不難想見這時歐洲軍事報導的腔調。

拉拉打打。軍事是政治的延續，不僅有兩國對壘的豪放，而且有縱橫捭闔的婉約。有幾國「協力同仇」〔註143〕，有幾國「同造鐵路」〔註144〕，還有

〔註134〕《歐洲大局》，《申報》1887 年 03 月 23 日 02 版。
〔註135〕《歐洲大局》，《申報》1887 年 03 月 23 日 02 版。
〔註136〕《歐洲列國戰船總數》，《申報》1886 年 11 月 01 版。
〔註137〕《綜論歐洲兵數》，《申報》1887 年 03 月 15 日 01、02 版。
〔註138〕《法占葡地》，《申報》1885 年 12 月 18 日 02 版。
〔註139〕《英俄失歡》，1873 年 02 月 08 日 02 版。
〔註140〕《荷亞交爭》，《申報》1893 年 04 月 22 日 02 版。
〔註141〕《西法失和》，《申報》1883 年 10 月 20 日 01 版。
〔註142〕《詳述意法爭毆情形》，《申報》1881 年 07 月 24 日 01 版。
〔註143〕《協力同仇》，《申報》1883 年 04 月 04 日 01 版。
〔註144〕《創造鐵路》，《申報》1893 年 12 月 29 日 02 版。

弱國投靠強國，「行李之往來，供其乏困」。芸芸眾生相，堪稱一齣精彩的浮世繪。英國保護比利時，即其一端。

> 普人實有謀及毗連之小邦比利時國境地也。但比利時亦坐在英海之濱，與英國對岸。故英國久已積慮，不願其爲強國所侵。是以與之立約，必相保護不使爲他國加害也。蓋以近隔小海之地，與其有強鄰逼處，不如有弱小之鄰邦云。……上海西人之論者疑曰，似乎普國既見英國堅志護衛比利時，則前謀或當□廢也。」
> 〔註 145〕

打打談談。政治是軍事的延續，不僅有針鋒相對的軍備，而且有口舌紛爭的弭兵。

> 歐羅巴各國欲會聚於荷蘭境内，將萬國律例重加整頓。……議得各國兵額理宜裁減，又議得凡有兩國失和，宜請中間人據理剖斷，毋得輕啓兵釁云云。查歐洲各國之屢加兵額原無非互相恐懼，逼於自相保護起見，非必欲自尋干戈也。然其糜費國餉於風會實大有關係。果得各釋猜疑，彼此偃戈卷甲，則民人之福何樂如之。但日前接閱西報，謂法國已新增兵額至一百二十萬之多，豈其未聞斯議也歟？大都萬國公法亦僅能託諸空言，而並無盟主。故議者自議，違者自違耳。〔註 146〕

「議者自議，違者自違」，進入帝國主義階段的列強們對國際局勢看得明白。沒有軍事實力，就沒有政治地位。大仗是不可避免的。在大仗將來的背景之下，有些小摩擦實屬正常。這些小摩擦結局各不相同：有的和局了事；有的小斗一番；還有的成了世界大戰的導火索。結局雖各異，但地域卻相同：總離不開號稱「火藥桶」的一些地區。居於要衝，利益交錯，各方爭奪，近代軍事地緣政治的熱點總離不開中東、西亞、東歐這一帶。直至今日，依然如此。願君多採擷，此地當深思。

國際政治軍事是個專業領域問題，本書未必能「多採」。下節中，姑且擇其二，從阿富汗、土耳其兩國在《申報》上的反映，來繪就熱點地區軍事報導的圖景。

〔註 145〕《英國堅護比利時》，《申報》1875 年 04 月 17 日 01、02 版。
〔註 146〕《歐洲擬減兵額》，《申報》1875 年 10 月 29 日 02 版。

4.4 《申報》視野中的軍事熱點地區

　　十九世紀後半葉，五大洲的地緣政治形勢各不相同。非洲已在列強瓜分下萬劫不復〔註147〕，亞洲正在大國博弈中苟延殘喘〔註148〕，澳洲作為英國的殖民地無可爭議，美洲尚在等待後起之秀的登臺表演〔註149〕，歐洲已被爭紅了眼的先進國家們攪得雞犬不寧。是的，歐洲，唯有歐洲，是利益格局最錯綜複雜、國際鬥爭最激烈白熱化的所在。如果說其它各州與歐洲或隔海相望、或相隔千里，那麼亞洲與歐洲堪稱犬牙交錯、難解難分。東歐、西亞，本就不完全是地理意義上的界限，更涉及社會、宗教、經濟等諸多分野。這些分野，多為歷史形成的。這些歷史，重點發生在本書研究的《申報》時段。

〔註147〕例如：《非洲築路》，《申報》1893 年 12 月 22 日 02 版，報導了列強對非洲交通的控制，從而更方便他們強化統治、掠到資源。

〔註148〕例如：《真臘亂耗》，《申報》1885 年 02 月 05 日 02 版；
　　　　《開建鐵路》，《申報》1885 年 10 月 05 日 01 版；
　　　　《印度亂耗》，《申報》1893 年 08 月 15 日 02 版；
　　　　《波拿民變》，《申報》1879 年 06 月 20 日 02 版；
　　　　《印度發兵來中緬》，《申報》1876 年 01 月 31 日 02 版；
　　　　《呂宋信息》，《申報》1875 年 12 月 13 日 02 版；
　　　　《英國電報》，《申報》1872 年 06 月 01 日 04 版；
　　　　《中外雜聞》，《申報》1872 年 05 月 29 日 04 版；等等。東亞、南亞各國多為列強控制下的殖民地，但與非洲不同，亞洲人民覺醒較早，反抗殖民的星星之火已經出現，正在醞釀著燎原之勢。

〔註149〕例如：《美國鐵路紀略》，《申報》1893 年 12 月 22 日 02 版；
　　　　《譯美國奴意西亞納省民亂事》，《申報》1874 年 10 月 24 日 03 版；
　　　　《美籌戎備》，《申報》1884 年 05 月 29 日 01 版；
　　　　《饋贈大炮》，《申報》1884 年 05 月 14 日 02 版；
　　　　《古巴添兵》，《申報》1879 年 10 月 30 日 02 版；
　　　　《古巴全耗》，《申報》1875 年 12 月 31 日 01 版；
　　　　《秘智息事》，《申報》1882 年 12 月 09 日 01 版；
　　　　《秘魯續聞》，《申報》1881 年 05 月 17 日 01 版；
　　　　《秘國失城》，《申報》1881 年 05 月 04 日 01 版；
　　　　《再述秘魯被兵事》，《申報》1879 年 06 月 24 日 02 版；
　　　　《智秘構釁續信》，《申報》1879 年 06 月 26 日 02 版；等等。主要報導了美國的軍事工業初步崛起、軍力儲備初步發展、軍事擴張初步醞釀；報導了西班牙屬美洲殖民地的統治不穩和喪失；報導了拉丁美洲的爭戰，尤其以南美太平洋戰爭（1879 年至 1883 年，智利同玻利維亞、秘魯爭奪南太平洋沿岸阿塔卡馬沙漠硝石、鳥糞產地的戰爭，智利勝，玻利維亞和秘魯割地，戰後玻利維亞失去出海口，成為內陸國）為代表。

4.4.1 群雄逐鹿——《申報》視野中的阿富汗軍事

回溯本書時段之前的歐亞大陸歷史，亦是楚河漢界對壘，小卒最先上陣。大陸板塊東西相望、相攻是歷史的常態，處於兩極交界的阿富汗在歷史上就是戰略要地。歷史記載，西漢前期匈奴中與央政權征戰不休、相持不下，是為西北大患。漢武帝欲聯合大月氏夾攻匈奴，故派遣張騫出使西域。張騫衝破匈奴封鎖、歷經路途艱險，終於抵達大月氏。大月氏就是阿富汗的前身。該民族原本居住在敦煌、祁連之間，因受匈奴壓迫，才遷徙到中亞的媯水（阿姆河）流域一帶。由張騫的大月氏之旅，西漢王朝開闢了出玉門關、經天山、越蔥嶺、到中亞及更遠地方的交通要道，是為絲綢之路。

兩千年前，由東向西交往，大月氏位居險要；兩千年後，由西向東攻伐，阿富汗地處關隘。幾乎在殖民印度、侵略中國的同一時期，大英帝國的「組合拳」也將阿富汗一併拿下。咸豐五年（1855），阿富汗與英印政府簽攻守同盟條約，自是成為英聯邦之藩屬，失中國之締聯。其時的清廷，經「髮捻」之亂，歷英法之擾，內外交困，無暇西顧。秦時明月漢時關，此一時也，彼一時也。此時的俄國替代彼時的秦漢，站在亞歐大陸東部，與英國對弈。對弈的雙方換了人，但距離楚河漢界最近的，仍是阿富汗。對其兵家必爭之地位，熟稔於歷史人物、擅長於談古論今的《申報》瞭如指掌。清廷非不願也，實不能也，只能坐睇英俄兩國在西門外劍拔弩張。《申報》的預測中帶著無奈的口氣：「兩國兵爭，恐從此始矣。」〔註150〕

在宏觀戰略上，《申報》的預測頗為正確。處在東西兩大國夾縫中生存的阿富汗首鼠兩端、自持不易。結好於甲則開罪於乙，乙興師問罪甲又不置可否。英國遠而俄國近，「越國以鄙遠，君知其難也」，故而阿富汗捨英而投俄。《申報》也估計，英國不至於勞師襲遠來解決阿富汗問題，俄國的鯨吞蠶食策略即將奏效。

在微觀戰術上，《申報》預測錯了。西北狼團隊龐大、鷹隼眾多，而東北虎羽翼未豐、孤軍奮戰。在阿富汗的這個棋子上，英俄角力以俄國退一步而收場。「有與英為難之意，但俄亦徒抱虛願耳，究不能越俎而代謀也。」〔註151〕

> 阿富汗之在西藏之西、而印度之西北也，地當兩大沙漠之中。

〔註150〕《俄國開兵》，《申報》1885 年 04 月 12 日 02 版。
〔註151〕《俄京電報》，《申報》1878 年 12 月 28 日 02 版。

尚在亞細亞洲界內，而遠與歐洲之英國有盟，永爲屬國。此亦英國
長駕遠馭之才，善於越境控制。得印度而臣屬之，故必兼有阿富汗，
使由此以達印度之往來而無間阻於其中耳。顧其北，有虎視之俄，
亦既狡焉。思啓欲得土耳其，而因陰結於阿，使背英而從俄。阿思
遠隸於英不如近結俄國之便。設英問罪，俄能援之，於是背英前約
改轍向俄。……殊不知俄雖暗求離間而陽畏諸國之非之，不能竟助
阿也，且辭於英曰，貴國與阿交涉之事敝國勿敢與知也。俄既以此
謝英，英即不能堅詞以責俄。……聽俄唆使而俄仍不能援之，而英
國執其背約之實跡，以興兵而問罪矣。〔註152〕

政治是不流血的戰爭，並非所有爭端總要訴諸武力，也不是所有熱點爭
端地區都會成爲大戰的導火索。經過討價還價，伴隨著瓜分中國的政治合謀
與默契，一度在媒體甚囂塵上的阿富汗危機就過去了。傳單一發，原來如此。
《申報》登了一條簡單的新聞，閱之竟有些失望的筆調，大概與李鴻章「以
夷制夷」策略的失落如出一轍吧！

昨日文匯報館分發傳單，雲英京來電言，阿富汗一事英俄議和
業已大定。…刻下俄人情願退讓，故□言歸於好云。〔註153〕

當然，如果英俄戰端一開，《申報》也是不會客觀公正的。自古以來華夏
就對北戎的鐵蹄踏進賀蘭山關心有餘悸，洋場文人們對北面的俄國本就沒什
麼好感，甚至是覺得其惡貫滿盈，加之報社的英國背景，而英國正與俄國爲
敵，揚英抑俄的方針就成了鐵板釘釘。在兩國涉及阿富汗的一些小摩擦、小
衝突、小練兵中，英國的形象必定「運籌帷幄、決勝千里」，俄國的形象必定
「無道」、「狡而忍」，而夾在兩國之中的阿富汗是可憐的「蠢而愚」〔註154〕。
而戰況呢，英國不是「捷報」〔註155〕，就是「大勝」〔註156〕，英國的敵人不
是螳臂當車，就是應當自儆〔註157〕。

《申報》文人簡直把英國當成中國的親兄弟和老大哥來看待，在他們心
中，英國取代中國當上了世界的「中」國。與曾經立中央而服四荒的中國相

〔註152〕《綜論阿富汗事》，《申報》1879 年 01 月 31 日 01 版。
〔註153〕《英俄和定》，《申報》1885 年 08 月 24 日 01 版。
〔註154〕《西報論阿富汗事》，《申報》1879 年 02 月 15 日 01、02 版。
〔註155〕《英軍捷報》，《申報》1879 年 02 月 12 日 01 版。
〔註156〕《征阿大勝》，《申報》1880 年 09 月 07 日 02 版。
〔註157〕《征阿大勝》，《申報》1880 年 09 月 07 日 02 版。

似，英國理所應當地延續了懷柔遠人的儒家統治王道，向著和諧世界的大同社會而努力。當英國鞏固了在阿富汗的勢力範圍後，《申報》說「英廷仍不欲據阿爲己有，惟令其世世子孫永爲藩服而已」〔註158〕。好一個「永爲藩服而已」，簡直迂腐、可笑、荒唐到極致了！

這種荒唐可笑還表現在《申報》認爲英國將阿富汗變成藩屬不是爲了軍事戰略或掠奪資源，而是爲了幫助其發展生產、開發經濟、一起實現小康和大同。左宗棠征西北，集全國之力，而後屯墾之、移民至、開發之、繁富之。《申報》奉之爲圭臬，竟把某非主流英人的見解也作爲印證，說什麼「核計每年必致費銀一千萬磅」〔註159〕，非但幫英國算賬，還替英國擔憂上了。實際上，英國怎麼會做賠錢的買賣！帝國主義插手第三世界國家，除了掠奪，還是掠奪，資本家對後進國家是一個子兒也不會出的。多年之後，我們看到阿富汗依舊貧窮、落後、紛爭不斷，而相去不遠的中國新疆已頗爲豐腴。其中道理，自不待言。

4.4.2　一枚棋子——《申報》視野中的土耳其軍事

象棋，作爲一種軍事的簡單化、模擬化和假想化，雖有紙上談兵之謂，但亦可由此觸類旁通一些軍事格局。開局時，雙方程序和路數單一。進攻者當頭炮，防守者馬來跳，也有飛象、拱卒之類，但總離不開那幾招。接下來，雙方勢均力敵、互相牽制：車在馬腿上，馬又在炮口上，但炮卻不能打，因爲打了留空，車就不保，而車呢，又在象眼裏。如此這般，環環相扣，堪稱牽一髮而動全身。在棋盤上，總會形成一兩個、兩三個距離將帥不遠但尚未危及士、相的對峙地帶。這些熱點地區既令對弈者絞盡腦汁，也讓觀棋者難以不語，紛紛指手畫腳。「換了它！」「打了它！」「吃了它！」各類眞僞君子們出謀劃策，一盤棋下得滿場熱鬧。

《申報》說象棋「難會而易精」，圍棋「易會而難精」〔註160〕，原因可想而知，在於二者的遊戲規則。實際上，象棋在中國的群眾基礎極廣，茶餘飯後、河邊樹下，學之非難；倒是高手如林，下通卻不甚容易了。英俄作爲對弈雙方的這盤棋，在《申報》看來就不相上下，陷入膠著。原先預計圍繞

〔註158〕《譯英征阿富汗細情》，《申報》1879 年 11 月 11 日 02 版。
〔註159〕《英人論開藩事》，《申報》1878 年 10 月 31 日 02 版。
〔註160〕《象棋可悟兵法說》，《申報》1888 年 06 月 02 日 01 版。

阿富汗這個棋子，俄國一攻，英國一保，兩國互相吃子，劈裏啪啦，一輪吃
將下來，棋盤上就該撥雲見日了。誰料英國不願拼，而是借助周圍子多，退
了一步，保了一招。俄國眼見對方防線堅固，便只好作罷，另尋機會突破。
機會在哪裏呢？勢必在阿富汗的周圍尋找，勢必對俄國的軍擴戰略有力，勢
必能遏制英國的棋子。

「土耳機（其）爲西域大國，自古著名。擅膏腴之壤，據形便之地。所
轄黑海，實爲歐洲第一要害之津。」〔註 161〕《申報》說的不錯，在棋盤上，
土耳其是阿富汗之後的另一處熱點。

> 倘果得土國，則俄國兵船由黑海而達紅海，其間毫無阻攔，而
> 俄船一出紅海，即可以阻截英國印度往來之路。英國亦知其志在乎
> 此，因連絡各大國執牛耳以強與之盟，俄人迫於勢力不得不知難而
> 退。……雖有鐵甲巨艦，弗能過雷池一步，此正俄之所痛心疾首於
> 英國而無可奈何者也。俄人既有此恨於英，則其深謀遠慮將欲甘心
> 於英者亦其勢所必然，特英國無隙可乘則亦不得不忍而與之。……
> 從爭於阿富汗，特其見端也耳。〔註 162〕

在本書研究的《申報》時間段，俄國在阿富汗問題上多費口舌，卻少撈
好處，一無所獲，悻悻而歸。俄國對土耳其早有覬覦，一直試圖通過控制或
佔領土耳其來奪取黑海出海口，進而通地中海、出大西洋、爭霸世界。就在
這時，土耳其國內生變，其治下的巴爾幹地區尤爲動搖。巴爾幹半島是熱中
之熱，地中海進入黑海的咽喉博斯普魯斯海峽即在於此；巴爾幹半島又是歷
史遺留問題，克里米亞戰爭中俄國戰敗，失去了這一地區。爲報一箭之仇，
俄國打著「拯救土耳其帝國壓迫下的基督徒」和「保護斯拉夫兄弟」的旗號，
堅決對土耳其動武。

英俄在阿富汗沒打起來，在土耳其則不然。英國雖未直接參戰，但提供
了武器支持。土耳其自恃有英國撐腰，且近代軍事革新有成，從容與俄國展
開廝殺。

> 俄之進攻土營左翼也，月明星稀，萬籟俱寂，忽聞习斗怒號，
> 人馬蹴蹈，俄軍大隊齊出。土營聞警，整隊相迎，而俄已壓土軍，
> 而陣火槍互發，煙焰蔽天。土軍捨死忘生，力與相搏，而卒不能支，

〔註 161〕《論歐洲近事》，《申報》1878 年 03 月 13 日 04 版。
〔註 162〕《測俄新論》，《申報》1885 年 04 月 12 日 01、02 版。

移陣稍卻。俄軍奮勇前撲，並飛調炮隊星馳策應。未及數刻，土兵全數退回山上炮臺。俄軍乘銳氣四面圍攻，均用火槍接仗，土亦以火槍敵之。土氣稍餒，漸萌退意。而俄之後隊聞前軍獲勝，坌息而前。又撥步隊移駐要衝，以爲犄角之勢。時夜漏已九點鐘矣。俄之前鋒亦聞軍勢厚集，益轟圍弗懈。土兵驟經苦戰，心膽俱碎，欲暫避敵鋒。又值月明如畫，苦於無可潛身，仍退回山頂，列陣相迎。至十一點鐘，俄軍中忽又呼聲大發，震動山谷，蜂湧直上將護炮臺之短垣盡行轟塌，雷霆不足方其迅厲，風雨不能擬彼摧殘。且拔土幟而易俄幟，漫山遍野盡布俄軍。時土督師員弁見軍無鬥志，轉瞬成擒，計受辱而喪名不如捐軀以殺賊。各大呼「亞路刺」，「亞路刺」者，土營發號施令奪勇之語也。眾兵聞此聲也，知元戎有死志，不忍其身先士卒、致命疆場，遂群起應之、捨命相拒。顧俄軍已逼近、火器無以奏功，即以槍末之利刃鼓勇擊刺。俄出不意雖略沮然，仍屹立不退。惟時土兵有必死之心，無不一以當百。衝殺片時，俄軍受傷甚眾，紛紛退走。土兵乘勢逐下山坡，俄軍逸而避於樹林之中少選。至一點鐘，俄又添新兵相助，土軍又卻。俄方進襲間，又被土逐回。屢進屢退，相持至六點鐘，俄仍未退。土軍得以其暇，飛請援師，軍勢益壯，嚴陣以待俄兵之至。相距較近，即以槍尖相刺。俄不能取勝，而死者愈多。一夫倡逃，萬人齊散。土軍滅跡掃塵、追奔逐北，如入無人之境。見俄軍有逃至村落中者即行刺死。迨追俄軍至其炮臺，忽大聲發於臺端，紅光直注，人盡紛紛倒地。蓋巨炮怒轟，不能辨孰爲俄、孰爲土矣。有泰西從軍日報館士謂：「戰時月在天心，忽覺黯淡無色，其殺氣直可以上薄雲漢，亦盛矣哉。」然泰西近日各國皆以火濟金力之所不逮，此戰土乃捨火而專用金，竟能易敗而爲勝，不可謂非徼天之幸也，而其果敢之氣足以風矣。
〔註163〕

如此長之引用，何也？軍事的核心在於戰爭，軍事新聞的核心在於戰報。只有對《申報》中的戰報有了直觀的認識，才能使其餘一切論述建立在感性認識的基礎上。加句讀前，引文701個字。這段戰報堪稱全書引用長度之最，精彩程度也堪稱全書引用戰報之最。字字珠璣，無一浪費，如臨其境。值得

〔註163〕《俄土夜戰詳紀》，《申報》1877 年 10 月 27 日 01、02 版。

指出的是，這篇報導來自「泰西從軍日報館士」，也就是西方的隨軍記者。這說明了新聞寫作說到底是新聞採訪，採訪紮實，加上妙筆生花，才能寫出好新聞。這就好比既有巧婦，又有好米，才能做出美味的炊事。

在上引報導的夜戰中，土軍先負而後勝。但勝主要靠的是天黑、地利和冷兵器的肉搏，留下伏筆，但終究是勝了。與之類似的，「俄國發兵」〔註164〕、「俄土軍情」〔註165〕、「俄敗電音」〔註166〕，一連串的報導似乎印證了《申報》在戰爭方一開始時的預測。

> 俄人向者自以為兵甲之強足以虎視歐洲、鯨吞列國。其於土也，幾如苻堅之視東晉，投鞭可以斷流矣。……俄初以泰山壓卵之勢，儼若土國京都在我掌握，故長驅直入，而退兵之後路俱不設防。雖曰破釜沉舟，古有此事，然軍心自此疑矣。……風聲鶴唳，草木皆兵，安望其能殺敵致果哉？……噫，世之窮兵黷武者其以俄為殷鑒也哉！〔註167〕

被《申報》搬出來的不僅有引文中的淝水之戰，還有火燒赤壁和火燒連營〔註168〕，姑且不引。如此這般，把婦孺皆知的歷史故事搬到報紙上，除了說明俄國的色厲內荏，還為了呼應和強化輿論的傳播效果，目的只有一個，引起社會的重視。

> 中國袞袞諸公於外洋戰事，若秦人視越人之肥瘠，漠然不加喜戚於其心。甚者言大而誇謂為蠻觸交爭，無關得失。不知俄羅斯固虎視耽耽、其欲逐逐者也。得志於土耳其雖未可必倘竟犁土之庭、滅土之國，則燭之武之所謂「既東封鄭，又欲肆其西封」者，殆不啻為今日道矣。若不得志，或如秦人之襲鄭攻之不克，圍之不繼，而遷怒於滑者。〔註169〕

《申報》費盡心機獲得的國際軍事新聞，竟被一些迂腐文人視為「蠻觸交爭」而不屑一顧，確令國人報顏。列強已經打到家門口，世界已經換了人間，還有人在做「天朝上國」的美夢！外國都有戰地記者在捨生忘死地採訪

〔註164〕《俄國發兵》，《申報》1875 年 11 月 30 日 01 版。
〔註165〕《俄土軍情》，《申報》1877 年 12 月 07 日 03 版。
〔註166〕《俄敗電音》，《申報》1877 年 10 月 13 日 01 版。
〔註167〕《詳譯俄土軍情》，《申報》1877 年 09 月 21 日 01、02 版。
〔註168〕《書本報俄師戰敗後》，《申報》1877 年 08 月 10 日 01、02 版。
〔註169〕《英俄失和要聞》，《申報》1877 年 09 月 11 日 02 版。

軍事新聞了，這說明外國受眾對戰爭和國際局勢的何等關注！而中國呢，《申報》還在爲糾正士人的夷夏之防而多費口舌，爲「衰衰諸公」的默然而奔走呼號。差距有多大！正如《義勇軍進行曲》所唱：「起來，不願做奴隸的人們」，「每個人被迫著發出最後的吼聲」。愛之深，責之切。斯國斯民，能不讓開眼望世界的洋場文人們憤慨嗎？

同樣令《申報》憤慨的，還有俄國的野蠻行徑。從道義上和事理上，《申報》用筆端回擊了俄國的出兵。

> 俄國之計則甚得，日後敗土即能分地，否則勝土亦可索償，即在目前用兵封海又可據掠各處商船，是在各國均受其害，惟有俄國獨得其利。……無故藉端思滅土國數百年之宗社，又無故因此貽累各國數萬里之兵商，不過求遂一己之大欲而已。吾恐又如孟子所言，緣木求魚，雖不得魚無後災，以若所爲求若所欲，後必有災者。〔註170〕

> 土耳其一國爲歐羅巴東之屏藩、亞歐兩洲之樞紐乎？且蘇彝士河又在其鄰近，前開此河先則法任其勞，後則英費其財，英法兩國豈能聽其踩躪而不保護乎？……土在歐洲雖爲弱小昧貧之國，而其餘各國皆強大明富之國也。若俄能勝土，英法必援舊例以存之，俄能得土，各國必群起攻之，恐爲拿坡侖之繼也。〔註171〕

俄窮兵黷武，其所敗者一也；滅土宗廟社稷以遂己之私欲，其所敗者二也；犯眾怒爲天下不容，其所敗者三也。總之，無論戰況向何處發展，《申報》堅定地認爲「土難終負、俄難終勝也」〔註172〕。

一個「終」字，正好可以把話倒過來說，構成了雙重否定。實際上，戰場上論軍力，從不論道義、論事理。以冷兵器對熱兵器，以肉搏對槍林彈雨，土耳其對俄國並不樂觀。土負俄勝，漸已明瞭。《申報》承認「土非俄敵」〔註173〕，對俄國口氣也軟了下來。認爲「今者俄之威已立矣，俄之志已滿矣，而俄之息亦已成矣」〔註174〕。成王敗寇，一直是中國歷史所演繹的。《申報》指點敗者土耳其、英等國一方，「此時正宜卑辭厚意開載布公，簡派使

〔註170〕《書本報土俄戰耗後》，《申報》1877年04月25日01版。
〔註171〕《論俄土爭戰事》，《申報》1877年07月25日01版。
〔註172〕《書本報俄師戰敗後》，《申報》1877年08月10日01、02版。
〔註173〕《論土宜結英以和俄》，《申報》1878年01月02日03版。
〔註174〕《論俄國宜因各國以和土》，《申報》1878年01月04日03版。

臣，結交各國，請與俄講解，俾得修好」〔註 175〕。這時候除了城下之盟、
納貢稱降，還有什麼辦法？如此之餘，還不忘來點精神勝利法，一是說「歐
洲永享昇平之福」〔註 176〕，二是謂「臥薪嘗膽庸有濟乎」〔註 177〕，三是待
「國之存亡天也倏忽變幻」〔註 178〕。

與甲午戰敗後的三國干涉還遼類似，土耳其被俄國宰割之後也激起了世界
上愛好和平的各國「公憤」，大家團結起來，「以禁暴亂保小寡爲心」〔註 179〕，
和俄國「講道理」。經過一番討價還價，土耳其收回了一些主權。更重要的是，
俄國一心想要的西南出海口，終於未能如願。這也應了《申報》的話：「土難
終負、俄難終勝也」〔註 180〕。

阿富汗圍而不攻，土耳其攻而不取；阿富汗沒有拼殺，土耳其僅丟數子。
拼殺的並不過癮，對弈的局面還在繼續，這盤棋還是要下的。下棋的人更汲
汲，觀棋的人更躍躍。塞爾維亞、波黑，〔註 181〕 等等，一個個都成了棋盤
上的關切點，引人注目。《申報》軍事新聞對他們不吝筆墨，但大同小異，
無不散發大戰將臨前的火藥味。

大戰在即，備戰必須。如何備戰？裝備掛帥。裝備爲何物？「絞肉機」
〔註 182〕是也。列強們對勝利的渴望，促成了以車船槍炮爲代表的「殺人機

〔註 175〕《論土宜結英以和俄》，《申報》1878 年 01 月 02 日 03 版。
〔註 176〕《論俄國宜因各國以和土》，《申報》1878 年 01 月 04 日 03 版。
〔註 177〕《土軍怯戰》，《申報》1878 年 01 月 23 日 01 版。
〔註 178〕《論俄國宜因各國以和土》，《申報》1878 年 01 月 04 日 03 版。
〔註 179〕《論歐洲近事》，《申報》1878 年 03 月 13 日 04 版。
〔註 180〕《書本報俄師戰敗後》，《申報》1877 年 08 月 10 日 01、02 版。
〔註 181〕例如，涉及的報導有：《倫敦電音》，《申報》1883 年 11 月 15 日 01 版；
　　　　　《賽蒲停戰》，《申報》1885 年 12 月 24 日 01 版；
　　　　　《賽兵敗續》，《申報》1885 年 11 月 27 日 02 版；
　　　　　《賽兵又勝》，《申報》1885 年 12 月 15 日 01 版；
　　　　　《詳述賽王被廢情形》，《申報》1886 年 10 月 29 日 02 版；
　　　　　《勢同一炬》，《申報》1885 年 11 月 26 日 02 版；
　　　　　《賽蒲近信》，《申報》1885 年 11 月 25 日 02 版；
　　　　　《倫敦電音》，《申報》1885 年 11 月 24 日 01 版；
　　　　　《電音錄要》，《申報》1885 年 11 月 21 日 01 版；
　　　　　《電音彙錄》，《申報》1885 年 11 月 19 日 01 版；
　　　　　《電音譯要》，《申報》1885 年 11 月 18 日 01 版；
　　　　　《論塞爲土敗》，《申報》1877 年 02 月 07 日 01 版。
〔註 182〕第一次世界大戰時，德、法兩國在法屬要塞凡爾登進行了激烈的陣地消耗戰，
　　　　　因該戰役傷亡慘重，故被稱爲「凡爾登絞肉機」。

器」的突飛猛進。悲夫！

4.5　《申報》視野中的西方先進軍事

　　地理大發現、宗教大改革、政治大進步、思想大解放，發展生產力所需要的諸多條件在十九世紀的歐洲一齊具備，資本主義制度甫一出現和確立，就展現出強大的綜合生產和保障能力。煤炭開採，能源充足；鋼鐵冶煉，基礎完備；車床鑄造，技工精湛；電報架設，通訊發達；鐵路鋪建，運輸便利。那時的世界上，又有幾個國家能比得上歐洲列強如英、法、德等國的綜合國力呢？

　　沒有錢是打不起仗的，戰爭自古以來就是對綜合國力的最大檢驗。戰國時，秦國依靠商鞅變法發展經濟，然後統一六國；西漢時，基於「文景之治」的兩朝積纍，才有漢武帝的決勝匈奴。相反，宋代時，依著「亂世有叛民而無叛兵」的國策，大量徵兵，造成積貧積弱；明代時，萬曆三大征、崇禎加收「三餉」足以讓國祚二百餘年的社稷土崩瓦解；緣於此，滿清定鼎後在軍費問題上束手束腳，造成兵制混亂，歷時近三百年而終未解決。雖說「兵馬未動，糧草先行」是兵家古訓，可綜觀中國歷史，更被統治者奉為至寶的卻是「兵凶戰危，不可擅動」。其原因何在？

　　一國對外用兵，堪稱千頭萬緒。單說將士征戰在外的衣食住行，就足以讓後勤部門殫精竭慮了；比後勤重要是士氣，是軍隊的政治工作，古往今來多少以少勝多的戰役，無不說明主觀能動性的巨大作用；比後勤和政治工作更重要的，是直接決定戰爭勝負的參謀工作和指揮工作，戰典兵書卷帙浩繁，自不待言。決定開仗與否的糾結還不僅於此，有時候不打仗要亡國，打仗更要亡國。因為戰爭增加了賦稅、勞役了人民、影響了生活、滋生了混亂，甚至培育了敵對勢力，「欲攘外必先安內」說的就是這個道理。殷鑒在前，再錯依然，自秦至清乃至民國的歷代政府在戰爭問題上無不陷入歷史的弔詭。原因又何在？

　　尚五色、崇三統，合久必分、分久必合，盡人事、聽天命，王朝更替、循環往復。中國傳統對政治歷史的看法，是一種螺旋的邏輯。「五百年必有王者興」，雖說不盡準確，但尚未有封建王朝延續超過五百年的歷史。其原因在於：王朝初年，百廢待興，土地撂荒，易於繁茂；到了王朝中年，生產發展，地價上漲，貧富分化，貪腐盛行；王朝末年，「富者地連阡陌，貧者

無立錐之地」，剝削殘酷，反抗繼起，大廈將傾。其興也勃焉，其亡也忽焉。歷代王朝興亡的規律性，最根本就源於中國農耕文明的生產方式。小國寡民、安土重遷，地主農民，千年延續。無論風雲如何變幻，小農經濟的耕讀之風亙古不變。

　　此般的生活造就了此般的思想，此般的思想造就了此般的生活。這是一種經濟、政治、文化三位一體的穩固意識形態，土地要精耕細作、王朝要中央一統、科舉要層層遴選。在和、禮、序的體系中，征、討、伐是不得已而為之，兵爭絕非社會的常態。非但心理上不能接受，經濟上也不堪承受。農耕文明的土地需要大量勞動力，可兵爭一開，勞力少、耗糧多，一來二去負擔增加兩倍，農民能不怨聲載道嗎？因而，農業立國、農民眾多的傳統中國是打不起仗的，這就是中國軍事史的癥結所在。秦始皇就打亡了國，漢武帝即便有文景時期的積累，依舊因險些亡國而下罪己詔。到了近代，腐朽閉塞的清廷更不敢與西方近代國家開戰。不打，割地賠款通商而已；勉強打，則社稷都可能不保。於是，「帝國主義在中國的海邊架起幾門大炮就能讓中國屈服的日子」開始了。

4.5.1　《申報》視野中的西方軍艦

　　本書研究的《申報》時段，恰好就是清政府與帝國主義形成某種默契的時期。「量中華之物力，結與國之歡心」就是清廷心態的最好表達。在如此「和諧」的氛圍中，清廷也有了「同光中興」的迴光返照。漢口、福州、廣州、南京等城市、以及《申報》所在的上海，都在洋人勢力或多或少的影響下，首先開始了近代化的演變。這種新陳代謝表現在文化上，就是一部份知識分子從「學而優則仕」的傳統路徑中掙脫出來，從事新興城市文明所需要的傳媒文化產業。這些辦報、出書、執教的洋場文人是第一批開眼看世界的中國人，他們像洋人學著中國人的口氣辦報一樣，也學著洋人的語言、文字、對象。五方雜處、中西交融的上海灘提供了那個時代最「洋氣」的機會。

　　這不，《申報》的主筆就有了一個千載難逢的好機會──登上法國軍艦！軍艦可不是旅遊景點，不是誰想上買張票就能上的；洋人的軍事更不同於清軍，操練閱兵讓一覽無餘、使萬人空巷。不少水泄不通、人頭攢動、接踵摩肩的清軍場面，都在《申報》記者編輯筆下熠熠生輝。但這些報導，多是「只可遠觀、不可褻玩」，僅僅處於擠在人堆中感受氣氛的階段。究其原因：一是

秀才遇到兵，有理說不清，文武多年隔閡；二是落後封閉的清軍不可能記者招待、媒體開放。於是，報紙總登「人山人海、觀者如潮」之類的國內軍事新聞，讀者看膩了，報人也寫煩了。

就在這時候，法國軍艦發出邀請，能不令報人受寵若驚嗎？參觀洋人軍艦，既開了眼界，又有了新聞素材，多麼一舉兩得的好機會！重要的是，這樣的好機會並非爾等小民都能獲得，而是兩位已躋身上流社會的朋友所賜：一位「匠心聰穎」、樂於洋務的官員孫太守，一位是「嫻於法語」、熟於洋人的徐買辦。法國人主要邀請的是上述兩位，而《申報》主筆則是朋友帶來的朋友，屬於沾光的性質。該主筆心態很正，並不諱言於此：三人行，則必有我師，「呼余隨者，使廣見聞也」。是啊，廣見聞，多學習，正是崇尚洋務的《申報》所希望的。西方列強不就強在軍事嗎？軍事背後不就是綜合國力嗎？綜合國力一言難盡，但不能不研究，為什麼不管窺全豹呢？

顯然，遊記作者（姑且稱之「記者」）對參觀法軍艦這一機會非常珍惜。處處留心，時時在意。時間是「午後」，地點在黃浦江東岸，客人們從右側舷梯登上軍艦。首先來到「副船主暨糧臺醫官等共居之所」，該艙面積挺大，因為能放下一張會議桌。有些滑稽的是，記者稱會議桌是「長幾」，且「供鮮花二瓶」，此乃少見多怪當成供桌是也。會議桌上方「懸風扇一」，「主賓團坐，扇輒動搖，牽之耶？抑機運之耶？」雖然對風扇的構造很好奇，但一因語言不通、二因面子矜持，記者沒開口、「未具問」。「寒暄之餘，出葡萄酒、雪茄煙以餉客」，不愧是開放口岸、十里洋場，記者對洋酒洋煙代替了茶水瓜子很適應，準確描述、并無疑問。想必在那種場合，煙酒也是不會動的。與清軍酒過三巡之後再辦正事的風格不同，洋人安排緊湊，「少頃」就進入了下個環節。

軍事設施是軍艦的關鍵，軍事指揮是軍艦的核心。業精於勤荒於嬉，軍艦的最高指揮員艦長並未參加接待活動，客人們是在副艦長的陪同和帶領下來到甲板的。記者寫慣了清軍的精彩「表演」，到了法軍這兒卻難以妙筆生花了。因為在甲板上，操練的操練、修繕的修繕，一派忙碌、一切正常。最多也就是看到有客人來，「去炮衣啟後膛納子其中」，在訓練中展示一下迅速的參戰能力和熟練的軍械操作。通洋務的孫太守和船員交流「內行」問題，如「日需煤幾何、日能行幾何、馬力約幾何」之類，而喜歡「外行看熱鬧」的《申報》文人們就難免受了冷落。語言不通，頗為失望，走馬觀花，參觀

僅此而已。

　　就在行將告別之際，終於有了新聞的看點。老天幫了《申報》的忙：「雨忽大至，雷電以風，江水欲立」，客人們一時難以下船。記者看到徐買辦和副艦長溝通了一陣，然後發現「西侍奔走，主人側各喁喁語，大都為部署飲饌事」，原來要在軍艦上吃晚飯了！為了不讓客人坐著乾等吃飯，陪同遊覽的副艦長拿出家人相簿，供大家欣賞。這和中國的飲茶、打牌、寒暄類似，是西方人的習慣（他們也喜歡在辦公場合擺放家人照片），本是消磨尷尬零碎時間的好方法，但在記者筆下也有了滑稽的味道：「出冊頁二，令展觀，蓋皆其宗族姻婭小照也。」讀來令人忍俊不禁。

　　「俄而，幾幕張，燭擎列，杯盤肆」，晚宴開始。「更來兵官四人，環坐陪勸酒勸餐。」記者數了晚宴有八道荼，酒有五種或六種卻記不清，估計在主人「禮隆而意摯」的招待下，已經微醺了！晚宴後是軍樂隊的演奏，酒後的記者竟聽出了「中國調繼譜以西曲」，不免讓人想起四面楚歌：黃浦江邊的外國軍艦上，主人演奏中國樂曲給客人聽。主焉？客焉？今夕是何夕？這頓伶仃大醉竟有了些借酒消愁的味道。給外國人辦事的徐買辦竊語曰：「予遊海外歷有年若人款客之殷罕有如今日者」，於是記者也覺得「華洋情固不甚相遠也」，醉中不再深究這民族的危亡情愫。

　　晚宴和音樂會之後，恰好風雨也停了，主客依依惜別，「若故人難為別者」。記者特意寫了「握手」，想必這也是當時的新奇事。新奇的還有名片：「副船主為阿落磕卑，糧臺為巴格龍，醫官為阿里也阿郎，兵官為卑勒弟也。為播言乃行時各贈名片一，由徐君翻以華文云。其未贈片者，則莫名其名焉。」記者既重視，又高興，雖「比至寓已三鼓矣」，仍「挑燈記此」。《申報》的重視還表現在：1884 年法國國慶日當天，報紙破例在頭版社論位置刊發了這篇遊記。〔註 183〕為何如此重視？

　　其時，第一強國的英國軍艦甲於天下，試圖依靠陸軍征服歐洲的法國卻遭到慘敗。因而，輿論多認為海軍力量強弱是一國軍力的重要標誌。海軍機動靈活，進可攻、退可守。強國必先強軍，強軍必先強海軍。社會因此而共識，北洋艦隊因此而組建。這種輿論大環境下，參觀訪問外軍艦艇，《申報》自然倍加重視。

〔註 183〕《遊未拉兵船記》，《申報》1884 年 07 月 14 日 01 版。法國軍人對中國客人的「款客之殷」，似與恰逢法國國慶日也有關係。

此外，《申報》對西方產艦船的先進多有報導，有稱讚船速快的，有肯定造船技術好的：

> 本館西友接到英國電報，云斯德林蓋斯德里船由漢裝茶，於初六日晚十點鐘已至英國，初七日早五點鐘抵碼頭。計該船自吳淞開行到英，僅歷二十九日零十一點鐘。可謂神速之極，爲從來所未聞也。〔註184〕

> 北洋定遠……駛至瓊州洋面，偶而擱淺，當即查看船身，並無滲漏之處。及至今年該定遠船入塢修理，始知船底已有微損。其所以數年以來不致因此失誤者，實因該船係德國福爾康廠所造，用其新倉夾層船底之法也。〔註185〕

此外，魚雷快艇廣受到西方列強的歡迎。這種艦艇噸位輕、速度快，在戰術上非常靈活。「行駛之迅速，均如風馳電掣，倏忽往來無從窺測」，常有出其不意、攻其無備的戰術效果。「倘於晨光熹微、夜色朦朧之際，雖敵船預知其來每難防範。」在夜戰中，雖防守一方「燃煤氣燈」、「持千里鏡四周瞭望」，可仍是防不勝防。等到發現敵情，攻擊一方的魚類船已經在四十碼以內。此時儘管防守一方如臨大敵、「諸快炮連環施放」，但已無濟於事因爲魚雷快艇上的魚雷已經悉數發出。木已成舟，「趨避恐將不及」，只能望洋興歎、坐以待斃。「若以十數艘蜂擁而來，其有不立成齏粉者。」

魚雷快艇與其它艦船相比，造價也更爲低廉。在給對方大船造成致命威脅的同時，小船即便沉沒，相比而言損失也僅有十分之一不到。這種四兩拔千斤的魚雷船，在軍備競賽白熱化的歐洲廣受追捧，「各國莫不望而傾心，群推其無一能出其右」。列強們爭相建造，但求「沿海各口多備小號雷艇數十艘、再備二號雷艇數艘，將見固城野如金湯、奠邦家於磐石」。〔註186〕

積土成山，風雨興焉；積水成淵，蛟龍生焉。有利矛者，自有利盾。既然攻擊軍艦的魚雷如此厲害，那麼軍艦在防禦級別上也該相應提升。十九世紀後半葉，工業革命帶來的鋼鐵冶煉技術大發展給輪船裝甲厚度的提升創造了條件。在軍艦製造領域，風帆戰列艦逐漸被蒸汽戰列艦所取代。這種戰列艦外裏30公分左右厚度的鋼板，以蒸汽作爲主要動力。蒸汽機不僅爲軍艦提

〔註184〕《巨艦神速》，《申報》1882年06月23日01版。
〔註185〕《兵艦妙製》，《申報》1893年05月07日02版。
〔註186〕《紀□魚雷艇》，《申報》1887年01月18日03、04版。

供了推進，還被用於操縱轉向系統、錨泊系統、裝甲系統、裝填彈藥、抽水及陸降艦載小艇等。全船具備初步的機械自動化能力，是近代以來人類智慧和工業製造能力的凝結。

古代沒有格致之學，按中國傳統理解，能浮在水上的惟有比水輕，造船當然得用木頭。因而，西洋的近代軍艦甫一露面，就足以令人咋舌了。西洋軍艦給人最深刻的印象就是堅固的鐵殼船身和船上沉重的炮臺，故有「堅船利炮」之稱。顧名思義，「鐵甲船」的名字也即源於此。當時西方的大型鐵甲船排水量能達到 8000 餘噸，北洋海軍的定遠、鎮遠二船排量均為 7000 多噸。《申報》早就關注這種巍巍巨艦了，在李鴻章買鐵甲船的近二十年前，報紙上就有對鐵甲艦的介紹，應為中文報紙之較早。

> 英國講求兵船之製，精緻堅固甲於天下，無他國能及之者。蓋其國中四隅濱海，無藉陸兵，捍敵揚威舉於兵船乎？是賴故能精益求精，以成為水犀勁旅也。今其兵船又創為新式，於艙面立圓鐵樓一座，樓內安置大炮，四面開有炮眼，以備禦敵之用。其樓並有樞機，可以旋轉如意。倘一面攻賊，則四面之炮眼皆可旋至此面任意轟擊，使炮身無炸熱之失、敵船無躲閃之時。鯨波鱷浪中豈不足大逞其威也哉！惟此船新製，未曾用以迎戰，因慮及鐵樓苟不十分結實，則敵之炮力轟至或無以勝之也。遂於上月間將有樓大鐵船一艘碇於海濱，而令他船遠遠駛來。將近二十丈之外以六百磅之火彈裝入大炮，連轟二次，正中此樓。飛彈所及，其勢千鈞，而此樓屹然如故，毫無損傷。夫彈至六百磅之重，路及六七里之遙，其力之猛烈何如？而此船能任受之而不動，則其力之堅厚又何如耶？英人聞此番驗試之後，則往觀而欲乘駕之者，當不知凡幾矣。然船主未許人站立樓中，而匿羊犬之類以試之。迨炮聲一震，則羊犬均已倒地昏絕矣。蓋其聲若巨雷，在樓中者必不能勝其大震也。噫！西人之製兵船，誠可謂但求其精、不計其貲者矣。以此眾戰，誰能禦之？以此攻城，何城不克哉！〔註187〕

「但求其精，不計其貲」，《申報》的評價是正確的，列強們在軍備競賽中已經比得紅了眼，幾近一種瘋狂的態勢。就在該報導兩年後，另一篇報導中說：英國已經「鐵甲船共有四十三艘」，「半年之期便可掃平四海」！即便

〔註187〕《西國新造鐵樓兵船》，《申報》1872 年 08 月 29 日 02、03 版。

這樣，英國尚且認爲其中有些「衰廢不合於用」，準備予以淘汰，進而更換新式鐵甲船。《申報》對這種大規模大投入的軍備競賽，除了「但求其精、不計其貲」的評價外，並沒有「窮兵黷武」之類的批評，反倒稱別國「望其肩背」〔註188〕，想必是拿了英國老闆的錢、顧了英國人的面子罷了。

在世界大戰的影子下，海軍備戰主要表現在軍艦的裝備升級，由《申報》而可見一斑。

4.5.2 《申報》視野中的西方槍炮

> 英國家新造一大炮，重八十一噸，計一千三百六十擔。西曆九月間試放，初將炮口略略抬起數分，燃放時彈子到六里路遠，落在水際又從水面再走二十一里，共計二十七里。如將炮口昂起，則不知可以遠到幾十里矣。且準頭甚好，譬之數里遠有一門對之即可命中。惟放此炮甚爲可慮，當時演放時，附近村落玻璃盡行震碎，兵勇帳房亦皆震倒。其力量可知也。〔註189〕

在近代軍事史上，英國的皇家海軍和法國拿破侖的炮兵同樣著名。到了十九世紀後半葉，英國在海面艦艇的優勢得到鞏固，拿破侖卻在歐洲大陸的爭奪戰中遭到「滑鐵盧」。歐洲大陸國家以鄰爲壑，局勢向著有利於英國的方向發展。英國爲了全面征服世界、統治更多的殖民地，並未放緩軍備競賽的步伐。兵者，協同作戰方能完勝也。與海上稱霸世界的艦隊相比，陸軍是英國一段時期內的軟肋。在陸軍主要武器的槍、炮中，炮又更爲欠缺。上引報導就是英國著力發展巨炮的一個表徵。爲何包括英國在內的歐洲國家對巨炮這樣熱衷？

我們說軍艦兵船，雖帶有一個「軍」、「兵」字，但輪船本身並不是軍事裝備，而是航海交通工具。最早一批用於航海和征服殖民地的輪船也確實不是軍艦，僅僅是裝載了探險家、殖民者和軍人，以及他們攜帶的槍械武器。在那個大肆殖民擴張、徹底群雄逐鹿的征戰時代，無論是攻是守，使用武器的目的都是爲了更多地消滅敵人。奔著這個目的去，槍顯然沒有炮來得有效：一槍打倒一個，一炮轟倒一片。但是炮與槍相比有一個最大的缺點，那就是缺乏機動性。如果能把炮的殺傷力和船的機動性相結合，那將是海戰和沿海

〔註188〕《英國戰艦之雄》，《申報》1874 年 06 月 20 日 01 版。
〔註189〕《新造大炮》，《申報》1876 年 11 月 25 日 01 版。

陸戰中的極好武器，軍艦（炮艦）便因運而生了。

依然是矛盾相輔相成的道理使然，抵擋堅船利炮的手段也在與時俱進著。輪船靠浮力行駛於洋面，又要考慮加厚鋼板，又要考慮加裝巨炮，自然不堪重負。相反，防禦炮艦的陸上炮臺就可以肆無忌憚地增加重量了：炮重了，輪船加厚；輪船加厚了，炮再加重；炮重了，輪船再加厚。這樣循環往復幾個回合下來，最後的輸家肯定是船。就像是拍賣，不斷競價，到一個極限而打住。

> 戰艦所鑲之鐵，其厚三寸至半，以炮彈攻之堅不能入；旋又製造一船所鑲之鐵具厚九寸，則須十八敦重之炮方能洞而沈之；如其船鐵甲鑲鐵厚至十寸，則必須用二十五頓之炮其彈之重計七百磅方可制其死命；若鐵中厚至十二寸、十四寸，縱有二十五頓之炮亦無所施其技矣。此八十頓重之炮所以作也。現俄羅斯新造一戰船，……鐵甲厚至二十寸，其船即日可成。……雖有三十八頓之炮亦無能為役。故必以八十頓之炮與之相抗。〔註190〕

如果說噸位近萬、蒸汽動力的巍巍巨艦是工業水平最好證明，那麼重量近百噸、後膛燃放的新式大炮也是鋼鐵冶煉技術的最佳寫照。與軍艦越造越大、裝甲越裝越厚相匹配，在陸上抵禦軍艦的大炮也愈發增重。爭先恐後的軍備競賽讓歐洲列強們登上了一輛輛轟隆行駛的戰車，戰車的快慢與否是國家綜合實力緊密相連。國家綜合實力集中體現在工業的製造能力，尤其是煤炭、鋼鐵等重工業生產能力。在不斷升級的軍備競賽中，英國憑藉在資本主義國家中生產總值最高的實力，技壓群雄、獨樹一幟。

與此同時，後起之秀的德國也不甘示弱。英國強調國防保障，軍艦槍炮數量不少；德國注重商業利益，武器裝備源源不斷。相比較而言，英國畢竟受限於島國的資源環境，自造自用尚可，對外大量輸出則略顯不足；德國則不然，其身處歐洲大陸腹地，煤、鐵、水利資源十分豐富。國際上的軍備競賽為德國崛起創造了條件，魯爾工業區成了世界範圍的兵工廠，大量輸出武器、換取外匯。在這些來自德國的武器中，最受歡迎的就是曾幫普魯士打敗法國的克虜伯大炮。克虜伯是德國最為顯赫的家族，擁有龐大重工業生產能力的近代化工廠。工廠在鋼鐵冶煉和鑄造中遙遙領先，為生產巨炮創造了條件。

〔註190〕《英國新鑄巨炮》，《申報》1874 年 12 月 24 日 04 版。

帝國主義緊張的備戰爲克虜伯的工廠帶來了商機，大量訂單湧現。這些訂單或者數量要求多，或者重量要求大，不斷挑戰著工廠的生產極限。《申報》介紹：工廠於 1840 年初創時，「七年始成一小炮，其彈重止三磅」；「然後再試再煉，又逾二十年乃成一五十噸巨炮」；後來「漸造漸大，造成六十噸之巨炮」；「現在則愈造愈熟，一年之中可造小拖炮三四千尊、炮臺及船上所用中等之炮五百尊、巨炮一百尊。此外又可製鐵橋鐵路所用之鐵料。計自該廠創始至今，製成出售之炮、藥彈、機器俱全計已有二萬尊之多。」

硬件的背後是軟件，硬實力需要軟實力的保障，枝葉繁茂的表象之下是根深蒂固的基礎。如此巨大的產量，背後必定有著更爲龐大的管理組織體系。《申報》詳細記述一番，並歎爲觀止。

> 在一千八百六十年間，用人一千七百六十四名；十年後用人至七千零八十四人；目下則用至二萬人。此二萬人皆在廠作工，各有家眷，合計共有六萬五千三百八十一人，皆由該廠養活。內有一萬九千人住於廠中，此外則另有住處。相近愛省地方復有煤礦三處，德國所有鐵礦五百四十七處，亦歸該廠所用。查一千八百八十一年愛省廠內煉出之鋼，計有二十六萬噸。該廠鐵路曲折盤旋，計有一百十里之遙。火車□八輛，鐵路載運之車八百八十三輛，馬六十九匹，各種車一百九十一輛。廠中所用電線周圍往復，計算有一百十五里之遠。電線局三十三處，電機五十五架。廠中製藥水之所、照相之所、石印鉛印之所、訂書之所，無一不備。此外，又有六十三人則諸事不管，專以預備司水龍救火之事。此誠可謂宇內之大觀也！
> 〔註191〕

德國的兵工廠儼然就是一個小型的近代化城市，工廠具備了社會的一般職能。從工廠配有 63 人的專業消防隊，即能看出其規模不在小。其實，中國別說一般城市，即便在上海、武漢、廣州這樣的通商口岸，也未必有這麼多人的專業化消防隊。因而，也就無怪乎《申報》感歎：「此誠可謂宇內之大觀也！」

優秀的軟件和硬件是相互作用、相輔相成的。炮如此，槍亦然。值得一提的是，德國的打靶訓練嚴格有效，與清廷用槍炮作花拳繡腿的排場，實有天壤之別。《申報》頗加讚歎，大爲推薦。

〔註191〕《克虜伯炮廠詳誌》，《申報》1884 年 05 月 09 日 01、02 版。

德國近來以新法操演槍炮打靶，頗見思周慮密，爰亟錄之，中
國或可仿行也。緣兵丁當兩陣對壘之時，雖有眼捷手快之人，苦於
煙塵蔽掩，不能詳視。今德國於平時操演先以草柴等物蒸而薰之，
使煙霧大作。而後命兵丁就煙處打靶，以期習慣之後，煙不能迷云。
〔註192〕

同樣令《申報》讚歎的還有炮彈的速度，西方新式炮射度達「每秒一千
五百五十尺之快」。為了便於理解，編者算出，炮彈「約略三分時而彈自上
海可抵蘇州，不滿一點鐘時則可抵四川」。〔註193〕話題轉到清國就總不是令
人愉悅的，西洋的炮如此之好，東土的炮卻不盡人意。清廷本有專司槍炮的
火器營，也可以說是國家供養的專門化炮兵部隊了。可清代的兵制混亂和滿
清的大防觀念決定了任何新技術都被愚昧懈怠的積習消磨的無影無蹤。「外
洋之軍械貴新而不貴舊」〔註194〕，清廷之軍械全都是老古董。別說消滅敵
人了，沒把自己炸傷就屬萬幸了。

去冬在南苑試放武城永固大炮，八旗運往，計共十六尊。而正
黃漢軍之炮位竟有一尊炸裂，正藍、正白等旗演炮之時藥彈亦多穿
出。以致初八日一演之後，翌日本當再演者，因此而不敢復為嘗試。
然則此等大炮藏之復何所用乎？查此項武城永固大炮共有五十三
尊，分存八旗。其炮身之重則有九千斤至六千斤不等，乃乾隆十二
年所鑄。時閱二百載，出征不止一次，炮身焉得而無損傷？緩急又
安足恃？〔註195〕

即便這樣，頑固派的不少士大夫仍認為「中國大一統，謀臣如雲、猛將
如雨」，「重炮利於守、輕炮利於攻、小炮利於戰，因時而用、各有所宜」。也
就是說，中國的古董炮未必不如西洋的巨炮，中國的謀臣武將們也智勇雙全，
足以對付洋人們蠻幹的「浪戰」了。

這些養尊處優而關門做著天朝夢的人，讓《申報》既不齒又焦急。「自困
於咫尺之天，而不知窗以外之魚躍鳥飛、世界有如許之大也。」殊不知，列
強的軍備已經「月見而月異日出而日新」了，「以之制敵固無敵不摧，以之攻

〔註192〕《打靶新法》，《申報》1881 年 09 月 18 日 01 版。
〔註193〕《論西國製炮更精》，《申報》1876 年 01 月 01 日 01、02 版。
〔註194〕《利器篇》，《申報》1893 年 02 月 28 日 01 版。
〔註195〕《利器篇》，《申報》1893 年 02 月 28 日 01 版。

城又無城不破」。〔註196〕中西差距多大啊，悲夫！

4.5.3 《申報》視野中的其它西方武器

　　兵者，詭道也。不斷攀比和愈加瘋狂的軍備競賽不是所有國家都能承擔
得起的，小國寡民欲求全邦保土，則必尋克敵制勝之巧法。以弱勝強、以少
勝多的戰法在中國歷史上並不少見，留下了「火燒赤壁」、「風聲鶴唳」等一
個個膾炙人口的精彩故事和諸葛亮、劉伯溫等一位位足智多謀的傳奇人物。
用兵如神、奇襲、智取，在中國文化看來非但沒有因為勝之不武而被加之道
德質疑，反倒成為一種力挽狂瀾於既倒的高明之策。輿論首先站在弱者一邊，
貫穿著以大欺小的道德預判：強者的肆虐無論理由怎樣都值得譴責，而弱者
的抗暴無論手段如何都值得同情。現實接著站在勝者一邊，貫穿著成王敗寇
的生存法則：得天下者是上天眷顧、王朝正統，失天下者是氣數已盡、王道
不在。兩千年前，楚漢相爭如此；兩千年後，清廷定鼎依然。

　　什麼樣的文化背景，就有什麼樣的戰爭手段。「詭道」實為無道，確實寫
盡了中國戰爭文化的精髓。與中國戰法的狡點、多變相比，洋人們卻老實規
矩了不少。從個體看，意見不合付諸於「決鬥」，約好時間地點，光明正大地
搏鬥一番。從集體看，雙方為爭奪生存資源需動武，同樣約好時間地點，找
塊寬敞開闊地面，螞蟻打架般廝殺一陣。從古希臘的馬拉松，到「一戰」中
的馬其諾，西方戰史莫不如此。戰史的背後是戰爭思維，是準備戰爭的備戰
思維。這在近代的表現尤為突出：你方有一，我方就要有二，你方有三，我
方就要有四。線性的歷史觀和機械的工具論決定了歐美軍備競賽的層層加
碼、永無止境。鋼鐵工業興盛發達之後，尤以巨炮和巨艦為代表，拼國力、
比軍力，看誰的更快更高更強。

　　晚清的中國顯然無法參加列強們的軍備遊戲，一個積貧積弱的農業國、
數億面朝黃土背朝天的農民，省吃儉用攢錢買下兩艘鐵甲巨艦已屬不易，又
夫復何求？與歐洲國家動輒幾十艘鐵甲艦的海軍規模相比，中國無疑是個弱
者。

> 凡有此船之國，幾至戰無不勝、攻無不克，得之則生、失之則
> 死。焉其為用也，不論風之逆順，皆可日行千里，不論敵之強弱，
> 皆可取勝一時。其行走之捷速、進退之利便、使用之輕靈，無有能

〔註196〕《論中外炮製》，《申報》1875 年 01 月 30 日 04 版。

及於此者。故能制人不爲人制，能勝人不爲人勝，孰有能出奇計以
破之者哉？〔註197〕

但弱者並不等於敗者，豐富的「詭道」歷史經驗給了中國人更多以弱勝
強的啓迪。在冷兵器時代，火攻、水攻、地形等因素被充分利用；在熱兵器
時代，西方的某些洋玩意兒也能爲我所用。水雷成本低廉、效果顯著，與龐
然大物的昂貴代價相比，不啻爲四兩拔千斤的角色。《申報》對國外水雷的發
展很是關注：

> 水雷之形如西船所用繫船之浮標，然蓋以鐵鑄成，藏火藥於水
> 雷內之底，或一百斤或三百斤不等。其標內之上截空洞無物，以故
> 輕而上浮焉。水雷下之底尖係以鐵鏈纏定於水底，使不得遷移而浮
> 於水上。其燃轟之法則有二也：一謂有自能轟者，……一則以電線
> 自岸上通接，岸上之人見敵船已近其地，乃即以電氣作引，使之燃
> 轟。〔註198〕

一物降一物，水雷就是降服軍艦的法寶。雖然此物被西方人發明，但卻
意蘊了中國兵法的精髓：人不犯我、我不犯人，人若犯我、我必犯人。雖低
調防守而不主動出擊，但一旦受到侵犯，必定給敵人以毀滅打擊。伐無道，
誅暴秦。在《申報》文人的世界觀裏，某些西方國家充當霸主、橫行有年，
就是「暴秦」。秦雖一時煊赫，卻僅歷二世而亡，西方列強也莫過如此。「夫
火輪兵船之爲用也，有之者收其利，無之者受其害，橫行海國，爲禍海濱者
已數十年。茲忽有人製造此水雷以破之。殆所謂不義自斃、多財厚亡，天運
循環、無往不復之意乎？」〔註199〕

然而，天運循環、無往不復卻並非西方人的歷史觀。追求線性發展和不
斷進步的他們勢必不會在防守中坐以待斃，而是進步、進步、再進步，進攻、
進攻、再進攻。有了水雷，就會有地雷〔註200〕。有了雷，就要革新裝在雷中
的炸藥〔註201〕。有了更好的炸藥，就要製造更巧的武器。後起之秀的美國人
就符合了《申報》的思維，發明了一種巧妙的手持筒炮，成本不高卻殺傷力
不小：「燃放時並無聲響亦無紅光，而一經轟著，則無論取堅固之鐵甲船，亦

〔註197〕《水雷説》，《申報》1872 年 07 月 19 日 01 版。
〔註198〕《論水雷利害》，《申報》1874 年 07 月 02 日 01 版。
〔註199〕《水雷説》，《申報》1872 年 07 月 19 日 01 版。
〔註200〕《地雷新法》，《申報》1883 年 02 月 23 日 01 版。
〔註201〕《新出炸藥》，《申報》1891 年 12 月 08 日 02 版。

必碎裂，用以置於炮臺以防敵船之進逼，此物製造極易運用。」〔註202〕

在全民備戰的大背景下，發明家們的聰明才智都被吸收到保家衛國、征服世界的道途中來。新式電燈被用於海防塔臺的探照〔註203〕，新式鐵路被用於軍事物資的轉運〔註204〕，新式土木工程被用於防空工事的建造〔註205〕，新式醫生被派往軍隊擔任專職軍醫〔註206〕，就連新式數學也與彈道、武器工程緊密相連〔註207〕。

與軍事不甚緊密的學科領域尚且如此，行軍打仗不可或缺的地理學就更無以復加了。

> 輿地之學介乎經史之間，為考據家所不廢，而講求經世之學者尤以此為最要。……所尤善者莫如西人之輿圖。彼其繪摹仿印之法，遠過中土。細如牛毛，朗如列眉，舉渾圓之一球，而分畫疆界。國為一圖，國之有部者，又分其部各為小圖。縱橫界線，平視側量，不差累黍。蓋彼以夾板火輪環行於球上，立規測度而後得之。……書必有圖而始明，圖必證書而後實，二者不可偏廢。……自北而南，沿海萬餘里，港汊之多少、礁石之有無、道里之遠近、水性之緩急、海底之淺深，則固駕兵艦者所當知亦督舟師者所宜曉也。若夫有事之秋，敵人窺伺，或戰或守，某口為重、某處為輕，如何而後可以屯船，如何而後可以埋伏，如何而後我佔先著，如何而後彼在下風，此則非有善本之輿圖不足以言諳練也。〔註208〕

「中國嚮用之圖成於虛空摹擬」，而西洋的地圖卻精確好用。測繪如此細緻的地理信息，除了「夾板火輪環行於球上」〔註209〕，更有居高臨下的鳥瞰。在本書研究的《申報》時段尚無飛機，但熱氣球已然風靡。「（氣球）圓如西瓜或略長如鳥卵」〔註210〕，「球之下必懸巨傘，傘之下必懸藤床或藤籃，中陳寒暑表、風雨表、指南針、沙袋等物。人乃坐床中，隨之而上。球頂有窗可

〔註202〕《攻堅利器》，《申報》1884年05月22日01版。
〔註203〕《論電燈為海防要具》，《申報》1885年03月30日01版。
〔註204〕《論泰西之重鐵路》，《申報》1886年06月10日01版。
〔註205〕《水底行車》，《申報》1886年04月30日02版。
〔註206〕《講求醫法》，《申報》1892年05月07日02版。
〔註207〕《中西算學大成跋》，《申報》1889年08月25日01版。
〔註208〕《論輿圖為行軍之要》，《申報》1885年04月18日01版。
〔註209〕《論輿圖為行軍之要》，《申報》1885年04月18日01版。
〔註210〕《氣球答問》，《申報》1886年12月29日01、02版。

啓閉，閉則上薄霄漢，啓則氣漸泄而下沉。」〔註211〕「氣球之製徑量十有一丈，可載數人，重貨一百四十擔。」〔註212〕假輿馬者，非利足也而致千里；假舟楫者，非能水也而絕江河。君子性非異也，善假於物也。在和平時期，乘坐熱氣球測繪地圖，簡單便利；在戰爭時期，乘坐熱氣球刺探敵情，手到擒來。

> 今既有氣球可附，則從高視下、一覽無餘。……且他國之地己國所不能測量者，一旦乘球往觀，他國亦無可禁阻，甚且潛行繪就，人尚不得而知。聞之德意志營中各兵皆有法國輿圖，一紙一村一郭瞭如掌上螺紋，苟非乘氣球測之，安能如是之既詳細乎？……兩軍交戰，肉薄血飛，彼軍之虛實情形，在我何能洞悉？……乃有人高放氣球，憑空俯矚，營寨輜重，一一了然。帷幄運籌，方可制勝。
> 〔註213〕

除了偵查，熱氣球更能作為空中軍事力量來使用。

> 當兩軍相薄，敵之虛實，未克盡知。一乘氣球望之，則或虛或實或弱或強不難瞭如指掌。又可升球出外，傳遞羽檄，調兵轉糧。
> 〔註214〕

4.5.4　《申報》對西方先進軍事報導之餘的思考

無論是比堅碰硬的船炮槍雷，還是鬥智鬥技的聲光化電，總是西方強而中國弱，總是歐美勝而清廷敗。三十六計的那些古老方法，終究不是日新月異的新奇裝備的對手，迂腐頑固的孔孟之道和自視甚高的源遠流長，在後起之秀的武力面前敗下陣來。痛之深，責之切。與巴比倫、印度、埃及這些古國相比，中華民族的應變和生存能力還是值得稱道的。面對兇殘的敵人，首先要摸清他們的底細，「知己知彼、百戰不殆」就是這個道理。通商、開埠，許多洋人來到中國；建廠、辦報，許多中國人在為洋人做事。與《申報》類似，外國老闆在商埠的產業提供了中國人接觸洋人和開眼看世界的最早機會。

〔註211〕《氣球體用說》，《申報》1890 年 10 月 01 日 01 版。
〔註212〕《論美國新造大氣球事》，《申報》1873 年 09 月 05 日 01 版。
〔註213〕《氣球體用說》，《申報》1890 年 10 月 01 日 01 版。
〔註214〕《氣球答問》，《申報》1886 年 12 月 29 日 01、02 版。

中國首先是在戰場上失敗的，屈辱感讓士大夫們首先關注西方的軍事領域，學習西方的戰備戰法。這在《申報》的國際軍事報導中已經不在少數，本書也已經分門別類予以述及。基於此，我們問道：西方軍事的領先是孤立的嗎？顯然，無論是今人還是《申報》都知道空中樓閣的不可能，故而給出否定的答案。我們再問：《申報》怎樣認識西方軍事的非孤立性？軍事實力的背後，《申報》還看到了什麼？

人，首先是人。哀其不幸，怒其不爭。與其反面抱怨中國人的劣根性，不如正面褒揚西方人的先進性。洋人勤快〔註215〕，洋人堅忍〔註216〕。洋人崇尚科學〔註217〕，洋人鑽研技術〔註218〕。《申報》不吝筆墨，頗多讚美之詞。

> 每日早晚幾點鐘誦何書、習何學、作何事，無一息之稍懈，無一刻之偶差，不厭不倦，惟日孜孜。窮且益堅，老而彌篤，復於其間作逍遙遊，馳驅以舒其筋骸，嬉戲以暢其襟抱。亦無不有一定不易之時候以限之，或且專請師長以為之教導，廣交友朋以為之考證，其集思廣益好學深思，誠有非中國庠序中人所能及者。由是深造，日得有志竟成，所誦之書皆能通其意，所習之學皆能精其業，所作之事皆能收其功，西士之所以勝於華人者。

制度，更重要的是制度。「人才之生，何國蔑有？何時蔑有？」〔註219〕同樣的橘子品種，在江南和江北長出的果實卻各異。同樣的人才，在不同的環境，對社會和國家起到的作用也不盡相似。《申報》引經據典，考證了「格致源流」〔註220〕，無非是中國人發現某某數學定理世界最早、某某物理規律世界最早、某某化學反應世界最早。可是這些所謂的「最早」又有什麼用呢？子不語怪力亂神、君子不器的觀念和鄙視奇技淫巧的科舉制度扼殺了一個又一個克虜伯般的軍火商和愛迪生般的發明家。積少成多，勿以善小而不為，勿以惡小而為之。當西方用點滴積纍建成巍巍巨艦時，中國卻只能生產桌椅板凳，連一輛汽車也造不出來。

文化，制度的背後是文化。領先世界的四大發明中，火藥被用來製造爆

〔註215〕《西士勤學說》，《申報》1889 年 09 月 26 日 01 版。
〔註216〕《論西人作事之堅忍》，《申報》1887 年 01 月 31 日 01 版。
〔註217〕《崇信實學》，《申報》1874 年 08 月 06 日 01 版；
　　　　《書崇信實學論後》，《申報》1874 年 08 月 06 日 01、02 版。
〔註218〕《大美國機師易滋君傳略》，《申報》1887 年 06 月 12 日 02 版。
〔註219〕《論歐洲各國人才》，《申報》1878 年 02 月 13 日 01 版。
〔註220〕《格致源流說》，《申報》1889 年 07 月 18 日 01 版。

竹，指南針被用來占卜，造紙術和印刷術被用來拷貝四書五經，甚至新式的槍炮也被用來大講排場、大擺官威。天行有常，不爲堯存，不爲桀亡。不是說上下五千年的傳統文化就一定先進於歷時一二百年的新興文化，世界發展的歷時潮流無可阻擋地滌蕩中國的舊文化，或者適應，或者淘汰，如此殘酷，別無選擇。《申報》對此有所保留，既批判中國人的「只顧一己不顧他人、只顧目前不顧日後」〔註221〕，也批判洋人的人定勝天、有恃無恐、毫無敬畏〔註222〕。

其時，英國是世界軍力的第一，《申報》主人美查也來自英國，英國堪稱《申報》眼中的模範國。英國首都倫敦堪比桃花源，黃髮垂髫並怡然自樂，令人心嚮往之。從表象、制度和文化，引文略加摘編。

> 倫敦一城，戶口四百萬，周遭百餘里，富庶甲於天下。其街道皆沙石築成，平坦潔淨，無稍垢穢。其廣者可六七車並馳，狹者亦可二三車同駛。兩旁用白石平墊，通往來行人。民居官署規模不求懸異，結構類皆四層五層，柱牆均用白石爲之。外則護以鐵欄，屋內糊壁以花錦，鋪地以氈毯，嵌窗以玻璃。估肆皆臨大街，貨咸曁徹於外。惟議政院、耶穌堂、銀行、客店、善信館、電報局、學館、醫院、養濟院制度獨崇。……每數街輒爲廣圃一區，樹木鳥獸充實其中，有池沼而無亭臺樓榭，沿路設長鐵幾以憩遊者，圃由國家建置而縱令百姓往遊焉。每日自十點鐘起，官民商賈各勤其事，四點鐘後，辦事既畢，舉國嬉遊。街市往來，從未聞人語喧囂，亦未見有形狀愁苦者。夜則萬燈如晝，車馬之聲殷殷弦弦，相屬不絕。火輪車路數十道，每行百里不及半時，需銀僅錢許。數百里外人有事於倫敦，往往朝至暮歸，若數里程者。

> 該國之制，號令政事皆由上下議政院而出。議政院者，即所謂會堂也。上議院皆貴臣世爵，下議院則凡城鄉市鎮地方百姓各舉一二人以充者也。國之利病，概由下院紳辯論，而後上院核定之。亦有倡議自上而交議於下者，然必眾情胥洽，乃可見諸施行。至於總持國政，則內部丞相畢根士非兒與外部丞相德爾秘故二人權勢尤尊

〔註221〕《書中西優劣說後》，《申報》1876 年 03 月 10 日 01 版。
〔註222〕《譯西報記美國某將軍以槍炮致雨事係之以論》，《申報》1893 年 01 月 29 日 01 版。

重，國主僅取決可否而已。此外各衙門皆設總辦一員、幫辦四員、司事數人，官無閒職。至四鄉亦分為數十部，各部公舉一人。

男女子皆入學，無父母者則收養學中。男女各分處。每日未作課時任其嬉戲，師不之禁；迨師一入坐，則眾皆肅然。一師督數百人無敢違逆者。其所學則天文、地理、算學，下至匠作、烹飪等事，各視其材以為教。每日必彈琴教之作歌，所歌之辭則必祝其君主天祐。學徒大者十五六歲，小者三四歲，莫不進止有序，起坐不紊，彬彬焉禮樂之風，觀之令人神往。〔註223〕

在《申報》的口吻裏，英語早已不是「方言」，英人早已不是「夷人」。「堂堂中國要讓四方來賀」的心態也沒有了，轉而變成世界各國平等交往，甚至奉英國為正朔起來。

古之天下不過中國一隅耳，凡不隸版圖者，皆謂之為四夷。今之天下則四海內外，聲氣臭不相通，且古之所謂為夷狄者，無禮義之教、無宮室車服之制、禽處獸伍、性與人殊。聖人懼其為害於民也，故擯之遠之不與同中國。今之歐洲則不然，考其地則遠在中國數萬里外，觀其人則皆有禮讓之風，察其政俗則皆中國所謂王者之政。〔註224〕

狼煙起，江山北望。
龍旗卷，馬長嘶，劍氣如霜。
心似黃河水茫茫，二十年縱橫間，誰能相抗？
恨欲狂，長刀所向。多少手足忠魂埋骨它鄉？
何惜百死報家國，忍歎惜無語，血淚滿眶。
馬蹄南去人北望，草青黃，塵飛揚。
我願守土復開疆，堂堂中國要讓四方來賀。

倫敦的風景這樣美，究竟是為什麼？西方的軍事領先，究竟是個體的先進還是制度的優秀？中國是全盤學習西方，還是有所保留？中國人是全心全意拜倒在西方腳下，還是欲拒還迎，糾結躊躇？

下一章就從《申報》來看看，晚清的中國人是如何做的。

〔註223〕《摘錄西遊歐洲客論倫敦情形書》，《申報》1878年01月26日01版。
〔註224〕《接錄西遊歐洲客論倫敦情形書》，《申報》1878年01月28日01版。

第 5 章　帝國的榮耀──晚清軍事近代化

　　養兵抑或用兵，國內抑或國外，平時抑或戰時，《申報》之新聞及評論備至矣。然而除此之外，軍事在社會中存在的維度，更有一些因時因地而引人注目的。就晚清而言，就本書述及時段的《申報》而言，中國軍事的近代化歷程是不可或缺的一筆。有人說這一筆濃墨重彩，有人說這一筆輕描淡寫，但所有人都相信，從這一筆開始的篇章只有逗號，沒有句號。濫觴於此的強軍夢，一直延續至今。近代報刊提供了溯流而上的條件，善莫大焉。雖道阻且長，但有舟楫可假：借助《申報》，回到晚清軍事近代化的開始階段，考量之、品評之。由於報刊的視角亦是時人的視角，古今不同，難能可貴。類似研究，罕有涉及。本章作為專題，立意即在於此。

　　近代以來，中西交鋒，清廷不敵，敗下陣來。不同的民族、國家、和社會制度孰優孰劣，不是靠「論戰」辯出來的，而是靠「實戰」打出來的。成王敗寇，勝利者站在「進步」的制高點上，橫掃一切牛鬼蛇神。在叢林社會的達爾文法則面前，「禮」、「序」、「和為貴」、「懷柔遠人」等溫良恭儉讓的遮羞布擋不住農耕文明儒家意識形態的體無完膚。簡單而現實的問題擺在眼前：「設或海疆有事，豈能仍用閉關絕客之計？」〔註1〕

　　閉關絕客不是辦法，開門揖盜更非妙招。最好的對策，就是「天朝上國」俯下身子，去學點夷人的戰爭技巧。「師夷長技以制夷」這句話，恰逢其會地出現了。「技」是技巧，是奇技淫巧，本身就帶有不屑的意味。「師夷」絕不

〔註1〕　《論魚雷船之利》，《申報》1889 年 03 月 28 日 01 版。

是全盤拿來，而是一邊取點有用的小伎倆、小手段，一邊還要嗤之以鼻的。這句話說的甚是討巧：方法、目的、態度一應俱全，既解決了現實問題，又無傷士人大雅，自然受到輿論和清廷的雙重歡迎。

從哪裏跌倒，從哪裏爬起來。以《申報》為代表的輿論首先把「師夷長技」明確為「師夷軍事」：

> 既不能閉關，則彼以利器來，中國仍以昔日之戰艦並昔日之兵器如刀槍弓箭與夫舊式之大炮抬槍與之抗衡於驚濤駭浪中，勝負之數其有不可預決者乎？詩曰：「伐柯伐柯，其則不遠。」所謂以子之矛、刺子之盾，此計正當用於今日，則又安得不購辦而仿造之？
>
> 〔註2〕

士紳官宦，嬴糧影從；舉國上下，力改軍事。以恭親王奕䜣、李鴻章、左宗棠等為首的清廷洋務派官僚主導了中國軍事近代化的第一步。「購辦而仿造之」，理應先從「購辦」開始。

5.1 《申報》視野中的外購軍火及援華洋人

5.1.1 《申報》視野中的清廷外購軍艦

華夏文明發源於黃河流域的中原地區，骨子裏帶有安土重遷、畏懼海洋、小國寡民的內陸基因。自給自足的小農經濟帶來了衣食富足，無論社會進步、經濟發展還是軍事鬥爭，都與海洋沒有太多關係。直到晚清，江、河、水依舊是許多中國人認識的極限；水師而不是海軍，也是清軍武裝力量中的極限。與厚重富庶的大陸相比，虛無縹緲的海洋充滿了未知與危險。先有倭寇，後有列強，均非善類。對付他們，炮臺足矣。

與延續千年的農耕文明類似，西方文明也堪稱源遠流長。如果從古希臘說起，他們便是依海而居的民族，斯巴達、雅典等國的交戰中早有海戰之說。滄海桑田，從克里特島發展到英倫三島，西方人骨子裏的海洋文明基因從未改變。走出中世紀以來，新航路開闢了視野，宗教改革解放了思想，工業革命推動了生產力，西方人面朝大海，更加春暖花開。冶煉技術讓小木船變成了歷史，蒸汽技術讓風帆變成了歷史，電報技術讓信鴿變成了歷史，大航海

〔註2〕 《論魚雷船之利》，《申報》1889 年 03 月 28 日 01 版。

時代開始了。

　　東西文明的近代交鋒，直觀看來，就是東方沿海炮臺與西方堅船利炮的對抗。對直接面臨敵人的清軍和間接參政議政的縉紳而言，海洋本就令人捉摸不透，而來自遙遠海洋深處的龐然大物就更令人恐懼了。幾番戰鬥之後，幾輪口耳相傳，中國人最為忌憚的就是西方人的殺手鐧——鐵甲艦。這種外有堅殼、遇彈不沈的巍巍鋼鐵巨輪，有著人們心中定海神針般的功效，能攻能守，是克敵制勝的法寶，是「師夷長技以制夷」的最佳之選、最要之擇。

　　為了證明這種判斷，《申報》擺事實、講道理，更舉了許多國家的例子。

　　　　鐵甲戰船之有益於海防也，瀕海之國皆知之且皆用之。故英法兩國各有六十二隻，美則有四十八隻，意則有二十二隻，荷則有二十隻，其餘則有十數隻與有數隻不等。丹之為國幅員最小，亦有七隻。俄雖疆域極廣，而瀕海之地不多，於中國亦有二十五隻。餘皆視其疆界之瀕海者多少，故其鐵船之數亦各有眾寡也。〔註3〕

　　　　以英法與中國較，其幅員之狹小於中國者數倍，乃各海口防禦之具鐵甲戰船六十二隻、火輪風帆各戰船數百艘。丹國為歐洲至小之國，亦有鐵甲戰船七隻、火輪戰船三十餘隻。今中國海口之多，不減於三國，所謂火輪戰船者尚有數十隻，至於鐵甲戰船則未聞其有焉。豈中國別有所謂防海之策，不必借力於鐵船輪船歟？抑其計尚未定歟？或其力尚未逮歟？〔註4〕

　　連珠炮式的發問直指清廷，問題最終只有一個：都已經火曬眉毛了，為什麼不發展鐵甲船？這樣的輿論攻勢，逼得清廷也難以沉默：「朝廷已藉電報至歐洲，欲購買鐵甲船二艘。」消息傳來，在滬官商無不雀躍，《申報》向天津的線人核實確認了這一消息。但天津來信還說道，有些直隸署內的官員曾向西人探問鐵甲船在中國是否有現成的可以買。編輯揶揄了那些官員的孤陋寡聞：「不知鐵甲船工費浩繁，為水師之要物，豈如他貨可隨意適時而購得之耶？」〔註5〕

　　官紳尚且如此，黎民百姓更當如何？為了開民智、通民隱、達民情，《申報》對外購鐵甲船的消息事無鉅細、決不遺漏：英國造的有〔註6〕，德國造的

〔註3〕《勸辦鐵甲戰船說》，《申報》1874 年 10 月 12 日 01、02 版。
〔註4〕《論購造鐵甲船》，《申報》1874 年 12 月 15 日 01 版。
〔註5〕《購辦鐵甲船消息》，《申報》1874 年 07 月 14 日 03 版。
〔註6〕《新船精美》，《申報》1881 年 09 月 11 日 01 版。

也有〔註7〕；竣工報導〔註8〕，下水也報導〔註9〕；命名報導〔註10〕，啓程也報導〔註11〕。更有甚者，中方與洋人簽訂的造船合同，《申報》也在第二版全文轉載，連續兩天全文刊載完畢。

合同共二十一款，規定了中德雙方的委託造船契約關係。其項目可謂仔細，如三個月的「保固之期限」（保修期），如規定了「汽機必在伏耳鏗廠自造不准他廠代造」，還有規定了試船時的航速等指標需請中方官員在場核實。值得一提的還有合同的第二款，簡略摘引如下：

> 船旁窗牖欄杆、船首尾雕刻花紋、船旁之懸梯、艙面之出水管、隔堵壁之門、船底並隔堵、進人孔之蓋、隔堵壁之水門及轉運機件、各處通語之管、□用司通新法之吸水車、一切船內通水之管及各吸水器相連之管俱全。……房廳各處木壁及不移動對象，如床及抽屜、書架、壁桌、掛衣鈎架，按照德國兵船艙房成式，一切門戶、玻璃窗、百頁窗及通船油漆填艙塞門德土俱由該廠配全。……其餘各工料爲船身所不可少者，應照該廠承造德海部之船配全。」〔註12〕

「俱全」、「配全」、「配全」，傳遞了什麼信息？竊以爲，首先是清廷經辦人員的懈怠，爲了圖自己省事，官款想怎麼花就怎麼花。如果說密封門和水氣管道等關鍵機械部件需要德國原裝，那麼桌椅傢具就不能中國自行配置嗎？既然「師夷」，從點滴小處著手豈不是更好嗎？中國木工源遠流長，並不遜於德國人，還是有這個實力在德國造的軍艦上弄斧的。德國人身材高大，而清廷水師多爲閩粵之人，德國造的傢具未必適合中國人的身高和體型，勢必影響生活、影響工作、影響戰鬥力的發揮。其次，大小零件全都交由德國代辦，這樣一來，大小維修同樣需要德國幫助。不必說打仗了，即便是正常在洋面航行，磕磕碰碰等一些日常損耗也在所難免，如果修修補補都依賴外國人，這就是個無底洞，多少錢都要打水漂。

在清廷的有些「頑固派」看來，引進鐵甲艦這樣的政績工程就是燒錢。大筆的銀子給了洋人，小筆的錢款落了經辦人的腰包。吸取了多少民脂民

〔註7〕《船堅炮利》，《申報》1886 年 04 月 24 日 01 版。
〔註8〕《鐵艦告成》，《申報》1887 年 09 月 23 日 01 版。
〔註9〕《鋼船試演》，《申報》1881 年 08 月 25 日 01 版。
〔註10〕《輪船賜名》，《申報》1884 年 02 月 15 日 02 版。
〔註11〕《鐵艦將來》，《申報》1887 年 09 月 27 日 01 版。
〔註12〕《訂製快船合同》，《申報》1886 年 06 月 08 日 02 版；
《接錄訂製快船合同》，《申報》1886 年 06 月 09 日 02 版。

膏，才勉強搭起了近代海軍的花架子。這樣勞民傷財的工程，要不得！「頑固派」們礙於輿論的浩大聲勢，只得把英國人抬出來抵擋，演一齣狐假虎威的戲。「日前有一英國士人致書於中國友人，力陳近今以來鐵甲船之無用極，勸中國不必再造。」這是為什麼？原來，「今之炮彈大至數百磅，宜乎鐵甲船難以當之也」。〔註 13〕這個理由聞之未免牽強：有矛則有盾，從未聽過因矛之強而使盾自居其弱，或者乾脆放棄盾的。西方國家軍備競賽，層層加碼，為的就是占盡先機。綜合國力比不上對手，就甘願放棄，不啻為一種投降主義的觀點。

起來，不願做奴隸的人們。壯懷激烈！在救亡圖存的民族危機感和奮進使命面前，投降主義沒有多大的市場，淹沒它的是更多的「中國製辦軍火不可惜費」〔註 14〕。鐵甲艦就是那個時代的原子彈，一萬年也要搞出來。不能圖省錢，要砸鍋賣鐵，攢錢搞備戰。為什麼？《申報》解釋得明白：

> 成大功者不惜小費。聖人所以有見小利則大事不成之訓也。若惜目前之小利，必貽日後之大害。各海口均無戰守之具，何以杜敵人窺伺之端？即令各國均歸和好、毫不覬覦，有國家者全無思患預防、綢繆未雨之方亦豈立國之道哉？倘稍生嫌隙，至動干戈，則一切耗用之兵費又豈僅購買鐵船之數哉？〔註15〕

非但西方列強你爭我趕，中國和日本也是爭先恐後的。如果說日本全民動員、全民備戰，那麼清廷上下尤其以李鴻章為首的北洋，也或多或少有些孤注一擲的味道。在鐵甲船的問題上，中國顯得比日本更急於求成，畢其功於一役，以給對方下馬威。李鴻章在北洋大臣任上組織向德國訂造的定遠、鎮遠兩艘鐵甲巨艦，就是這一時期的產物。

定、鎮二艦是姊妹艦，結構類似。二艦排水量均在七千噸以上，其時日本軍艦的排水量最高不過三、四千噸。與日船相較，中國的兩艘巍巍巨艦無疑是龐然大物。不僅穩超日本，定、鎮二艦在全球海軍界也很有名氣，僅次於英國「英弗來息白」（Inflexible）號和德國「薩克森」號（Sachsen），號稱世界第三、亞洲第一。「破浪乘風、如履平地」〔註 16〕，「工料甚為堅固，機

〔註 13〕 《論鐵甲船勿須買造》，《申報》1875 年 09 月 28 日 01 版。
〔註 14〕 《論中國製辦軍火不可惜費》，《申報》1884 年 03 月 09 日 01 版。
〔註 15〕 《論購造鐵甲船》，《申報》1874 年 12 月 15 日 01 版。
〔註 16〕 《詳述鐵船》，《申報》1885 年 11 月 18 日 01、02 版。

器亦極靈動，洵稱爲水師之利器焉」〔註17〕，《申報》誇讚定、鎮二艦，語調
中滿是揚眉吐氣之感。

民族自豪感還表現在《申報》不厭其煩地在顯著版面列舉定、鎮二艦的
技術參數：

> 鎮遠可載重七千八百噸。船底通身俱兩層包裹，船中則分造鼓
> 水房二百餘間，而船身鐵甲之厚以尺計得十四寸，鐵甲外另有橡木
> 厚十八寸，內鑲鋼板一寸。船之中央有大敵樓兩座，每置克虜伯十
> 二寸口後膛大炮二尊。船之首尾有小敵樓，每置六寸口大炮兩
> 尊。……船上有敵樓兩座，每座鋼鐵厚有一西尺零三寸，另有樟木
> 厚十八寸，內鑲純鋼板一寸。每敵樓置八寸半口後膛大炮兩尊，另
> 置長炮一尊。敵樓上置有電燈一枝、五管荷芝基士機器快炮一
> 尊。……船用雙輪運動機器，可抵馬力二千八百匹，每點鐘可行十
> 七里半。〔註18〕

> 艙計三層，艙房計四十號。官廳、客廳、餐房、飯房，……毫
> 無罅缺。子藥俱由下弔上。船上現用正副船主各一人、大副四人、
> 二副兩人、三副兩人、三層櫃正管輪兩人、副管輪兩人、……炮手
> 四人、督操兩人、燒火一百人、水手一百四十人、水手頭四人、總
> 水手頭一人，餘尚有文案並臧獲等。〔註19〕

雖然編者未必懂，讀者也未必懂，但這些枯燥的數字背後，卻是中國人
期望國富兵強的拳拳赤子之情。《申報》更想像了中國借助鐵甲巨艦的海軍優
勢，「師夷長技以自強」，大國崛起，屹立在世界東方。讀來令人感動。

> 爲中國今日計，亟宜多購鐵甲戰船、多造火輪戰船，並多購造
> 至精至利之槍炮，置各省海口以爲自守之計。自守既足，夫然後遵
> 聖人「不爲戎首」、老子「不爲禍先」之言，俟日本苟侵犯我國各處
> 海疆之後，亦遣各省戰艦水師以臨其境。再調高麗等國與之有仇者
> 之兵船以助剿，中國但聲其罪，以示天討、以彰天威，令高麗諸國
> 誅其君以分其地，則諸國豈有不願從我者乎？中國疆域已廣，不必
> 再據海外之地、多事籌畫也。夫如是，則得地之國無不感激，即不

〔註17〕《德國郵音》，《申報》1884 年 01 月 16 日 01 版。
〔註18〕《戰艦巨觀》，《申報》1885 年 09 月 26 日 02 版。
〔註19〕《詳述船式》，《申報》1885 年 12 月 08 日 01、02 版。

得地之國亦無不悅服，五洲之國當無不景仰中國矣。〔註20〕

5.1.2　《申報》視野中的清廷外購槍炮和其它

5.1.2.1　《申報》視野中的清廷外購槍炮

　　巍巍巨艦，舉國關注。購買過程，眾目睽睽。長達二十一款的合同，細到桌椅板凳的規制，定、鎮兩大船的購置可謂用心。北洋、南洋、福建水師其餘鐵甲船的買回，大部份同樣妥帖認真、知人善任。如某「觀察」，不僅親自前往德國，詳細詢問「近來最好之鐵甲船取材如何、加工如何、安炮若干尊、載重若干噸」，還委派船政局及海軍人員到船廠監工，以防「德人之欺」。《申報》誇讚這樣的購辦方法最值得推廣：「此後中國如有購船之事，皆援此次之例，由欽差在外洋定造，而使內地委員帶領匠役學徒前往監視。」〔註21〕

　　買船次數少，每一筆花費很多，因而在陽光下運行，小人難以作梗；買槍炮次數多，每一筆花費少，且各地區、各部門分而治之，蠹蟲難免橫行。《申報》說：「雖然船為費帑至多之物，而購買槍炮亦非易事。」〔註22〕購買槍炮之不易，何以見得？

　　在清代政權的軍事架構中，專司火槍火炮的火器營早已存在，且已豢養一批懈怠無用的兵丁多年。在京城，火器營的刀槍和光祿寺的羹湯、翰林院的文章、太醫院的藥方被一併視為無用之物，其上依附了一群坐等俸祿銀餉的無用之人。〔註23〕帝國的肌體早已開始腐爛，但百足之蟲、死而不僵，在爛如散沙的地基上，洋務派竟也經營起船堅炮利的事業來。洋務運動的推動力多在民間士紳和地方督撫，從一開始就呈現出「摸著石頭過河」的步履維艱。由於缺乏經驗，加之沒有中央政府的集中管控，買槍炮買軍艦呈現出一種各省「自主命題、自主作答」的熱鬧景象來。

　　在《申報》的所在地上海，就每天上演著「各省各管委員向上海各洋行購買」武器的好戲。之所以說這是戲，因為其中既有角色，又有劇本，更重要是在於戲中各角色彼此心照不宣。戲裏有三個角色：清廷的辦事委員、賣貨的洋商和中介的買辦（捐客）。「洋商與經手買辦惟利是圖」，「所委員弁既

〔註20〕　《勸辦鐵甲戰船說》，《申報》1874 年 10 月 12 日 01、02 版。
〔註21〕　《購造船械末議》，《申報》1881 年 03 月 13 日 01 版。
〔註22〕　《購造船械末議》，《申報》1881 年 03 月 13 日 01 版。
〔註23〕　《論選勇》，《申報》1894 年 11 月 03 日 01 版。

無眼力又不能潔己奉公」〔註 24〕，這就是角色說明。在劇場中，戲演得好，觀眾票房就有收入；在現實中，購買武器的戲演得好，就能從公款中落下好大一筆，子孫受用不盡。《申報》是這樣說「戲」的：

> 委員、洋商、掮客經辦此事，正無窮期，陞官發財大有後望
> 也。……蓋委員初到上海，與洋商並不相識，全恃掮客居中說合。
> 而掮客大抵向為洋行之夥，戲托洋商招牌廣為兜攬。此輩安知政體，
> 其視經手軍火不過與洋貨交易□樣，苟有利益多多益善，而百弊遂
> 因此而生。且近來洋商亦大不如前，其有為軍火生意者亦掮客類耳。
> 平時遊歷各省，拜謁大吏，苟須購買願為效勞。彼省督撫安知其人
> 之底裏？居然以洋商視之。購辦之日委員即承憲命以就之。於是洋
> 人與華人互相聯絡，務令成交，飲宴酬酢，忙碌終日。使委員心悟
> 其奸，而礙於交情不敢別就。十萬之幣不過得貨五萬，合同先留地
> 步，報銷竭力彌縫，督撫亦烏從而知之，方將並委員掮客而一例請
> 獎也。嗚呼，豈不冤哉！〔註 25〕

貪官污吏勾結奸商中飽私囊，犧牲的是軍事和國防。在冷兵器時代，刀是最基本的武器；在熱兵器時代，槍是最基本的武器。槍不離人、人不離槍，槍雖不像炮船那樣耗費繁多、體型巨大，但在軍隊中絕對是潤物細無聲的功用。忙時練槍，閒時擦槍，槍的好壞絕對是軍隊戰鬥力的根本。退一萬步說，可以沒有軍艦去勞師襲遠，但不能沒有槍炮來保家衛國。馳騁全球的洋人對此很是明白，所製槍炮，「不及數年而又改換新式」〔註 26〕。洋人淘汰下來的老舊武器，被上海的洋商和買辦嗅出了市場，那就是賣給昏聵懵懂的清廷官員。〔註 27〕

在本書研究的時段，美國的南北戰爭剛剛結束，歐洲的普法戰爭也已見分曉。戰爭中報廢的舊式裝備和為戰爭而趕造的次品武器都經由軍火販子之手，千里迢迢被運來中國，搖身一變，奇貨可居。奇在何處？洋行買辦「有以賤價收上海之存貨而詭為外洋新至者，亦有販自外洋價不及半而以善價報銷者」〔註 28〕。這些「洋垃圾」經過瘋狂逐利的資本家和玩忽職守的官員們，

〔註 24〕《儲買槍炮說》，《申報》1880 年 11 月 17 日 01 版。
〔註 25〕《購辦軍火宜改繁歸簡說》，《申報》1885 年 09 月 25 日 01 版。
〔註 26〕《購造船械末議》，《申報》1881 年 03 月 13 日 01 版。
〔註 27〕參見 6.2.1《申報》視野中的晚清軍官腐敗。
〔註 28〕《購辦軍火宜改繁歸簡說》，《申報》1885 年 09 月 25 日 01 版。

都被中國軍隊悉數消化。大家都有回扣可拿、好處可分，這樣的武器自然是「奇貨」，這樣的差事自然是「肥缺」了。

如此買來的洋槍洋炮，當然好不到哪裏去。除此之外還有一點，就是這樣買來的槍炮即便能用，也因爲各省在購置中的「自主命題」而處處隔閡。秦始皇在統一六國後，尚且書同文、車同軌，而孱弱的晚清政府卻坐視地方大員在軍事近代化中各自爲政。平時的各自爲政勢必導致戰時的各自爲戰。「購買之法皆由各省各管委員向上海各洋行購買」，「所委不一人、所買不一家，槍炮之式定難一律」，如果開戰，「此省調兵若干至彼聽用，一時藥彈缺乏，而彼省所造之藥彈不能合此省兵丁之用」，〔註 29〕豈不誤事？每個省都在搞新軍隊新武器，但這麼個泱泱大國卻連統一的近代化武裝力量都沒有，這不啻爲清廷槍炮購買所表現和導致的一連串惡果。在甲午戰爭中，北洋水師浴血奮戰，但威海衛軍港的山東後路、旅順軍港的遼寧後路都被日本人攻佔。抄後路成功，日本人便用岸上的中國炮臺轟擊水面的中國艦艇，終至北洋艦隊全軍覆沒。

撇開軍制的統一不言，《申報》對槍炮軍械等購辦也建言獻策，其核心就是希望清政府勤政抓權，把該管的管起來、管好。對於武器購買，建立統一的、高規格的中央機構，在地方派駐分支機構，從購、儲、運、用等方面建立一套良性的軍械購買運作機制。

> 今後中國購買槍炮，務宜在北京設一軍裝公所，在倫敦設一軍裝公所。緣北京爲根本重地，政所由出，倫敦又爲各國往來適中之地，設之最宜。中國苟需何槍炮，由北京公所知照倫敦公所儲買。凡兩公所中，各派中員三四人、洋員一人。倫敦公所，則出洋公使隨員及駐英稅務司皆當與聞其事。所有價值，兩公所報戶、兵兩部，公使隨員則報總理衙門，駐英稅務司則報總稅務司使三處存帳，互相核閱。則中西委員雖欲作弊，烏乎敢？每屆歲底，彙集成數刊行曉諭。則天下人皆知槍炮之價，而浮冒之弊無從生矣。至槍炮運到中國，宜設兩處棧房以爲屯積之所。上海、天津本最相宜，然離海口太近，恐一有兵端易爲敵人所奪，轉資敵人之用。考中國地勢，北路宜在山東德州、南路宜在江西贛州。離海口既遠，而又皆有運道可通各海口。〔註 30〕

〔註 29〕《儲買槍炮說》，《申報》1880 年 11 月 17 日 01 版。
〔註 30〕《儲買槍炮說》，《申報》1880 年 11 月 17 日 01 版。

> 擇各海口適中之地，若上海、若廣東、若天津，專設一驗收之
> 局。〔註31〕

　　或許因為制度建設的不盡人意、經辦人員的行尸走肉、所購武器的潦草應付，《申報》對槍炮購買的報導是負面居多：不是費用有爭議〔註32〕，就是運輸有棘手〔註33〕。除此之外，就是頗吝筆墨，交代清楚基本信息即可，決不多置一言。

> 昨聞黑滑達輪船到滬，載有格林炮多尊，計裝四十三箱，係中
> 國官憲所購辦者。〔註34〕

> 前日英國到船一隻，載有大炮十餘門，炮名格兒嘔聞。係我中
> 國所辦來者，欲置之天津大沽口炮臺云。〔註35〕

> 禮拜六即二十六日，經華官在上海辦買亞麥士唐炮十尊及炮彈
> 炸彈每炮二百顆，價值共十萬圓或十萬兩未有定聞云。〔註36〕

5.1.2.2　《申報》視野中的清廷外購其它武器

　　本就國弱民窮，加之蠹蟲肆虐，清廷的軍備費用自然會捉襟見肘。在上一章中，《申報》對西方新武器之一的水雷格外注意、尤為推崇。究其原因，無外乎其成本低廉、攻擊效果顯著。與那些龐然大物的昂貴代價相比，水雷不啻為四兩拔千斤的角色。中國兵法素來講求精緻巧妙、以少勝多，甚至是不戰而屈人之兵。《申報》認為水雷用在中國的沿海防禦中，就是四周戎狄蠻夷們不可逾越的屏障。有了水雷這樣的殺手鐧，不必中央帝國出兵征討，敵人就被擋在四境之外了。百姓安居樂業，統治者坐享太平，依舊能夠安土重遷，依舊能夠農業立國，依舊可以排斥那些怪力亂神和奇技淫巧。而付出的成本呢，又是這個斯國斯民足以承受的。水雷是多麼符合中國的具體國情和官員士大夫們的「國防」之定位啊！

　　正因為如此，《申報》中對水雷的報導不在少數，購買〔註37〕、交付〔註38〕、

〔註31〕《購辦軍火宜改繁歸簡說》，《申報》1885年09月25日01版。
〔註32〕《中國購買後開槍》，《申報》1874年08月19日02版。
〔註33〕《新到奇炮》，《申報》1874年12月22日02版。
〔註34〕《新到格林炮》，《申報》1876年02月11日02版。
〔註35〕《西國辦來大炮水雷等》，《申報》1872年07月17日03版。
〔註36〕《華官購辦炮彈》，《申報》1874年08月11日03版。
〔註37〕《新到水雷》，《申報》1877年09月27日01、02版。
〔註38〕《水雷船來華》，《申報》1879年10月11日02版。

下水〔註39〕、驗收〔註40〕、表演〔註41〕，過程環節，疏而不漏。不僅全面，更
是細緻，與羅列那些鐵甲船的技術參數，有異曲同工之處。個中滋味，春秋筆
法，盡在文中。

> 直隸總督李中堂擬於十八日赴大沽驗放水雷已列前報。此次所
> 驗之水雷來自美國，長約七尺，高二尺餘，中有機紐，放順水中每
> 點鐘可行六里，行兩點鐘力盡而化。係美國人賴君生面別開、匠心
> 獨運者。按，本年四月中堂由保定到津，曾令水雷局教習栢君專敬
> 帶同肄業各生在津城外三□河試放水雷一次，……此名杆子水
> 雷。……中堂講求武備，精益求精，現聞賴君之水雷更推陳出新，
> 是□以邀致來華。賴君遵帶兩枚，請中堂驗，入十八日往大沽海
> 口。……天津機局器局除杆子水雷外另有沈水雷、碰水雷兩種。沈
> 水雷又名曲尺水雷，係將水雷沈於海底，旁伏兩人，一上一下，如
> 曲尺形支千里鏡以俟。如敵船過時，從千里鏡窺準，不先不移，同
> 發機關，電到藥燃，敵船被擊。碰水雷係小者懸之水中、大者埋於
> 水底，如沈水雷然。另有機括中具，敵船觸之亦遭焚毀。……賴君
> 之水雷每具索價萬金，至少以三十枚起售，中堂持重不苟，故待試
> 後方與計議云。〔註42〕

美國的軍火發明家及軍火商來天津表演和推銷新式水雷，李鴻章到場觀
看並商議定奪中國是否購買，報紙上發一條簡短的消息預告一下就已經足
夠。而《申報》呢，既然「已列前報」。可見消息至少發了兩次。只發消息可
不夠。對此類輿論追捧且媒體關注的事件，《申報》更是在預告上大做文章、
大力造勢。雖然美國人的新式水雷尚不知曉，但天津已買到的各式水雷卻歷
歷在目。通過介紹以往水雷的精彩表現，吸引讀者的注意，這也是《申報》
在軍事新聞上做連續報導的手段之一。「講求武備、精益求精」、「持重不苟」
的中堂即將親臨，「索價萬金、至少以三十枚起售」的美國水雷即將出場，這
樣的新聞預告豈不成功？有了這樣的新聞預告，《申報》豈不大賣？

〔註39〕　《水雷船下水》，《申報》1885 年 02 月 24 日 03 版。
〔註40〕　《復驗水雷》，《申報》1877 年 10 月 26 日 01、02 版；
　　　　　《續驗水雷》，《申報》1877 年 10 月 31 日 02 版。
〔註41〕　《試演水雷》，《申報》1876 年 11 月 01 日 01 版；
　　　　　《詳述演試水雷》，《申報》1877 年 10 月 15 日 02 版。
〔註42〕　《新到水雷》，《申報》1877 年 09 月 27 日 01、02 版。

為了市場收益而迎合受眾，在《申報》上屢見不鮮。就購買武器而言，與一夫當關、萬夫莫開的水雷備受關注類似，在海戰中同樣四兩拔千斤、以弱勝強的魚雷（船）也受到《申報》不吝筆墨的待遇。

> 魚雷為海防利器，威海衛特設魚雷營以統轄之，俾資練習。總辦軍械所張楚寶觀察曾奉北洋大臣李傳相之命，購德國新式魚雷船一艘。每點鐘能行英里二十五咪，迅速無倫，洵堪制敵。日前運至天津，發交威海魚雷營備用。惟航海遠來稍有損壞，須入塢興修，旋由旅順船塢修理完竣。總辦魚雷營劉藹林觀察乘來津之便，督帶該船管駕官駕駛前來稟請傳相示期十一日驗收，該船即泊水師營前，以便駕臨驗看。無如是處河道窄小，兩旁戶口又復毗連，一旦轟燃深恐或罹不測，是以未經試驗。聞日內當駛回威海防次云。〔註43〕

在甲午戰爭中，真正威脅到日本艦隊、擊毀日軍旗艦、在被動中與日頑強相持的，並不是魚雷快艇，而是定遠、鎮遠兩巨艦。戰爭比的從來是實力，強者勝弱者敗是軍事史的主流。正因為如此，那些非主流的以少勝多之戰才被口耳相傳、茶餘飯後津津樂道。妄圖依靠非主流的險勝、巧奪、智取、奇襲，絕非一國建軍、一軍戰備的正確指導思想。清朝積貧積弱，綜合國力比不上列強，軍力自然也不是列強們的對手，加之制度上、管理上、人員調配上也積弊重重。所以，北洋海軍難敵列強海軍，也難敵日本海軍。皮之不存，毛將安附焉？這些水雷、魚雷的命運也就可想而知了。

5.1.3 《申報》視野中的軍事援華洋人

清廷向德國訂購的兩艘鐵甲巨艦還有一個時代背景，那就是兩船訂購於1881年、建成於1882年前後，但交付中國卻遲至1885年，何故？原因就在於兩船交付時恰逢中法戰爭，按照局外各國不得陰助交戰之一方的國際慣例，兩船在德國停留，俟中法戰爭結束方得以來華。德國與法國向來不睦，有普法戰爭在前，有「一戰」在中，有「二戰」在後。當是時，普法戰爭結束未久，法國可以說是中德兩國共同的敵人，加之中國的大量軍艦武器訂單，所謂的「局外之例」對德國人來說陽奉陰違便是了。

> 日前本報曾登天津西人來信，謂有德國人為中國訓練軍兵、教

〔註43〕《遠購魚雷》，《申報》1893年06月04日02版。

演水師。茲聞又有德國人數名，本擬俟中國向德國定造之鐵甲船來
華時謀幹差事。今船尚未至，急不能待，已前赴天津，想亦願為中
國效力。〔註44〕

德人遠來，其意美矣。雪中送炭，其情深矣。此時清廷欲與法國開戰，
正當用人之際。但絕大多數西方列強遵循「局外」的慣例，「中法構釁以來，
凡英美德日諸國之在中國為中國官員聘請薦舉之人，紛紛辭職以去，甚至製
造之匠頭、輪船之船主亦不肯苟留，以失局外之義。」〔註45〕好一個「製造
之匠頭、輪船之船主」，可見洋人留華者不在少數，又可見在匠人、船長之
上更有身居高位的洋人。晚清時期的西員在軍事近代化中扮演了什麼角色？
為何如此重要？《申報》是這樣概括的：

中國自講究武備以來，意欲與泰西相頡頏。故凡見某國有一船
足以制敵，不惜重價以購之；見某國有一炮足以攻堅，多方設法以
求之。船則如快船、鐵皮船、鐵甲船，以及水雷、魚雷等船，幾於
無一不有；炮則如鋼炮、銅炮、開花炮，以及克虜伯炮、阿姆斯脫
郎炮，幾於無奇不備。……器既出於他國，人亦必出於他國；器既
可借於他國，人亦何必不可借於他國？且船雖堅利，而中國之人海
道緯線不熟，安能遠出外洋？炮雖靈捷，而中國之兵運用之法不明，
安得衝鋒摧敵？故借人與借器□有相需為用之妙也。……欲學其人
之道不與之親不可也，欲學其人之技不與之久處不得也。今欲學外
洋之水師，安可不與之相習哉？然欲與之相習，而一時儲才猶恐不
及，則又非借材不可矣。〔註46〕

「欲學其人之道不與之親不可也，欲學其人之技不與之久處不得也。」
清廷進口了艦船槍炮之類的硬件，與之相應要進口匹配的軟件。人力資源是
軟件中最重要的部份，請來洋人勢成必然。近代化軍事裝備的操作、維修和
保養都需要人來完成。即便是中國人學著來做，也免不了洋人師傅傳、幫、
帶的過程。即便不提軍隊組織架構和制度建設，單說用好這堆洋玩意兒，外
援就已不可或缺了。如果沒有合適的軟件，硬件就成了一堆廢銅爛鐵。

中國炮臺兵艦器具雖精、地勢雖險，所不敢恃者，駛船之巧變、

〔註44〕《人思效命》，《申報》1884 年 11 月 15 日 01 版。
〔註45〕《論他國人投效中國宜善用之》，《申報》1884 年 11 月 18 日 01 版。
〔註46〕《論儲材先宜借材》，《申報》1885 年 10 月 25 日 01 版。

放炮之靈通。目統兵以下每百人中不得一二善其事者，督率教練正
有藉於西人，而西人有不能苟留之勢。然則臺上之炮而欲其□中敵
船、船中之兵而欲其鏖戰洋面，誠哉其難也。秉鈞之人所以遷就和
議、歷久而不肯決戰者，殆為此耳。〔註47〕

　　魚水之情，難捨難分。清軍離了洋人，竟連仗都不敢打，竟連《申報》
都為避戰求和的「秉鈞之人」辯護，可見「外援」對清軍多麼重要，可見社
會輿論多麼認可洋人對於中國軍事近代化的幫助！

　　就在這般盼洋人之際，有德國人不顧「局外」之嫌，毅然果敢前來，真
是中國人民的老朋友！《申報》提議，乾脆讓這些好朋友「就華事、食華祿、
舉華官、入華籍」得啦！法國用非洲黑人在埃及打仗，英國用印度人在阿富
汗用兵，國際上從未有什麼「局外」之評，原因就是非洲和印度已經被納入
他們的宗主國。〔註48〕其時清廷勢單力薄，想有殖民地恐難，但泱泱大國吸
收若干名外國朋友入籍還是能辦到的。然而，清廷卻沒有這樣的改革舉措、
開放政策，而是固守僵化思維，認為「貌為德人而其心則華人」〔註49〕不成
體統，《申報》正是著急在這裡。

　　近代以來，中西經濟文化交往趨頻，海外華人華僑不在少數。既然中國
人能入外籍，為何外國人不能入中籍？因而《申報》大聲疾呼，希望清廷的
人事、戶口、護照、國籍等政策要與時俱進，要趕上國際潮流。有趣的是，
用現今詞彙說出來這麼順溜的話語，到了《申報》論說那裏卻彆扭得很：又
是「楚材晉用」、又是「亡人」「寄籍」、又是「逃人之律」。若非結合上下文
言之鑿鑿，今人讀來恐怕會遇「王顧左右而言他」之惑了。這就頗類似於康
有為的《孔子改制考》，在舊文化根深蒂固的社會，「改良維新」在戰略上要
走託古改制的路線，在戰術上要用四書五經的語言。

　　　春秋楚材晉用，其後世子孫仕晉而不反於楚，古之所謂亡人，
即今之所謂寄籍也。通市以來，閩廣工商挾資翱舉出洋謀生者，若
歐若墨亦固有之。如其受他國之爵祿而居，然英籍美籍他日歸來，

〔註47〕《論他國人投效中國宜善用之》，《申報》1884 年 11 月 18 日 01 版。

〔註48〕世界盃足球賽上法國隊、英國隊等西歐球隊中，都有幾位黑人球員。這些黑
　　　　人球員祖先必定不是西歐傳統的盎格魯─薩克斯人，而是來自非洲大陸。幾
　　　　經演化，黑人也成了擁有國籍的該國的合法公民之一員，並合情合理地代表
　　　　該國參加國際體育賽事。

〔註49〕《論他國人投效中國宜善用之》，《申報》1884 年 11 月 18 日 01 版。

固無比照逃人之律以科其罪者。然則籍貫相通，非和約公法之所禁
也。中國此時正需此等才能之士以爲教練海師之用，若無此通融之
法，吾恐已在中國者方將不留一人，而欲至中國者又輒拘於局外，
兵事之不能起色，自在意計之中。今何幸而有若干人欲食我之祿以
忠我之事哉！〔註50〕

　　《申報》不僅在路線方針政策上爲「援華洋人」保駕護航，更是在具體
執行上眼觀六路、耳聽八方，廣爲搜羅。深知西方列強均在戰備、軍事人才
極爲難得，《申報》就對那些起步早但後來慢的「過氣」國家尤其關注。開闢
新航路的葡萄牙、西班牙和「海上馬車夫」荷蘭就在此之列。機會青睞有準
備的頭腦，果然，「葡萄牙水師將弁一百三十餘人，因在本國無所事事，念空
山之易老，歎髀肉之復生」，「欲之他國圖事立名」。這不正是令他們投桃報李
的好機會嗎？朝廷正值用人之際，葡萄牙軍人正值懷才不遇，中國享成人之
美，外援感知遇之恩。中國任命之從重，外援索「聘金或可從廉」，「豈非一
舉兩得者哉」！〔註51〕

　　事實上，不待《申報》倡議，「醇親王、慶郡王、李傅相」、「左文襄」
〔註52〕等諸公已經把邀請外援的事業做得風生水起了。德國如此〔註53〕，
英國亦然〔註54〕。《申報》對主人所在的英國一貫良言美意，對來自英國的
外援尤爲讚譽有加。擺事實，講道理。對於新聞輿論手段掌握得頗爲老練的
《申報》自然不會堆砌溢美之詞，而是通過立功立言來表現英國外援的中
用。戈登就是一例。其人同治年間來華，既有洋槍隊之任，又有常勝軍之譽，
在替清廷平定太平天國中立下汗馬功勞，已經立功。〔註55〕戈登入鄉隨俗、
因地制宜，根據中國國情提出的戰法倒頗有幾分道理。

　　　華兵不宜與敵人大隊相戰，利在偏師，分擾東西，衝突截斷敵
　　軍之輜重。夜間則頻頻驚擾之，使不得安。且華兵不宜用巨炮，恐
　　轉移有所不便。最妙者用洋槍，槍隊亦不至喧囂，但略帶小炮數尊

〔註50〕　《論他國人投效中國宜善用之》，《申報》1884 年 11 月 18 日 01 版。
〔註51〕　《論儲材先宜借材》，《申報》1885 年 10 月 25 日 01 版。
〔註52〕　《論儲材先宜借材》，《申報》1885 年 10 月 25 日 01 版。
〔註53〕　《德弁至粵》，《申報》1885 年 02 月 10 日 02 版；
　　　　　《教練得人》，《申報》1885 年 01 月 04 日 02 版。
〔註54〕　《聘請英人》，《申報》1881 年 01 月 07 日 01 版。
〔註55〕　《起復舊將》，《申報》1880 年 01 月 02 日 02 版；
　　　　　《戈登來華》，《申報》1880 年 07 月 07 日 02 版。

已足制□，□人所守之地不必力攻，□聲東擊西，日夜肆擾，以後膛炮時時轟擊，使敵人晝夜不遑寢食，則必疲而致疾。

假如有敵人來攻華兵所守之炮臺，不必堅守，當乘之而遁。隨身止有洋槍，攜以仕走，本極簡便。俟敵人既據炮臺，然後四面八方百計驚擾之，使敵人坐困其中，久必自退矣。〔註56〕

上引這兩點，不就是抗日戰爭中使用的游擊戰、麻雀戰嗎？避免與敵主力交鋒，保存己方實力，戰略後退，戰略轉移，消耗敵人有生力量，出其不意，攻其無備，等等。經過對日鬥爭實踐被證明了的戰略戰術與戈登提出來的竟巧合般地如出一轍。人民，只有人民是歷史的創造者。輿論，輿論經常對歷史給出精準的判斷。《申報》把戈登的論點擺出來，不必等到半個世紀之後的抗戰方可檢驗，當時的讀者想必點頭稱是者就不在少數了。

洋人們可不是紙上談兵，也不是馬虎失街亭、大意失荊州。而是向孫武那樣，把後宮妃嬪都訓練得井然有序。西方軍隊是什麼樣？「每當操閱之際，整隊而過，其足音止有兩聲，前後數百人，舉趾無所參差，或疾或餘，以所鳴之樂器為節，不禁歎為觀止矣。」中國軍隊是什麼樣？「操演之日，雍容進退，尚是紆徐不迫，而夕陽草地，影雜沓而聲歷亂者，竟如百足蟲遇人仆之而逃者然。」〔註57〕

進門看內務，出門看隊伍。隊列行進整齊與否，是近代化軍隊士氣的集中體現。近代化戰爭不是單兵廝殺、高手過招，而是武裝集團的較量，是戰爭機器的比拼。機器是由零件構成的，零件大小各異、功能不同；猶如軍隊是由不同性格、稟賦的人組合而成的。機器要想順暢地高效運轉，就要使每個零件嚴格地發揮它的功效。個體在軍隊中也猶如零件，而士兵尤其如此。只有將零件標準化、規範化、簡單化、統一化、嚴格化、機械化，才能形成最大規模的合力，從而使高速戰車轟隆前進，無所匹敵。中國傳統擊鼓鳴金，外國傳統「一二一」，於此有深意焉。

晚清以來的軍事近代化歷程，吸收西洋的「一二一」之法也是其犖犖大端之一，並一直延續至今。從當時的《申報》來看，輿論對洋人的步伐整齊是讚美的，對清軍的步伐雜亂是批評的。無論外行內行，都覺得西方的又整齊、又美觀，而中國的像百足之蟲遇險而逃，多麼滑稽可笑，多麼嗤之以鼻，

〔註56〕《英將論兵》，《申報》1884 年 01 月 12 日 02 版。
〔註57〕《論西員教練津軍》，《申報》1881 年 06 月 20 日 01 版。

還不趕緊學習洋人！值得姑且一提的是，清軍學習「一二一」之法並不慢，本書第一章寫到了操練、閱兵的壯觀場面，很是好看。但學了皮毛，沒學精髓，學了外行的熱鬧，卻沒學內行的門道。此問題就只能先按不表了。

　　政府的推動，加之輿論的支持，於是洋人們如過江之鯽，紛至沓來。陸軍有〔註58〕，海軍也有〔註59〕，炮臺有〔註60〕，造橋也有〔註61〕，甚至東北開礦也請來日本人幫忙〔註62〕。「兵商輪船之管駕也，書館學堂之教習也，金銀銅鐵之礦師也，稅關碼頭之稅司也」〔註63〕，洋人無處不在。《申報》的一部份記者編輯是醉心科舉的傳統文人，一部份來論出自清流論政的官僚士紳。更為顯著的是，《申報》的大部份筆者、經營管理者和讀者都是中國人！目睹洋人在中國軍隊中身居要職，焉能沒有民族感情？

　　　　福州信云，有一西國兵官前曾立功於中國之貴州省，受有副將
　　　　職銜，今該副將行抵廈門，遍拜福州官憲，各官亦一一回拜，頗形
　　　　繁盛。所可笑者，聞其往拜閩省提軍時，首冠西國之冠，而以中國
　　　　紅頂綴其上身，衣西國之衣而以中國皀靴曳於下。〔註64〕

　　　　前鳳凰山營內有教授兵法之西士二人，其一曰撒瓦至，向本在
　　　　英軍中也。嗣因營內西人咸辭之去，故撒瓦至在上海以賣酒為業，
　　　　茲聞復為華官所授任。相傳每月得俸銀一千二百兩，於前日特搭船
　　　　前往福州矣。〔註65〕

　　一個被英軍淘汰而在上海賣酒的洋人，竟被清軍啓用，且月薪白銀一千二百兩。這個月薪，折算成如今的人民幣，購買力在十萬到二十萬元之間。清政府用高價聘請一個來中國混飯吃的落魄外國軍人，難免給人以口舌。僅僅不知禮數、鬧點笑話也就罷了，如果尸位素餐、沐猴而冠，那就純屬浪費民脂民膏了。在華人看來，高鼻梁、深眼窩的洋人都長得差不多，而只要長著一副洋人的面孔，就有被中國民間和政府高看一番的資本。良莠不齊也好，沐猴而冠也罷，洋人們無一例外地獅子大開口，動輒要高額工資，《申

〔註58〕　《西官教習華兵》，《申報》1874 年 08 月 29 日 03 版。
〔註59〕　《閩省水師擬仍請西人訓練》，《申報》1874 年 09 月 03 日 01 版。
〔註60〕　《美將軍欲來中國》，《申報》1875 年 05 月 11 日 01 版。
〔註61〕　《聘請美員》，《申報》1884 年 02 月 19 日 01 版。
〔註62〕　《聘用日人》，《申報》1887 年 08 月 11 日 02 版。
〔註63〕　《論延聘西人須擇真才》，《申報》1888 年 09 月 09 日 01 版。
〔註64〕　《西員可笑》，《申報》1879 年 02 月 15 日 02 版。
〔註65〕　《撒瓦至前赴福州》，《申報》1874 年 08 月 13 日 02 版。

報》對此頗有微詞。

> 西人知中國有乏人之慮，因而故高聲價，挾技要求。我愈卑則
> 彼愈狂，我愈恭則彼愈傲。……豈知西人之技佳者多，而劣者更覺
> 不少？嘗聞之西友謂，外國之人有奇才異能者通國亦不甚多，且若
> 輩矯矯之流皆在本國效用，家道富有，或則授有職位官事相羈，或
> 則經營貿易不肯輕易來華供人驅策，雖月中有薪俸數百金，視之亦
> 無足重輕。其受聘而赴中邦者，皆三四等才調耳。〔註66〕

> 兩軍相見之時，西人必守局外之例，有職者即當辭職，有位者
> 亦當去位，決無一人敢干犯萬國公法者，則知中國之所以不用西人，
> 實為卓識遠見。〔註67〕

西人堪稱奇貨可居，請他們來耗費大量財力，此乃其一；願意遠渡重洋的西人並非一流人才，此乃其二；中國與別國開戰的關鍵時刻，西人遵循公法不能助戰，當大用時不能用，此乃其三。有此三條，《申報》中的一種意見是：清廷不應該請洋人。

實際上，這種意見在清廷購買外洋軍械時就有表露：「中國之購洋槍，自同治初元。剿平粵逆之時所買洋槍，至於今日咸以為不適於用。厥後名目不一、制度新奇，有名林明敦者，有名來福者，各省購置不能擇善而從。」〔註68〕西方國家軍備競賽、精益求精，列強們的武器進步太快了，中國跟著他們的腳步，只能買到淘汰貨，豈不令人沮喪？這是個難題。

要想解決這個難題，自力更生是唯一的辦法。

5.2 《申報》視野中的中國自製新式軍事裝備

5.2.1 《申報》視野中的清軍新建裝備部門及配套設施

與其臨淵羨魚，不如退而結網。西方國家動輒輪船槍炮、動輒橫行霸道，所仗的無非是工業振興、製造發達、生產能力雄厚，所謂取之不盡、用之不竭。中國從國門被打開到簽訂一系列屈辱條約，再到洋務事事仰仗外人，西方人欺負中國、卡住中國咽喉的關鍵就在於工業，核心就在於武器裝備的製

〔註66〕 《論延聘西人須擇真才》，《申報》1888 年 09 月 09 日 01 版。
〔註67〕 《海軍用西人辨》，《申報》1892 年 06 月 01 日 01 版。
〔註68〕 《購造船械末議》，《申報》1881 年 03 月 13 日 01 版。

造。近代武器裝備花樣繁多，但其中最大利器就是堪稱海上霸主的鐵甲艦。李鴻章籌建北洋艦隊就購買了定遠、鎮遠兩艘巨艦，受國內輿論的廣泛關注。可風潮一過，巨艦的使用、保養、完善又成了後續的煩難問題。鐵甲艦固然能交由外人製造，但使用難道也交給外人嗎？

顯然，北洋海軍及其地勤部門必須在摸索中前進、在模仿中學習，從無到有地掌握一支艦隊的方方面面。買是第一步，用是第二步，從買到用的一步，是北洋艦隊的一小步，卻是清廷從購買到製造的一大步的起步。實堪重要。從這裡開始，清朝人甫將近代國外的先進武器與中國的具體國情相結合，因地制宜地解決軍事問題。鐵甲艦扮演了催化劑的角色，其巧妙之處乃在於，辛苦湊錢買來的巨艦，總得有個好「窩」：停泊要用到，修理也要用到。不能總在海上游弋，也不能修船總到香港去吧？日本的長崎都有近代化軍港了，中國能沒有？「廠塢之設廠有數要：一地勢寬廣，二形勢鞏固，三轉運近便。」〔註69〕既然要建造配套工程，那麼軍港在何處？船塢如何修？這顯然是清軍不得不面對的問題。

如果說具體技術參數對記者編輯是外行，那麼祖國的幅員和輿圖則是洋場文人們所熟悉的。《申報》一面倡議趕緊為鐵甲船修造船塢，一面掰著手指頭把沿海能建船塢的地方歷數一遍。眾所周知，停泊大噸位艦船的碼頭需要天然的深水港，香港即是如此。港口又不能孤懸荒郊野外，其需要良好的公路、水陸交通運輸與之配套，更需要繁榮的城市和廣袤的面積為其腹地。普通港口尚且如此挑剔，軍港更自不待言。軍港要有良好的防禦，尤以背山面海，陸地島嶼環抱為最佳。「福州、上海、天津三處並嫌其狹隘，粵東黃埔所設或者尚可試辦，然恐未能也，威海雖形勢雄壯，入之不深、藏之不密，易啓敵人覬覦之心。」〔註70〕值得一提的是威海，因為北洋艦隊的主要基地就在威海衛，而海軍公所就在威海劉公島上。是否如《申報》所說，這不是一個最佳的選擇呢？

與《申報》力推的膠州灣相比，威海衛的確稍遜一籌。膠州灣坐北朝南，而威海衛坐南朝北，不論從堪輿還是冬季光照及冰凍，膠州灣都優於威海衛，此乃其一。膠州灣幾乎完全被青島、黃島的陸地包圍，而威海衛之於劉公島僅有一疏遠的扇形之狀，從軍事防禦說，膠州灣更易於炮臺守軍發揮作用。但是，清廷卻放棄青島而選擇了威海衛，實在令人歎息。1897 年，膠州灣被德國人佔領，青島成了德國的殖民地，表現出很強的發展潛力。直到今天，青島製

〔註69〕 《論宜設鐵甲船塢》，《申報》1892 年 07 月 24 日 01 版。
〔註70〕 《論宜設鐵甲船塢》，《申報》1892 年 07 月 24 日 01 版。

造業發達，青島港兼有民用軍用碼頭，吞吐量巨大，是當初清廷難以預計的。清廷和北洋海軍的決策者們沒有考慮膠州灣嗎？爲何堅持選擇威海衛？

回答這個問題，首先要點出清廷極力建成北洋海軍的首要目的——防禦渤海，拱衛京畿。京畿就是清朝的都城北京和北洋總督駐節的天津。宋代後中國經濟重心南移，薊城已居偏塞，有軍事地位而無經濟地位。元代統治者來自漠北，自然定都於此；明代天子戍邊，繼而遷都於此；而清統治者來自東北地區的白山黑水，有清一代隨時爲退回發祥地而留有後路，限制東北地區的移民開發和定都北京，都與這有十分密切的聯繫。正因爲如此，清廷更爲關注北部地區的防禦，希冀通過強化對渤海的控制，決不讓咸豐年間英法聯軍陷天津、入北京、燒圓明園的一幕重演。站天津面渤海，左有旅順，右有威海，自成三足鼎立之穩定態勢，加之鐵甲巨艦遊弋其中，京畿可保無虞。

方針既定，嚴密執行。天津、威海、旅順的船塢相繼建成，與之配套的一些工業也被帶動起來。天津的機器局〔註71〕、河北的煤鐵礦〔註72〕、東北的製造局〔註73〕、山東的製造廠〔註74〕等一一新建。李鴻章主導的官僚資本、盛宣懷代表的紅頂商人，從船塢開始走出了一條中國近代軍事工業的路子。軍事工業，焉有僅興北方之理？與此同時，上海〔註75〕、浙江〔註76〕、湖北〔註77〕、福建〔註78〕的兵工廠，也如雨後春筍般成長起來。

《申報》對各個兵工廠的報導不在少數，「船局瑣聞」尋常見〔註79〕，「製

〔註71〕 《天津擬別設製造局》，《申報》1875 年 08 月 14 日 02 版。
〔註72〕 《中國卒擬開礦》，《申報》1874 年 10 月 05 日 02 版；
《直隸開煤鐵礦》，《申報》1874 年 10 月 07 日 01 版。
〔註73〕 《機器繁多》，《申報》1882 年 04 月 20 日 02 版。
〔註74〕 《山東將設製造廠》，《申報》1873 年 08 月 08 日 02 版。
〔註75〕 《上海炮局近日情形》，《申報》1874 年 07 月 15 日 01、02 版。
〔註76〕 《杭省製造軍裝》，《申報》1874 年 09 月 23 日 02 版。
〔註77〕 《槍廠開工》，《申報》1895 年 02 月 06 日 02 版
〔註78〕 《福建船廠添造輪船》，《申報》1876 年 07 月 13 日 01 版；
《福州製造局築圍牆》，《申報》1874 年 12 月 16 日 02 版。
〔註79〕 《船局瑣聞》，《申報》1882 年 03 月 25 日 02 版；
《船局瑣聞》，《申報》1882 年 05 月 06 日 02 版；
《船局瑣聞》，《申報》1882 年 07 月 03 日 02 版；
《船局瑣聞》，《申報》1882 年 07 月 07 日 02 版；
《船局瑣聞》，《申報》1882 年 10 月 20 日 02 版；
《船局瑣聞》，《申報》1882 年 11 月 25 日 02 版；
《船局瑣聞》，《申報》1882 年 12 月 14 日 01、02 版。

造局」信息幾度聞〔註80〕。爲了表現蒸蒸日上的兵工廠事業，《申報》還推出了先進典型、模範人物宣傳報導，爲大家鼓勁打氣加油。先進典型人物是宰相李合肥的同鄉，其原因不難想見，似乎流於讚美傅相一類的溜鬚拍馬。但事跡卻頗不落俗套：一個千年來看輕奇技淫巧的文化、一群醉心科舉的文人竟運筆如此流利地褒揚一個「匠人」！實不多見，且看報導。

> 金陵機器製造局有唐匠頭者，合肥縣人，工心計。前以技藝嫻熟，來局爲教習。授徒百餘人，皆能巧益生巧、精益求精。唐君又迭出心裁，造玲瓏槍炮、并汽器運水法，繪圖貼說，手指口畫，其徒一一領悟，造成合法，毋扦格不入虞。龔觀察綜局務，日即升唐君爲七廠之總匠頭，薪水每月五十兩。七廠之上等工匠無一非仰承唐君衣缽者。現在徒又傳徒，合七廠計之有工匠四五百人，一啓口無不曰吾師云云。唐君之技誠神矣哉！現聞臺灣議創機器，招匠製造，有人以每月薪水二百金來聘唐君者，唐君未之許也。然則唐君殆所謂士爲知己者用乎？〔註81〕

唐匠頭的月薪五十兩，折算成如今的購買力，在人民幣五千到一萬之間。對於一個徒弟數百人、發明遍用於工廠的勞模來說，這個工資有點低了，無怪乎有別的工廠出月薪二百兩來挖他。堂匠頭並未跳槽，《申報》說是：「士爲知己者用」，估計全廠總工程師的名分和人們的尊敬也是一種對個體價值的認可。但即便是二百兩的所謂「高薪」，與清廷聘請一個在上海賣酒爲生的末路外國軍官就花費每月一千二百兩的銀子相比，又算得了什麼？簡直是杯水車薪了！〔註82〕披上一層洋人的皮、有了海外的背景，動輒就自視他視甚高，而這些人的本領和貢獻就眞得比潛心發明創造技術的本土人高嗎？眞的值那麼多的錢嗎？恐怕無非是外來的和尚好念經罷了。

可悲的是，大環境使然，中國人潛心鑽研、悉心求教的工匠和技工並不多，唐匠頭確實是個特例。在《申報》上更多看見的是：西方的好東西到了

〔註80〕　《製造局操演水龍及購新炮》，《申報》1875 年 01 月 11 日 03 版；
　　　　《製造局趕辦戰船兵器》，《申報》1874 年 10 月 02 日 03 版；
　　　　《製造局失火》，《申報》1875 年 07 月 27 日 02 版；
　　　　《製造局停工》，《申報》1878 年 04 月 12 日 03 版；
　　　　《製造局新設教場》，《申報》1874 年 12 月 29 日 03 版；
　　　　《製造局新設救火章程》，《申報》1874 年 12 月 29 日 03 版。
〔註81〕　《聘請匠頭》，《申報》1886 年 08 月 06 日 02 版。
〔註82〕　參見 5.1.3 《申報》視野中的軍事援華洋人。

中國就變了樣。如果說軍械的發明是科學，那麼軍械的大規模製造就是技術。科學是理論，技術是實踐。與理論人人可懂可會不同，技術是一種長期積累的「訣竅」、「秘笈」，是一種操作性很強、規範性很高的工種，技術工人在其中扮演了很重要的角色。製造局招工，抽大煙的不要，這一條排除下來，「應募者百人中驗汰吸煙之後，只剩一十五人。噫，洋煙之害人何其深也！」〔註83〕

除了缺少人力資源，西方列強也未必能把自己精心總結的生產技術和盤托出。《申報》介紹了德國人是怎樣專研大炮生產的：「製造一事，煉鋼最難。克虜伯炮廠初創之時，專以煉鋼為事。淬之以水，煅之以火，一而再，再而三，精而益求其精，美而更極其美。功程至七年之久，而止成一三磅彈之小炮。再遲之二十年之久，而始成一五十墩之大炮。」只要工夫深，鐵杵磨成針。「堅守初志，不憚辛勤，不惜巨費，至於如此，其專且久，而後克成厥功，中國之製造局又焉能之？」〔註84〕中國沒有，便想買，但處處以鄰為壑、時時爭前恐後的列強們就能賣了嗎？況且這還是他們千辛萬苦得到的核心技術，更是不可能轉讓的。〔註85〕

「畫虎不成反類犬」，中國的兵工廠既缺少人力資源，又沒有核心技術，還受官僚習氣的影響，不啻為古老帝國誕下的近代化怪胎。「蓋製造之事首恃人工、次需材料。目下依行西法，當事之人自謂不拘成見，一從西人之例。而選購材料、雇用人工之際，仍不免有偷惰粉飾之習，是以器雖成，而用不敵也。」〔註86〕東施效顰，不倫不類，這樣的兵工廠造出的產品質量可想而知。近代以來中國文化越發自我揚棄和不信任，能給落魄洋人一千二百兩銀

〔註83〕《製造局招勇》，《申報》1874年08月29日02版。

〔註84〕《論製造不可畏難》，《申報》1884年05月10日01版。

〔註85〕與之類似的便是新中國改革開放以來的汽車工業。既定的政策是中外合資，引進和學習西方的汽車生產技術，尤其是學習發動機的製造技藝。四衝程的柴油機、汽油機堪稱科學發明，誰都知道，誰都會鑄造，造出來也都能用上一陣、跑上一段。但是，風雨天行不行、顛簸行不行、噪音大不大、使用壽命如何，與汽車的兼容性怎麼樣，這就不是科學，而是技術了。技術是西方工業國家自燃油汽車發明至今一百多年中無數匠人摸索總結的歷史經驗，小到一顆螺絲、一根管線，細到鋼鐵的成分調整，都大有學問。所以，發達國家不可能把汽車核心部件諸如發動機之類的技術轉讓出來，即便是轉讓，也是末路黃花之類和膚淺皮毛之流。不走獨立自主、潛心研究、摒棄浮躁、乾坐冷板凳的道路，汽車工業以及與之類似的很多領域，都難以趕英超美。

〔註86〕《製造不可輕試說》，《申報》1881年01月25日01版。

子卻只給本國好匠五十兩銀子，由這種心態，國產的和進口的武器放在一起，各省大吏們選什麼，還用說嗎？「若欲出外洋，仍須購船於西國；若欲禦敵人，仍須購軍火於外洋。」〔註87〕可悲可歎也！

　　如此勞民傷財，搞出來的軍用品還不受待見，何苦呢？乾脆「撤局節費」〔註88〕得啦！

　　因噎廢食是氣話，消極退讓也不是辦法。怎樣改革軍事裝備的生產，《申報》提了些建議。軍事是社會獨特的存在，軍隊是職業獨特的種類。其獨特性最大就在於其封閉性，封閉地形成了一個相對「與世隔絕」的小社會。既為社會，就有比較完善的生產、分配、生活、消費等體系。軍事裝備和後勤正是如此：從決策部門下訂單，到工廠生產，再到分發部隊裝備使用，既沒有競爭、又沒有市場，堪稱完全的計劃經濟體制。晚清官場腐敗泛濫，軍隊亦然。謀得兵工廠的「肥缺」，便能好好撈上一筆。長此以往，後方驕奢淫逸，前方怨聲載道，口碑太壞了，工廠就自己腐爛，辦不下去了。

　　與其任它在腐爛中消亡，倒不如輸送些新鮮空氣。「中國各局則皆專以供官物之用，於商民無與也。」《申報》提議讓某些兵工廠既生產軍品、又生產民品，通過廣闊的市場來檢驗它。視野開闊了，工廠開放了，鬼蜮伎倆和陰暗面暴露在光照下，蠹蟲們也就少了。此外，生產民用產品用的是工廠的多餘生產能力，並不會增加太多成本：「製造各局終年爐火、晝日人工，所制之物藏之無用之地，何如以其有餘補彼不足。」非但能夠補不足，還替代了進口，有助於節省外匯：「各式機器如織布、軋花、織呢羽、製電氣，凡有益於民間、有裨於商務者，皆由中國各局自造，則銀錢之流出者，必日見其少。」〔註89〕何樂而不為？

　　除了兵工廠生產民用品，還可以直接設立民用企業，《申報》稱讚「李伯相倡設招商輪船公司之為遠謀良策也」。經歷這樣開民智的過程後，繼而還可以引入民間資本。從軍工廠生產軍品，到軍工廠生產民品，再到民辦工廠生產民品，最後到民辦工廠生產軍品，將軍隊後勤和裝備系統有分別地基本社會化。如果說武器裝備的近代化是表面的近代化，那麼生產體制的近代化才是深層、影響長遠的近代化。

〔註87〕《論製造不可畏難》，《申報》1884 年 05 月 10 日 01 版。
〔註88〕《撤局節費》，《申報》1881 年 05 月 22 日 01 版。
〔註89〕《推廣船局製造局說》，《申報》1891 年 07 月 09 日 01 版。

上海一處近有華人數家，開設大鐵廠數座，多在虹口地方。深知修理水鑊火爐，並能照圖鑄成鐵器，以供西人輪船之用，概可與西匠媲美。倘令製作營中所用之精器，或亦可敵西匠也。至於所開之廠多，而且大者亦已難以指計。若自今以往，推廣擴充，必能振興增益。不但能修輪船，又將能造輪船也，其餘軍器零物猶其微焉者也。倘日後若有軍旅大事而軍器不足敷用，公局不能趕造，亦可以分派於各廠使之代製也。國內設有此等鐵廠，實足為國家之大利也。〔註90〕

「國內設有此等鐵廠，實足為國家之大利也。」期望之心切切，愛國之情拳拳。

路漫漫其修遠兮，吾將上下而求索。這句話用來形容晚清軍工廠的自主建設，十分貼切；用在貴州煤礦開採和鋼鐵冶煉工業的起步上，更是精巧。先說設備，「由外洋運至上海，由上海轉運漢口，由漢口另換民船駛往黔中」，跋山涉水、翻山越嶺，路上就屢遭坎坷。先是「楚人齟齬，謂外洋之物必藏洋人在內」不讓通過，再是機器太重，船隻不穩，江水大浪「沖壞船隻，沈失對象」，費了很大勁才撈齊。俟運至廠房，又有無數的七零八碎要注意：「其中則有大爐、小爐、煽風、弔礦、吸水、抽水、軋軸、剪床、熱風、冷風、煉鋼爐、別式馬等，並鐵路、電燈、電線，以及大小應用等物，逐層料理，妥為安置經營。」如此一番折騰之後並非就能開工了，原來煉鋼所需要的焦炭需要大量儲備，但工人們並不熟悉優質焦炭的生產技術。「焦炭以生煤煅成，因黔民初次從事，不能如法。刻以鍛鍊之法與之講究，煉之久久，漸臻純熟，以後想毋庸慮矣。」〔註91〕

貴州如此，晚清的哪一處兵工廠不是篳路藍縷建設起來的呢？若說遊法國軍艦〔註92〕，《申報》帶著苦澀；述定遠鎮遠，《申報》帶著酸味；惟有參觀中國人自己的江南製造局，文字方才如此汪洋恣肆。多麼自豪，多麼舒展，還留下筆者大名和寫作地點。〔註93〕且摘引小段以觀之。

江南製造局在滬南高昌司廟，俗名之曰鐵廠。前者美查先生初

〔註90〕《論製造》，《申報》1874 年 07 月 28 日 01 版。
〔註91〕《黔礦告成記》，《申報》1890 年 03 月 27 日 01 版。
〔註92〕參見 4.5.1，《申報》視野中的西方軍艦。
〔註93〕據落款推測，該報導成於《申報》早期主筆之一的何桂笙之手。

創點石齋時，開印申江勝景圖，屬余題詠，曾一詠及之。然虛擬其
詞，而非實踐其地也……其機器之繁多，真令人目迷五色，如入
山陰道上應接不暇……是日爐少壞，工匠正在修理，未見其開煉。
但見爐與鍋相去約五丈許，云火由地中行逼入鍋內，則其勢猛烈。
鍋前所入者為鐵，鍋後流出者即成鋼。蓋鍋後有溜瀉處，而下承以
大小模子，欲作何物即流入何模，可以任意轉移，是亦可謂人巧奪
天工矣。是廠房屋皆以洋鐵為之，尚未竣工也。再至洋槍樓，順道
觀製造皮帶處。比至樓，則總理人劉君仁如邀入客座，殷勤款洽，
烹茗以進，命取新制洋槍至。此槍乃劉總辦獨出新意製成者。其快
捷輕靈，洞堅及遠，可以駕外洋毛瑟槍而上之。劉君取以試驗，納
彈一排計五枚，一指顧而五彈悉發，其殼隨手而出落地上。今所試
者僅有其殼耳。一人之身可攜彈二十排，則聯而不斷者可得一百槍。
且其槍身可以發至三百彈，尚未損傷，斯誠行軍之利器。製成後送
往李傅相呈驗，傅相親試甚喜，命其名曰快利，蓋可以壓倒一切矣。
中國自設製造局以來，江南最大。數十年之間，歷任總辦，日有所
新，月有所盛，精益求精者已有年。所至今而益復大加整頓，廣為
開拓。行見中國製造之精可以邁越泰西，富強之道基於此矣。此外，
尚有炮廠、船塢，以及生鐵、熟鐵諸廠，前廠、後廠、左廠、右廠、
中廠，並廣方言館及印書畫圖等處，則以為目過短、不及遍歷。俟
春日融和時，當再續此遊也。光緒十有七年十二月上浣古趙高昌寒
食生呵凍記於尊聞閣之南窗〔註94〕

5.2.2　《申報》視野中的清軍自製新軍械

　　既然已建起工廠，產品自然會源源不斷。既然堅船利炮是洋人自恃最優、
又是中國人最豔羨的，產品首先就是這一類。國人自己生產的輪船和槍炮如
何？《申報》有些許關注。

　　洋人的輪船原理和專業術語，在民間並不暢行，反映到輿論上也是如此。
在《申報》的尋常報導中，很少有克虜伯炮、薩克森級（Sachsen class）鐵甲
艦之類的精准定義，而大而化之地用一些易讀易懂好理解的名稱來指代。拿
新式的近代化輪船來說，這種船用蒸汽做動力，動力原理人們雖不懂，但船

〔註94〕《遊江南製造局記》，《申報》1892 年 01 月 05 日 01 版。

速之快是顯而易見，於是就叫「快船」豈不簡潔？再拿新式的軍艦來說，軍艦就是在快船的基礎上增加了防護裝甲，裝甲性能人們雖不懂，但船外殼包鐵是顯而易見，於是就叫「鐵甲船」豈不清晰？更有顧名思義著，看見蒸汽機巨大輪盤的生火噴氣轉動就叫「火輪船」，看見軍艦上有炮就叫「炮船」。

有意思的是，越是中國本土生產的新軍械，《申報》越是愛用「快船」〔註95〕、「輪船」〔註96〕、「炮船」〔註97〕、「鐵甲船」〔註98〕等親民的語言來報導它們。似乎這些製造技術經過中國人的揣摩吸收，已並非高高在上的敵人專利，已經充分自然地爲中國所用、爲中國服務了。「由是觀之，中國之人心靈智巧當亦不甚遠於西人。」不僅不比洋人差，更是能超過洋人。「觸類旁通又何可以限制？苟其督率有人、教訓有法，不數年後而中國製作之精不難駕乎西人而上之矣。」〔註99〕

比如說，上海方面就改進德國人的聯珠炮而製成了更輕便的聯珠槍〔註100〕，而北洋大臣駐節的天津方面更是對水雷的製造和應用頗有高見〔註101〕。除了水面的船〔註102〕、水邊的炮〔註103〕、水中的雷、陸上的槍，才智聰明的中國人更是連天上的氣球都仿了出來。只是仿造難免和原裝有些差距，氣球如脫韁野馬般飛走，鬧出了官府發告示尋氣球的笑話。

> （天津）武備學堂……獨運匠心，略仿西法，自造小氣球。經總辦楊藝方觀察於昨日督同試放。升至十餘丈，不期線斷，球隨罡風飄去，觀察現出示。……武備學堂示：本日午後三點二刻鐘演放小氣

〔註95〕《製造快船》，《申報》1881 年 05 月 13 日 01 版；
《新造快船》，《申報》1890 年 10 月 24 日 02、03 版。

〔註96〕《操江輪船下水》，《申報》1875 年 04 月 30 日 02 版。

〔註97〕《炮船將成》，《申報》1883 年 08 月 12 日 03 版；
《炮船修竣》，《申報》1880 年 05 月 21 日 02 版。

〔註98〕《造船傳言》，《申報》1882 年 12 月 15 日 02 版；
《新造小鐵甲船形式》，《申報》1875 年 01 月 01 日 02 版。

〔註99〕《論中國製器漸精》，《申報》1891 年 08 月 04 日 01 版。

〔註100〕《論中國製器漸精》，《申報》1891 年 08 月 04 日 01 版。

〔註101〕《炮局製造水雷》，《申報》1874 年 06 月 25 日 02 版；
《試放水雷》，《申報》1884 年 08 月 03 日 03 版；
《試演水雷》，《申報》1880 年 06 月 30 日 03 版。

〔註102〕《船局近聞》，《申報》1881 年 11 月 12 日 02 版。

〔註103〕《演放新炮》，《申報》1881 年 01 月 24 日 02 版；
《定期試砲》，《申報》1887 年 04 月 17 日 03 版；
《試放新炮》，《申報》1882 年 01 月 17 日 02 版。

球，當升至十餘丈離時，風大繩斷，球亦隨風飄去，此球係本堂略仿
西法用紡綢□油製成，球體徑七尺。時值西風，大約吹至北塘、蘆臺
一帶。倘有軍民人等檢得，即日送還本堂，並紀明某日某時檢到。俟
送到後，除酌量路途遠近給予川貲外，並賞銀十兩。〔註104〕

　　氣球出問題的結果是滑稽可笑，大炮出問題的結果就是血淋淋的了。貴
州的兵工廠試演新造的大炮，「忽炸開，轟死者二人，受傷者甚多」〔註105〕。
這還了得？貴州地處偏遠，建成工廠本已歷盡艱險，加之民風開化較晚，本
就對洋務心存疑懼。辛苦建成的工廠，難得生產出的近代武器，不幸「一炮
而紅」。好事不出門，壞事傳千里。實際上，從偏遠的貴州，到沿海的山東、
廣東，大憲們採購武器，「造者自造而購者自購」〔註106〕已經成爲不成文的慣
例。

　　國產貨不受歡迎而進口貨大行其道，表層的原因自不待言——質量不
好。那麼深層的原因呢？《申報》說：「機器諸法往往由中國所流傳，中國失
此傳而外洋得此傳，乃益求其精，因而以是傲我，而中國竟受其傲。」〔註107〕
《申報》還說：「吾觀日本自仿西法以後，其所製西國器具無不神似，而中國
視之若有愧焉。夫中國之通商於泰西先於日本，何反不及日本？則以認眞不
認眞二途區之也。中國向有通病一學即能，一能即自以爲是，而不復再求精
進。」〔註108〕

　　西方人拿了中國的發明去製造近代武器裝備，西方人贏了。中國人和日
本人作爲失敗者，同時學習源自中國而被西方人光大的「機器諸法」，中國人
卻又學不過日本人。原本最前列的，成爲最墊底的，第一輪落後是因爲「失
傳」，第二輪落後是因爲「通病」。這樣的原因，不是歸因於偶然，就是歸因
於人種，都是歷史的虛無主義和唯心論，怎能讓人信服？《申報》上有什麼
蛛絲馬蹟能給點其它的解釋？

　　「（礦局）有售之西人或售之商人者，物則揀選上等，價亦較爲和平；若
售之於製造各局，則往往攙雜劣質僞物以相朦混，而以下等之貨開上等之價。」

〔註104〕《演試氣球》，《申報》1887 年 09 月 07 日 03 版。
〔註105〕《製炮無成》，《申報》1881 年 01 月 19 日 01 版。
〔註106〕《購辦軍火宜□善法說》，《申報》1885 年 08 月 11 日 01 版。
〔註107〕《論中國製作日精》，《申報》1890 年 10 月 11 日 01 版。
〔註108〕《論中國製器漸精》，《申報》1891 年 08 月 04 日 01 版。

〔註 109〕這說明什麼？不就是公家的錢好騙，私人的生意難做嗎？為什麼會有公家、私人之說呢？不就是制度設計有問題嗎？官本位嚴重，本可以用市場解決，本可以在陽光下運行的事情，卻偏偏政府統管起來。招商有局，輪船有局，製造有局，分配有局，乾脆吃喝拉撒睡和衣食住行都計劃起來得了！這種落後的體制，生產怎麼能搞好！

> 西人以利為重，凡製一物必先求其可以暢銷。即便軍械槍炮等物，西人窮思極想製而成之，原不僅恃以為防禦之具，而欲私為獨得之秘，必也求善價而沽。諸既欲為求沽之計，則貨色必更求精妙、製作必格外加工。以西人之聰明而再加以專心致志、極意講求，則其所製有不日進者乎？中國則製造皆係官屬局中，所制之軍械皆以備國家之用。製而佳，國家受之；製而不佳，亦國家受之。此外又無銷售之路，而且官局之外，倘有商民私造則有屬禁。如是而所製安得精良？⋯⋯故有為中國計者，以為中國製造之法當仿西人之例。〔註 110〕

需要「仿西人之例」的，恐怕不僅是製造。為了軍事近代化，購買外國的不中用，中國生產的也不中用，這說明僅僅學習器物不行，還要學點器物背後的東西。

5.3　《申報》視野中的晚清軍事組織革新

5.3.1　萬眾矚目的北洋海軍

提到晚清軍事的近代化，北洋海軍是無法迴避的，又是社會上知名度最高的。這支海軍由北洋大臣李鴻章一手創辦，在晚清的「三洋」（另兩支為南洋水師、福建水師）中實力最強。北洋海軍既有購於德國的鐵甲巨艦定遠、鎮遠號，又有致遠、經遠、濟遠、平遠等當時先進的戰列艦，噸位居亞洲第一，列西方國家之後，不可小覷。然而，在甲午戰爭中，北洋海軍這支代表當時中國最先進水平的武裝力量，竟被日本全部殲滅。甲午年（1894）開戰，乙未年（1895）慘敗，簽條約，割臺灣，賠鉅款。堂堂中國敗給撮爾鄰邦，

〔註 109〕《論中國製造日精》，《申報》1892 年 05 月 07 日 01 版。
〔註 110〕《論中國製造漸精》，《申報》1881 年 12 月 20 日 01 版。

慘受宰割，於國於民堪稱奇恥大辱，改良和革命從此走上快車道。爲有犧牲多壯志，敢教日月換新天。一百二十年來，國家和軍隊發生了歷史性的巨變，已非當年可比。但是，北洋海軍的故事從未褪色，文學作品常常出現，影視畫面歷歷在目，社會上對甲午戰爭和北洋海軍，仍然有較高的認知度。

如果把甲午戰爭看成時間軸上的一個點，那麼北洋海軍的社會影響就是從這個點向兩端發出的射線。射向未來的部份，一直影響到今天；射向過去的部份，始終貫穿著晚清。就後者而言，《申報》給我們提供了獨特的視角。北洋海軍如何定位？如何成軍？且看一份新聞紙能夠提供的回答。

5.3.1.1 《申報》中的北洋海軍建軍輿論

甲午戰敗，事出有因，查有實據。早在戰前十年的一篇論說中，《申報》提到「來滬之扶桑兵艦近已開行，船中皆日本人，無一西人」。而北洋艦隊呢，先有英人郎威利，後有德人漢納根，國家爲請外援花了一大筆錢，洋教頭走馬燈似地換，卻仍然教不好中國的海軍。「日本之仿傚泰西較遲於中國，其兵艦炮械皆遠不及中國之多且美，而日本之兵艦尚可勉力駛赴外洋」，今天上海、明天長江、後天煙臺。清軍呢？「水師提督出洋會哨，無非約定近海地方，駕船前往，彼此晤面，相與飲酒作樂，盡歡而散。其認真遠出大海者，則從來未有。」〔註111〕爲什麼軍力不如中國的日本都可以經略遠洋？看來需要找找原因。

> 如謂日人之聰明強武勝於中國乎？則亦不見其甚相遠也。謂日人之耐勞忍苦過於中國乎？則更不見其然也。謂日人不惜餉需？而中國自創辦至今所費當不下數千萬金，非日人所能望其項背也。謂日本督率認真、號令嚴肅？而中國之督率亦未嘗不嚴、號令亦未嘗不肅也。謂日本濱海地多、海濱之民習於強悍、熟於風濤，故水師勝於中國乎？而中國閩粵江浙瀕海之民未嘗不多，苟核其數以視日本，有過之無不及也。〔註112〕

問題不在這些，那麼在哪裏？有些時候是「不識廬山眞面目，只緣身在此山中」，問題的根子就在最容易被忽視的地方。在晚清人們的行文中，時而「海軍」時而「水師」，這兩個概念一般是混用的；直到今天人們談論晚清的艦艇武裝力量，也是有人說「海軍」有人說「水師」，習慣於對二者不作區分。

〔註111〕《論中國練兵宜水陸並重》，《申報》1892 年 02 月 24 日 01 版。
〔註112〕《中國宜練海軍說》，《申報》1884 年 06 月 10 日 01 版。

但「海軍」和「水師」就真的是一個概念嗎？實不盡然。「中國之所謂水師，僅知習於江河水戰而不能出洋，即此而知水師之與海軍有大不同者在也。」江、河、水，都是發自古漢語而一直沿用的概念，沿用了內陸農耕文明的生活習慣。水師，就是「水」上的軍隊，這個「水」在晚清人的概念中，顯然指的是河流。如此一來，「北洋水師」的定位很清楚，而「北洋海軍」的定位也很明瞭。如果名字叫前者，那麼就是用於內河保衛；如果名字叫後者，那麼就是用於遠洋經略。令人遺憾的是，晚清報刊、筆記、論著中給人留下了兩者不分的印象。〔註113〕

既然根子是在人們的思維習慣上，是在人們的頭腦中，那就絕不是買幾艘巨艦、購幾門重炮所能解決的。表面上實現了所謂「船堅炮利」，而內裏卻還是守土保疆、小國寡民的小農思想。「目下中國所購辦之船，皆不難用於海洋，船上之炮械一切亦均可以奏功於海面。而獨其兵士所習，則悉屬內海水師之事，於外洋戰事毫不相干。」〔註114〕這就是日本海軍不如中國還四處張揚、中國海軍力量不弱卻龜縮大陸周邊的原因。《申報》提出的這一點，切中肯綮。

顯然，建設什麼樣的海軍，怎樣建設海軍，除了報導購船買炮之外，還有更多的「理論問題」要談，還有更多的「觀念問題」要改，還有更多的「路線問題」要想。《申報》所在的報界「雜家」不少，「專家」不多，從「水師」「海軍」之辨到海軍之建，前所未有的經世致用難題就需要場外的援助了。格致書院地處上海，距報館很近，〔註115〕亦傾心洋務，且與報界過從較密，這為《申報》關注海軍提供了就地取材的條件。光緒十二年（1886，丙戌）格致書院夏季課題即為「中國創設海軍議」，〔註116〕莘莘學子指點江山、激揚文字，作出了

〔註113〕究竟如何，尚沒有細緻精確的研究，本書亦不作展開。較之「水師」而言，「海軍」應該是近代興起的新名詞，歷史短的很多。近代以來的新名詞如「維新」、「改良」、「革命」等背後都有其背景和值得研究的文化屬性。對於「海軍」和「水師」在新聞媒體上的出現頻率的考量，本書只能一提而帶過，留待後人的研究了。參考黃興濤：《「她」字的文化史》，福州：福建教育出版社，2009年。

〔註114〕《中國宜練海軍說》1884年06月10日01版。

〔註115〕格致書院位於上海英租界福州路元芳花園北首，同治十三年（1874）由傅蘭雅和徐壽創建，光緒二年（1876）落成。書院有英文、數學、物理、化學等課程，另請中國教師講授古典文學，同時還有固定的聖經課。每季由教師命題，令學生作文，再由教師評講。學制十年，預科一年，初級三年，高級六年。《申報》中長篇連載引用的，就是格致書院關海軍創設的夏季課題。

〔註116〕《格致書院夏季課題》，《申報》1886年06月15日02版。

各類不同的回答。這些答卷經書院教授評判，分出了三六九等：獲得前三甲的是吳昌綬、王恭壽、瞿昂來等人。《申報》全文轉載了他們的答卷，自有其道理。這些在當時開風氣之先的新學堂裏的年輕人，是怎麼展望國家、謀劃海軍的？

　　第一名的吳昌綬勝在答卷條理清晰，他明確給出了四點建議：一是人才、二是制度、三是裝備、四是後勤。每一點都能既結合春秋大義，又著眼經世致用。〔註117〕第二名的王恭壽文筆稍顯弱些，也給出了「據形勢」、「籌糧餉」、「嚴舉錯（措，原文之誤）」、「求煤鐵」、「精器械」、「謀接濟」、「試沙礁」〔註118〕、「計針路」〔註119〕、「辨水泥」〔註120〕、「演陣圖」、「詳採訪」〔註121〕、「造木路以聯絡內地」〔註122〕、「練漁團以彌補不足」等多條建議。〔註123〕第三名瞿昂來雖無條分縷析，但也給出了類似的建議。〔註124〕

〔註117〕《中國創設海軍議‧浙江寧紹臺道薛取錄格致書院丙戌夏季課藝超等第一名吳昌綬》，《申報》1887 年 01 月 12 日 11 版；
　　　　《接錄中國創設海軍議‧浙江寧紹臺道薛取錄格致書院丙戌夏季課藝超等第一名吳昌綬》，《申報》1887 年 01 月 13 日 10 版；
　　　　《中國創設海軍議‧浙江寧紹臺道薛取錄格致書院丙戌夏季課藝超等第二名王恭壽》，《申報》1887 年 01 月 14 日 09 版。
〔註118〕即航線勘尋，側重於水下部份。
〔註119〕亦航線勘尋，側重於水上部份，指南針。
〔註120〕即水文勘探。
〔註121〕即軍事偵察。
〔註122〕即鐵路運輸。
〔註123〕《中國創設海軍議‧浙江寧紹臺道薛取錄格致書院丙戌夏季課藝超等第二名王恭壽》，《申報》1887 年 01 月 14 日 09 版；
　　　　《接錄中國創設海軍議‧浙江寧紹臺道薛取錄格致書院丙戌夏季課藝超等第二名王恭壽》，《申報》1887 年 01 月 15 日 12 版；
　　　　《接錄中國創設海軍議‧浙江寧紹臺道薛取錄格致書院丙戌夏季課藝超等第二名王恭壽》，《申報》1887 年 01 月 16 日 10 版；
　　　　《接錄中國創設海軍議‧浙江寧紹臺道薛取錄格致書院丙戌夏季課藝超等第二名王恭壽》，《申報》1887 年 01 月 17 日 09 版；
　　　　《接錄中國創設海軍議‧浙江寧紹臺道薛取錄格致書院丙戌夏季藝超等第二名土王恭壽》，《申報》1887 年 01 月 18 日 09 版；
　　　　《錄中國創設海軍議‧浙江寧紹臺道薛取錄格致書院丙戌夏季課藝超等第二名王恭壽》，《申報》1887 年 01 月 19 日 09 版；
　　　　《接錄中國創設海軍議‧浙江寧紹臺道薛取錄格致書院丙戌夏季課藝超等第二名王恭壽》，《申報》1887 年 01 月 20 日 10 版。
〔註124〕《中國創設海軍議‧寗紹臺道薛課取丙戌夏季格致書院第三名瞿昂來》，《申報》1887 年 02 月 14 日 01 版；
　　　　《接錄中國創設海軍議‧寗紹臺道薛課取丙戌夏季格致書院第三名瞿昂來》，

這些言論固然有「一碗豆腐、豆腐一碗」的相似性，也難免有新意不足的指謫，但有一點的先進性是無可否定的，這就是超越了器物而走向制度。

說到制度，下面這段話對海軍的定位值得肯定。在那個上連歷史、下開近代、「亂花漸欲迷人眼」的特殊時期，社會思想意識是混亂的。這樣的情形中，能夠把「古話」和「今話」說到一起，說的周全，說的有用，說的後人也不由點頭稱是，真是殊為不易。

> 治久必亂，亂久必治，天地循環之理；分久必合，合久必分，古今沿革之運。至於合無可合，天乃特開一千古未有之奇局，通海道，以火輪聯五洲為一轍。勢不得不輕陸重海，創設海軍以削平各洲。此天殆欲大中國為一統，至合無可合之時，合五洲為一國也。

〔註125〕

5.3.1.2 《申報》視野中的北洋海軍制度建設

「合五洲為一國也」的中國夢，在《申報》看來，必定離不開定遠、鎮遠、致遠、經遠的廣開疆和遠經略，北洋海軍就是肩負這如此的使命而誕生的。這些艦艇的命名，既是巧合，也是官民人等的祈望。要想實現良好的願望，就要從平時努力、從細處著眼、從小處著手，北洋海軍莫不如此。買幾艘好船，就有好海軍了嗎？即便在清朝當時人看來，也不是這樣的。《申報》有格致書院的文章在前，還有清廷官僚的行動在後。

中央政府設立專門的海軍衙門，統管全國水面武裝力量，這就是制度建設的第一步。「京師海軍衙門設在東安門內醇邸，遴選六部及各衙門司員四十餘人，奏派兼充該衙門差使。」一個部級單位的工作人員才四十多人，且還是兼職，這個海軍衙門怎麼看都像是個臨時的「辦公室」或派出機構，沒有多少實權。事實上，晚清海軍衙門的定位就是尷尬的：它名義上統管三洋和內河水師，但籌建水師的地方督撫權重更大，更多的指揮權也在地方。直隸總督兼北洋大臣、閩浙總督和兩廣總督實際上掌握了三洋水師的軍權。甲午戰爭時期，代表中國海軍出戰的主要是李鴻章下轄的北洋水師，而福建水師、南洋水師最多派船支持，且消極怠戰，避戰自保。甲午戰爭是李鴻章的北洋勢力與日本一國來較量，這種說法是有一定道理的。

《申報》1887 年 02 月 15 日 01 版。

〔註125〕《中國創設海軍議·浙江寧紹臺道薛取錄格致書院丙戌夏季課藝超等第二名王恭壽》，《申報》1887 年 01 月 14 日 09 版。

　　從《申報》看來，這個所謂的「海軍衙門」不僅辦公地點不正規（在醇親王邸），而且所做的事情也只是一個協調性的工作：「復咨行戶部，令詳查各省水師統計共若干、每年需餉若干、每勇一名月支餉銀若干、各省地丁鹽釐關稅共協濟若干，一俟查竣，開單由海軍衙門入奏。」〔註126〕就是匯總、統計和上報，並未看出條塊管理的行動。許是部門伊始，萬象摸索中，有待改進，但這個部門的工資卻不低。一年後，《申報》又報導了「海軍衙門」的另一條新聞：「海軍事務衙門奏准賞給津貼後，經醇邸親為核減。」〔註127〕詳細羅列了這個單位從領導到小兵的工資待遇。即便是經過核減的工資標準，小兵一個月都能拿到二兩金子〔註128〕。工作清閒又報酬豐厚，想必海軍衙門也是人們心中的肥缺了。

　　事實上，海軍衙門做的事情並不少，北洋海軍也在洋員的指導下制定了詳細嚴格的制度。從各等級的穿戴、圖案，到上下級的統領關係，再到獎賞懲戒，規定的內容無所不包。但在《申報》看來，「大閱章程」有新聞價值，海軍制度性規定就沒多少吸引眼球的功效了。新聞紙上形成的世界和真實的環境，有時候並不相同。更有些時候，從新聞來看史、從史料看史、真正的史，就更大相徑庭了。《申報》的編輯們說的這段話，既明白，又頗有自知之明：

　　　　我輩疲精耗神，日埋頭於叢編故紙中。與古人平反舊案，與今人辨駁新聞。似乎胸有千秋、目空一世，實則手操不律、禿盡中書，無非博一時之喧笑。知我罪我，概不關心。至於行軍用武、保境息民，足使陸警而水慄，非恃甘居門外漢，避舍不遑。即勉強談兵，身親行陣，坐言者不能起行，不過如趙括馬謖一流耳。〔註129〕

　　既是紙上談兵，又是「博一時之喧笑」，那麼，關注點放在海軍衙門的編制和工資，也就可以理解了。當然，《申報》中的海軍建設除了買船、建部門、發工資，還是有些別的東西的。比如輪船名單〔註130〕、管駕名單〔註131〕之類，

〔註126〕《海軍設署》，《申報》1885 年 11 月 20 日 02 版。

〔註127〕《海部要聞》，《申報》1886 年 05 月 20 日 02 版。

〔註128〕清末白銀價值波動劇烈，固改由黃金計算。綜合各種說法，一兩金子購買力大致等於現在人民幣的五千元左右。清代土地私有，又有一輛黃金可以購得一畝地的說法。

〔註129〕《論海軍雄盛》，《申報》1886 年 05 月 10 日 01 版。

〔註130〕《中國輪船名》，《申報》1882 年 04 月 02 日 02 版；
《北洋兵輪鐵甲船管駕人名單》，《申報》1885 年 11 月 30 日 02 版。

但它們隱藏在文山字海中，既低調、又平實，和動輒長篇大論、汪洋恣肆的訓練、大閱、排場、官威、經世文編相比，實在是微不足道了。

在這些險些不成爲新聞的內容中，「用□角式，其色則黃，其繪繡則此青藍，蛟龍盤互於中」，海軍的旗幟堪稱亮點了。但爲什麼在介紹海軍旗幟之前還要加上這麼一段鋪墊呢？

> 凡自古來，兵船戰艦所張之旗幟，或以五色別方向，或以二色
> 備文采，或用彩繡繪畫以耀觀瞻，或標營伍姓氏以別部伍。要皆隨
> 統帥之意以爲之，故變化從心而無一定之顏色制度也。〔註132〕

又是託古而標新的老辦法，《申報》這麼寫，一定與當時社會所能接受的程度有密切聯繫，說明輿論的知曉和接納程度並不高。只有通過「古已有之」的邏輯，才能更順暢地得到讀者的理解和傳播。

《申報》的海軍專題，並不像後人的一些海軍史那樣，或嚴密周全〔註133〕、或熱血沸騰〔註134〕，而是伴著娓娓道來，透著文人的力不從心。究其原因，是有些複雜難言的。

對於棲身上海亭子間的文人來說，強軍的夢想是匹夫之願望，可一旦真的重視海軍了，優厚待遇又令葉公好龍的他們有些酸腐。自古承平之世文在武上，變亂之世文在武下。從晚清到民國，從科舉廢除到軍閥割據，就是文武的時局變幻，也是歷史大潮。在這樣的潮流面前，從《申報》主創人員到絕大部份讀者，都是逐漸失去支柱、失去精神寄託、失去社會待遇的階層。在社會的大洗牌面前，從海軍之富到亭子間之窮，文人們已經覺出了端倪，沮喪地打不起精神來。轉載格致書院，簡要報導海軍，就是這種心態的反映。日薄西山，旭日將升，牢騷太盛防腸斷。一邊呼喚洋務，一邊顧影自憐，處境微妙，心態更微妙。

5.3.2 《申報》視野中的晚清陸軍革新

作爲陸上居住的生物群體，人類社會關係和生存競爭主要在陸地上展開。有生存競爭而演化而來的政治鬥爭和軍事衝突也多在陸上進行，中國傳

〔註131〕《北洋兵輪鐵甲船管駕人名單》，《申報》1885年11月30日02版。
〔註132〕《兵船之旗新頒定色》，《申報》1872年11月09日03版。
〔註133〕王家儉：《李鴻章與北洋艦隊——近代中國創建海軍的失敗與教訓》，北京：三聯書店，2008年。
〔註134〕姜鳴：《龍旗飄揚的艦隊——中國近代海軍興衰史》，北京：三聯書店，2014年。

統文化中深諳此道者不乏其人，早已湧現了以孫武、孫臏等兵家爲代表的許
多能謀善斷之人。運籌帷幄，決勝千里，就是對中國傳統陸上戰法的最好描
述。近代以來，西方人在工業文明上的搶先令他們首先具備了行遠路、打大
仗的能力，進而謀求征服世界。中西文明甫一衝突，就是以「堅船利炮」的
武鬥形式出現的。兵來將擋、水來土掩，當「師夷長技以制夷」的戰略方針
提出時，針對西方海軍的模仿和超越（這在晚清當然未必眞正有）自然而然
地被放在首位。在近代軍事史上，海軍是已經不得不提到的。

　　海軍是軍（兵）種，但不是軍隊組成的全部，也不是軍隊組成的大部，而
僅僅是近海防禦和遠洋經略的分支，某種意義上也是錦上添花的手段。那麼，
什麼是軍（兵）種的基礎呢？那就是陸軍。近代以來，各國陸海軍比例多高於
二十比一。爲了實現軍事近代化的晚清朝廷，自然不能捨本逐末。換句話說，
如果沒有陸軍的基礎保障，一支技藝超群的海軍也成了空中樓閣。在甲午戰爭
中，北洋艦隊避戰保船是其失誤，但保船得有地方可以保，艦隊的港灣腹地是
否安全，這是保船的關鍵。事實上，北洋艦隊威海、旅順兩大軍港的後方均不
可靠，日軍正是抓住了這一漏洞，抄其後路，將其圍殲。教訓不可不謂之慘痛，
晚清的陸軍爲什麼如此不堪一擊？從《申報》能否找出蛛絲馬蹟？

　　無紀不成軍，陸軍最關鍵的並非槍械、體能，而是紀律。紀律通過整齊
劃一的管理來體現，進門看內務，出門看隊伍。從《申報》上看不到清軍內
務，但隊伍的問題是能夠瞥見的。清軍隊伍有什麼問題，最明顯體現就是口
令。口令就是「稍息」、「立正」、「向右看齊」、「向左（右、後）轉」之類。
這些軍中的口令代代相傳，以致形成一種傳統，延續至今。晚清是個大變局
時代，無一不變，軍中口令亦然。今天軍隊中的上述口令起於何時已不可考，
但可以肯定是在晚清時期從中國的「古號」與西方的「洋號」結合而成的。
《申報》中提到過「洋號」。

　　　　前述松郡新老兩營改用洋號。茲悉王中鎮因左侯相大閱伊邇，
　　難期一律純熟，況所聘之教師除收隊及行路各號外，餘雖能吹尚未
　　合諧，不如仍用中國之號較爲妥便。故已稟明李軍門，明仍行循舊。
　　其教師業於日前辭去矣。〔註 135〕

　　不論是時間緊、任務重，還是沒有「純熟」，都更像是一種託詞，關鍵是
「中國之號較爲妥便」，所以還是「改洋歸土」了。那麼到底是「洋號」好，

〔註135〕《營號仍舊》，《申報》1882 年 06 月 01 日 01 版。

還是「土號」強呢？與正常情況不同的是，一貫推陳出新、鼓吹洋務的《申報》卻把「洋號」痛批了一頓。「夫所以傚法西人者，效其步驟、攻擊、行兵、布陣諸法而已。學其實非僅學其名也。號之必用西法又何取焉？子輿氏之言曰：『服堯之服，誦堯之言，行堯之行，是堯而已矣。』斯言也，重在言行，非重在服也。假如西人而改裝爲華人，豈遂得謂之華人？華人而改裝爲西人，豈遂得謂之西人？中國人凡事皆取皮毛，而不求實際，大都類此。」〔註136〕

這個問題其實是公說公有理、婆說婆有理。如果「洋號」是皮毛，那麼「洋槍洋炮」也是皮毛，只有西方的行兵布陣及其背後的文化才是根本。但換個角度說，僅僅把西方的兵法拿來，而配之以刀箭，就可以嗎？學什麼不是從皮毛學起呢？看來皮毛是要學的，但如果僅僅停留在學皮毛的階段，那就不對了。《申報》除了「論營號」，更是把「洋槍」也論了論。巧合的是，對洋槍的態度和對洋號的態度類似，都有點否定「皮毛」的意思。

「近年各省營伍廢鳥槍而教洋槍」，請什麼人教？洋人。「延請西國教師，月送薪水不下數百金」，工資貴不貴？非常貴。購買洋槍已經花錢不少，「若以延請教師之故，而見增數百金，鎮將難於請、督撫亦難於允矣」，洋教頭能不能請得起？不能。那怎麼辦？「教習洋槍不能盡用西人也」，就是先學會、先學好的軍人教後來的軍人，傳幫帶。可不可以學好？可以。「槍也，後門者可以前門爲標準，雙管者可由單管而類推，火藥而有棉花之別，彈子而有雞心之名，不過大同小異。一經指點，無難變通耳。」《申報》用了一種歸謬的邏輯，從洋號到洋槍都是一樣的。「若吹號必用洋式，則口號亦必改西語。何其拘迂若是耶？」〔註137〕拘迂，竟然洋務也能被《申報》說成拘泥迂腐，看來這輿論的風向是變化了。選擇中國的傳統口令，選擇中國的教練員，這就是《申報》代表的輿論態度。

既然有些是皮毛，而這些皮毛不用拘泥，那麼哪些不是皮毛呢？《申報》推崇的是「西國兵法」。不僅要「盡翻譯其戰陣火器各書」，還要把這些知識納入到中國的科舉官宦文化中。如果文武科舉的考試範圍能加上西國兵法，如果武官的提拔能夠「校核其精進者而陞用」〔註138〕，那麼還愁什麼學不會呢！可是在報導中出現的西洋兵法並不多見〔註139〕，清軍最多有些「洋陣」

〔註136〕《論營號》，《申報》1882 年 06 月 11 日 01 版。
〔註137〕《論教習洋槍》，《申報》1882 年 05 月 01 日 01 版。
〔註138〕《論武員應究習西國兵法》，《申報》1874 年 09 月 05 日 01 版。
〔註139〕《洋槍隊續赴吳淞》，《申報》1874 年 09 月 19 日 01 版；
《西報論軍律》，《申報》1879 年 03 月 13 日 01、02 版。

〔註140〕，也是零零點點，不成氣候。

　　如果將上面提到的若干「洋」軍事內容加以小結，《申報》不贊成洋口令，贊成洋槍不贊成洋教練，贊成洋兵法。綜合一看，本來就是邏輯上說不通的。有個問題在先：世上先有兵法還是先有兵器？肯定回答是先有兵器，兵法是兵器在戰爭中使用的總結。冷兵器時代有其兵法，熱兵器時代有其兵法，顯然不同。口令信號是軍事指揮的關鍵，是兵法的一部份。槍炮聲震耳欲聾的時候，擊鼓鳴金根本聽不見。在熱兵器時代堅持傳統口令，豈不荒唐？即便是中文口令，也應該作出適應新時期戰爭條件的修改。在軍事近代化的拒迎過程中，《申報》作為開風氣之先的報紙，作為一群新思維文人的代表，尚且如此反覆，清廷官員自然更不待言。

　　在甲午戰爭之前，李鴻章對淮軍的信賴，陷入主觀的自信。他認為中國陸軍不及西方在於軍器，所以三十年的淮軍經營，規規於槍炮的利鈍而不務其本。直到戰前，李鴻章在軍事上所斤斤憂慮的還是海軍實力不如敵人，卻深以為陸軍足以在朝鮮與日本相匹敵。即便當時西方政壇因對淮軍瞭解不深，也作出了樂觀判斷。如法國外交部長諾托就建議清軍多派陸軍交戰，將日軍趕回大海。〔註141〕而事實是什麼呢？清軍一敗塗地，海軍卻勉為支撐。陸軍的失敗加速了海軍的覆滅，教訓極其慘痛。甲癸練兵〔註142〕由此而開始。

　　在本書研究時段的陸軍報導中，雖不及甲午戰後的小站練兵成效，更不如後來北洋軍力的雄厚，但也是如火如荼的。「練勇勤操」〔註143〕、「精操火器」〔註144〕、「獨統雄師」〔註145〕、「訓練認真」〔註146〕，單從這些標題就能看出清廷在陸軍上的努力。這種努力不僅在內地，也擴展到新疆〔註147〕，

〔註140〕《操習洋陣》，《申報》1880 年 03 月 27 日 02 版；
　　　　　《繪送陣式》，《申報》1887 年 11 月 07 日 01 版。
〔註141〕據《李文忠公電稿》卷十六，光緒二十年七月初一日《寄譯署轉錄龔煦璦電》。
〔註142〕從甲午到癸卯（即 1894 至 1903）的九年間，中國陸軍逐漸由舊的勇營制度改變到新的陸軍制度。尤以北洋和袁世凱的天津小站練兵為代表。
〔註143〕《練勇勤操》，《申報》1884 年 04 月 27 日 02 版。
〔註144〕《精操火器》，《申報》1880 年 12 月 08 日 02 版。
〔註145〕《獨統雄師》，《申報》1893 年 03 月 22 日 02 版。
〔註146〕《訓練認真》，《申報》1881 年 09 月 21 日 02 版。
〔註147〕《行期將屆》，《申報》1893 年 04 月 09 日 02 版；
　　　　　《啟行有日》，《申報》1893 年 03 月 19 日 02 版；
　　　　　《派隊赴邊》，《申報》1893 年 03 月 14 日 02 版。

清廷向新疆派駐相關洋務人員，幫助改進新疆陸軍：「神機營於今年正月撥派通嫻洋槍、陣法、測量精熟之管帶、隊官、隊長、隊兵七十餘員，各攜帶後膛槍炮軍需前赴新疆教習」〔註148〕。這樣的安排被《申報》讚賞：「東三省添設練軍由來已久，而西陲獨付闕如者，殆以為俄人馬首欲東不及西顧耳。然強鄰不可測也，與其倉皇於臨事，孰若預備於先時。」〔註149〕

前面已經說了，究竟該不該學皮毛、怎樣學皮毛，是個能夠推而廣之的大問題。「中學為體，西學為用」也絕非一兩句話能說清道明的小問題。從《申報》的評論和李鴻章的舉動看出，陸軍怎樣「西化」，從上到下都不知道，只能摸著石頭過河。有些爭議也是正常的。在一篇李鴻章閱兵的報導中，除了以往聲勢浩大、場面壯觀之外，還有些細節，值得注意。

> 本年畿省值大閱之期，聞李伯相於新正二十四日即出省巡，歷正定、大名各鎮。……一馬能打九槍、十二槍，萬騎星馳、左右突擊，無不中全紅者。……天津總鎮周軍門隨伯相削平髮撚，戰績最多，馭軍嚴整，有名將風。……噫！中國武備本以刀矛弓矢擅長，今伯相毅然變法，一律購用西國火器，開局仿製。統兵將領又復專精訓練，不數年間已盡得泰西練兵長技，風氣轉移，豈不貴乎識時務之俊傑哉！南轅北轍之人稿〔註150〕

滿篇的美詞佳譽，卻烘託出一個含蓄的落款：「南轅北轍之人稿」。《申報》有些文章是有落款，但更多是某某「室」、某某「齋」的主人，或者乾脆是某某人。然而，南轅北轍的稱謂卻非常少見。南轅北轍在這裡怎麼講？就是說路子走得不對，再繁花似錦也是過眼雲煙。清軍的洋槍炮確實有益觀瞻，但還是皮毛。如果內核的東西不學好，皮毛再漂亮，到了戰場還不是一敗塗地？

中國的傳統軍事思想非常深厚，一時難以割捨，這本不是晚清人們的錯，只是一種優勝劣汰的生存法則罷了。這種生存法則，是循序漸進的。只有到甲午的大敗，吃了大虧，方才思想轉變過來。在近代史上，中國的許多事情何嘗不是如此呢？

〔註148〕 《新疆有備》，《申報》1893 年 09 月 20 日 02 版。

〔註149〕 《論新疆請派教習》，《申報》1893 年 03 月 02 日 01 版。

〔註150〕 《紀李伯相閱兵事略》，《申報》1877 年 04 月 24 日 01、02 版。

5.3.3　《申報》視野中的清軍學校和出洋留學

5.3.3.1　《申報》視野中的清軍學校

　　教育，是社會的重要分支；軍事教育，本是軍事的重要一支。軍校，在現在看來的尋常事，卻並非中國人的初創。中國傳統文化看待軍事教育的問題是一分為二的，將軍隊根據來源分成兵、將二途。兵沒有特別的技術含量，是賣命的活計，只要身體好、會幾樣兵器，就能夠勝任。將則有更高的要求，什麼身先士卒啊，什麼愛兵如子啊，什麼飛將軍、五虎將啊，綜合起來看，無非是稍有領導才能，或者略有特異功能。因而兵、將這兩大軍隊的基本組成似乎都不需要系統的教育和高深的文化。那麼，將將的是什麼人？「運籌帷幄、決勝千里」的又是什麼人呢？文人。是的，道可道，非常道。即便到了晚清，還有人堅信熟讀聖賢書並將此內化於心、外化於行就是萬能的「道」。指揮打仗這種事情是「術」，而且兵書是末流的術。這麼一來，軍隊的最高指揮權悉歸於文人，細數各代王朝的歷史，的確如此。而像岳飛這樣能文能武的，就有了帝王之氣，難免要被皇權所忌憚。久而久之，國家對文武有了分劃，將武人限定在「粗通文墨」的範圍，其上置文人統攝；社會對文武有了分別，重文輕武成為潮流。

　　凡是外洋的舶來品，其中國化的過程，總歷經坎坷，軍事教育亦不例外。西洋的軍事教育具有軍事學的背景，是一門近代以來的學科。它和哲學、法學、史學、文學等諸多科學門類一樣，都是社會精英可以鑽研的領域，只有專業之分，絕無貴賤之別。一個合格的軍事指揮官必須具備全面綜合的素質，天文、地理、水利、機械、管理、心理、歷史、政治……實在是太多了。這固然和中國大軍事家和大軍師「上知天文、下知地理」有異曲同工之妙，但區別還是明顯的。第一，指揮火燒赤壁、草船借箭的諸葛亮出門是坐車，連馬都不騎；指揮淝水之戰的王、謝等高人更是下著圍棋。這說明什麼，中國的軍事家更雲遮霧繞，有點像不食人間煙火的神仙，更別提實際操作了。洋人則不然，再高級的指揮官也是從士兵做起，「不想當將軍的士兵不是好士兵」，說的就是這個道理。當然，當了將軍還想像趙匡胤那樣黃袍加身，那就靠西方政治體制的約束了。第二，也是更重要的一點是，中國的軍事「神仙」不多見，可西方軍隊的指揮人才卻是輩出的。這就引出一個供給和需求的差距，晚清軍事近代化需要的很多全面性軍事人才從何而來？模仿西洋的軍校。朝廷能接受湧現出的能文能武的「岳飛」嗎？民間能接受優秀人才去軍

校嗎？

先不談社會對民人子弟上軍校的看法，清廷確實接受了創辦西式軍校的提議。南方有〔註151〕，北方也有〔註152〕；指揮類的有〔註153〕，後勤類的也有〔註154〕。從招生、培養、考核到畢業去向，《申報》都有報導。

天津水師學堂的規矩是：「招五十人，須十五六歲以內，身家清白，能作一論或起講者。無論本地及外來客籍，俱准取具保結投考。試驗三月，如果資質純粹、稟性聰明，即便留堂學習五年。期滿奏保官憲，分別委用。」〔註155〕

福州航海學院的規矩是：「有學生三十人，又水手百人，學生每日習用西國航海之器，於船行時以器測望日月星辰之遠近方向，即知之所在。且習用海中圖志，皆以備將來之實用。」〔註156〕

總署同文館的規矩是：「現擬招取滿漢年在十五歲以上、二十五歲以下、文理業已通順者。至滿漢之舉貢生監，如有講求天文、算學、西國語言文字者，不拘年歲，亦准其遞呈報考。」〔註157〕

金陵同文館的規矩是：「年歲未滿二十以及中西文字優長者十餘人仍留館學習，預爲使署儲才之地。其餘通中文而不通西文、或通西文而不通中文、或年紀不符、或口音不對者，均令回籍，另謀生業。」〔註158〕

江南水師學堂的規矩是：「所習先以英國文法爲第一要義，漢文教習分授《左傳》、《國策》《兵略》諸書，並有益經濟之文以擴智識。定期由教習命題作論，呈送改閱。五年後咨報海軍衙門考選。」〔註159〕

既然已經立了學校的規矩，那麼就應該有上學的人。從《申報》上我們能看到這些學生的姓名〔註160〕，但難見其具體情況。不過，《申報》提供了觀察社會輿論對軍校的態度的絕佳視角，這就是對前文的第二個問題的回

〔註151〕《招考幼童》，《申報》1893 年 05 月 28 日 02 版。
〔註152〕《學生赴津》，《申報》1893 年 08 月 07 日 02 版。
〔註153〕《專心學藝》，《申報》1882 年 04 月 20 日 01 版。
〔註154〕《收考電生》，《申報》1889 年 05 月 07 日 03 版。
〔註155〕《學堂事宜》，《申報》1885 年 12 月 04 日 02 版。
〔註156〕《論福州設航海學院事》，《申報》1873 年 06 月 04 日 01 版。
〔註157〕《招考學生》，《申報》1885 年 11 月 01 日 02 版。
〔註158〕《譯館掄才》，《申報》1891 年 11 月 30 日 02 版。
〔註159〕《述江南創設水師學堂》，《申報》1890 年 08 月 02 日 02、03 版。
〔註160〕《譯館掄才》，《申報》1891 年 11 月 30 日 02 版。

答：優秀人才上軍校，民間能接受嗎？

回答非常明確：不能。《申報》中有一段非常關鍵的論述，堪稱近代軍事教育史和軍事思想史所不可忽略的重要史料。

> 凡人家子弟自幼入塾成童以後，操筆作文，莫不以舉人、進士相期許。不幸文章憎命屢躓名場，則一領青衿猶可教書以糊口。否則求諸異途，或捐而爲官，或遊人之幕，可也。假令父母期望過高，兒輩稟資夙薄，經書不能全讀，八股不能破題，則不得已而改習商賈，亦可經營，以遺子孫。其材質乖僻，性情放恣，有讀既不成、賈又不習，十之一二以騎馬彎弓爲事，應武試而博無足重輕之名，父母宗黨且賤之。故讀書子弟而有人勸以習武，則相顧而唾矣。何況入水師學堂，有似於當兵乎哉？〔註161〕

在民間的職業規劃中，萬般皆下品，惟有讀書高。學而優則仕，讀書爲官是首選。即便不能做官，也可以做幕僚、教書。接下來是捐官，然後是經商，最後才是習武。可是從軍卻有「相顧而唾矣」的社會鄙視心態，由此循環往復，輕者自輕，社會精英就與軍隊疏離了。《申報》的這種輿論態度，不僅對中國，對外國人都一樣。比如說金陵水師學堂請來的外國教官傅蘭雅，竟被稱呼爲「英國進士富君蘭雅」〔註162〕！進士出身，這種頭銜竟然都被套用到了英國，滑稽之中，又能看出那時候的社會心態。既然英國的「進士」都能到軍校教書，那麼軍校就不是等而下之的地位。《申報》這麼說，也是帶有推廣洋務、開風氣之先的意思的。

只是軍事不能脫離社會環境而存在，軍事的近代化歷程是伴隨著社會風氣的近代化進程的。社會風氣轉變得沒有那麼快，所以軍校的人才培養收效就不會那麼顯著。「自仿傚西法以來，中國之購炮幾何，置槍幾何，造船幾何，觀於各報所載中國現在所有之船炮竟有爲他國所從來未有者，是固有戰之具矣。然有其具而不能用，則亦與無此具同。」爲什麼有了先進武器卻用不好？「此非盡由於西法之難而華人之拙也。人家子弟如令其讀書，則父母必爲之具修脯、延名師，以資教育，而不使之有內顧之憂，夫而後可以專心致志，而日有進境。學習西法何獨不然？」〔註163〕社會重文輕武的環境不是一天兩

〔註161〕《書天津水師學堂章程後》，《申報》1881 年 03 月 08 日 01 版。
〔註162〕《考試水師學堂紀事》，《申報》1893 年 12 月 16 日 02 版。
〔註163〕《借材不如育材說》，《申報》1881 年 05 月 13 日 01 版。

天形成的，改變起來還有很長的路要走。

《申報》打了個比方形容中國的軍事近代化：「譬之鄉人見城市富貴家物，無一不生歆羨。冠知其足以耀首也，衣知其足以章身也，靴知其足以飾足也，而一一置辦以歸。迨以冠加首而冠之前後弗能知，以衣加身而衣之正反弗能辨，以靴加足而靴之大小弗能稱，則仍不能出以見客。雖有器，與無器同也。」〔註164〕相比較而言，日本有著「武士道」的傳統，在軍事改革、特別是軍事教育上的社會阻力就小得多。日本的軍事近代化較之中國顯著不少。

> 日人之於海軍，其先開設學堂，延請西人之著名者為之教習。幾年之後認真考試，其有材之優者，錄而取之。然後再就錄取諸人中挑其材之憂者，令赴他國，或德或英或法或美，擇其講究海軍之國。而令日人就其兵船以資學習，或為兵、或為弁，視其材之可造而造焉。數年之後學之已成，而後召之回國，使之管理本國兵船。能於兵者使為兵，能於弁者使為弁。夫是以於船上諸事皆熟悉深諳，而可以駕駛出洋，無煩西人在船指撥也。〔註165〕

日本人一旦有了制度，就嚴格執行，十年樹木，經過一段時間，自然軍事人才湧現。而中國社會對軍事本就不重視，清廷的行政手段對學校的影響也非常大。對於官辦的學校，領導一句話，就能合併的合併、裁撤的裁撤了。有一則新聞，是天津機器局本有單列的水雷電報學堂，突然就被莫名其妙地裁撤了，「其房屋已併入水師學堂」。學校撤了，人怎麼辦？「考試各生，取列前茅者選入水師學堂，或送水雷營學習。」《申報》說這樣的合併辦學使「人心渙散」，「且被撤諸人前功盡棄，殊可惜也」。〔註166〕

5.3.3.2 《申報》視野中的出洋學習軍事

隨著「天朝上國」、「世界中央」的心態被逐漸改變，中國人對自己的文化和教育也開始不自信起來。因為是被洋槍洋炮打敗的，所以這種不自信首先表現在軍事上，然後從軍事向教育、文化、思想蔓延。出國留學，就是從晚清開始的產物，《申報》正巧經歷了這個時段，是歷史的絕佳旁證。從新聞媒體上，我們能看出社會對出國留學的態度，還能觀察出當時人們對出國留

〔註164〕《論練軍人先於器》，《申報》1884 年 06 月 12 日 01 版。
〔註165〕《論練軍人先於器》，《申報》1884 年 06 月 12 日 01 版。
〔註166〕《裁撤學堂》，《申報》1882 年 05 月 26 日 02 版。

學的思考。這是一個獨特的視角。

出國留學，去哪兒？從《申報》看，英國〔註 167〕、法國〔註 168〕、德國〔註 169〕、奧匈帝國〔註 170〕都有，尤其對美國最為關注。學什麼？主要是軍事。「列陣圖及炮手等藝」〔註 171〕、「馬隊」〔註 172〕、「水師」、「炮臺」、「水雷」〔註 173〕等。學得好不好？不盡人意。怎麼說？從留美幼童的挫折就能看出來。

《申報》創刊之後的兩年（1874），第三批赴美國留學的「幼童」已經選定並即將啟程。說是「幼童」，其實絕大多數都已經是十三四歲的少年。這批少年共計三十人，都是經過「出洋總局」挑選並公派出國的。在報紙的顯著版面，刊登了他們的姓名、年齡和籍貫。〔註 174〕從籍貫看，來源只有五省：廣東、福建、江蘇、浙江、安徽，其中廣東有十七人，占比超過一半。為什麼廣東人如此之多？《申報》是這樣解釋的：「（廣東）其通商最先，與洋人相習最久，諸童幼而習之、長而狎焉。且地處濱海，人皆習於風濤，遠與險固非其所畏也。」〔註 175〕

這批留學人員很受《申報》的關注，進而推出了連續報導。在經過名單的公示之後，就是受領導接見和歡送了。在上海，這批即將奔赴異域的少年備受領導重視和社會矚目。

> 十一日十點鐘時，見有乘轎童子三十人，又另有官長二人。詢之知為出洋局總辦劉觀察及管帶祁司馬廓泰軍率領出洋肄業諸童往謁中西各憲者也。聞定於月之二十二日附美國公司輪舶往美國肄業。以十餘齡之童子，作數萬里之壯遊，將來學業一成，定可名揚中外，豈非諸童子之厚幸哉！〔註 176〕

國人對此有厚望焉。在《申報》上，連續跟蹤報導某人行蹤的並不多，

〔註 167〕《學童回華》，《申報》1880 年 06 月 13 日 01 版。
〔註 168〕《學徒抵法》，《申報》1886 年 06 月 30 日 01 版。
〔註 169〕《學生抵德》，《申報》1889 年 07 月 04 日 02 版。
〔註 170〕《海外歸來》，《申報》1885 年 01 月 17 日 02 版。
〔註 171〕《學徒抵法》，《申報》1886 年 06 月 30 日 01 版。
〔註 172〕《海外歸來》，《申報》1885 年 01 月 17 日 02 版。
〔註 173〕《學童回華》，《申報》1880 年 06 月 13 日 01 版。
〔註 174〕《留美幼童》，《申報》1874 年 08 月 06 日 02、03 版。
〔註 175〕《論廣東招選學童事》，《申報》1886 年 03 月 20 日 01 版。
〔註 176〕《出洋童子叩謁中西各憲》，《申報》1874 年 08 月 24 日 03 版。

李鴻章有過、駐外使節有過、美國前總統格蘭特有過、英國皇孫有過，總而言之，都是功成名就的大人物。此次對於出國留學則不盡然，十三四歲的留學生們也得到了報導行蹤的待遇。因為需要假道於日本，而中日通信彼時已暢，於是長崎一報、神戶一報、橫濱一報〔註177〕，從橫濱轉乘美國輪船之後，方才暫無音信。一個月後，被輿論惦記的這些留學生安抵美國西海岸的金山〔註178〕，電報拍來，十分欣慰。

好景不長，六年後的一則新聞卻讓人們大跌眼鏡：

> 中國在外洋之學徒前有令其回華之信。茲於禮拜日接到英公司輪船帶來外洋新聞紙，知已有二十人於前月十四日由英啟行□舊金山，再當由舊金山附輪遄返也。〔註179〕

怎麼回事？召回？遄返？這批留美學生究竟怎麼了？原來，是他們「所為皆屬不應為者，或剪去髮辮、披髮髡然，或服西人之服、盡棄中華之本來面目，而一變為美國之人」〔註180〕。剪髮辮、脫長衫，留西洋頭、穿西洋裝，在當時竟引起社會如此軒然大波，就連一向對洋務開通豁達和親英親美的《申報》也在輿論上置留學生於「死地」，那個時候的民風社情就可想而知了。不在中國學卻出國留學，本來就是希望留學生把洋玩意兒學得更好。要想學好洋務，就要在西洋設身處地、入鄉隨俗，留美學生換身衣服、改個髮型，本不是什麼傷筋動骨的大變化。但是，國內的意識形態抵抗卻如此強烈，對於處在摸索時期的出洋工作來說是始料不及的。留學生們出了「作風問題」，派出他們的官員只得召回，息事寧人，平復社會的洶湧輿論。

對於留學生的個體而言，又是可悲的，因為他們成了制度試驗的犧牲品。清廷深知制度的落後，希冀通過替換和「嫁接」的策略來實現快速的近代化，這在路線上就值得商榷，更別提方針和政策了。購買西式槍炮火器不能解決問題，請來洋人教練不能解決問題，把留學生送出去就能解決問題嗎？留學生都是不諳世事的少年，到了國外勢必深受洋氣的薰陶。姑且不論他們的技藝學得如何，至少在頭腦、文化和思維方式上已經接納了西方的一套。然而他們終究是要回到中國來學以致用的，但中國的大環境能讓他們物盡其用、人盡其才嗎？單就軍事而言，軍隊的腐化、懈怠和近親繁殖已經不

〔註177〕 《出洋官生安抵東洋信息》，《申報》1875年11月06日01版。
〔註178〕 《出洋官生安抵金山》，《申報》1875年12月01日01版。
〔註179〕 《學童回華述聞》，《申報》1881年09月20日01版。
〔註180〕 《書日本報論中國學徒事》，《申報》1881年09月22日01版。

是一天兩天的問題了，這些毫無根基的留學生到了軍隊，就是滄海一粟、杯水車薪了。

有些學生是中輟、召回的，還有一些順利完成學業的留學生，他們的歸國處境怎麼樣？《申報》有所提及。說是「從優擢用」〔註181〕，或者「分派於鐵廠及各局以資調用」〔註182〕，但這條新聞卻道破了天機。

第一、第二批由美回華之學生，抵滬安置情形，均經列報。
兹悉第一批學生不日將赴天津謁見李爵相，聽候任用；第二批學生暫住求志書院，由道憲委張翰鄉司馬照料，並派兵丁管門，不得擅自出外。至有父母暫欲領歸者，須稟明張司馬給領。現在書院中尚有十餘名，蓋專候李爵相示下，設欲令之赴津，即可傳齊前去也。
〔註183〕

注意是「安置」！軍隊關係盤根錯節，這些留學回來的人要占不少缺和位置，這不是好事，是麻煩事啊！當初派出去的時候，根本沒有完善的制度保障和分配機制，到了回來進部隊安排工作的時候，免不了託關係、走門路，撬頭的事就來了。第一批學生尚且受到領導的重視，能妥為安排工作；第二批學生就是待分配了，一等多長時間，誰也不知道；至於第三批學生，直接撤回，不了了之。更有意思的是，看管這些留學生用了兵丁把門，不得隨意外出，簡直如同犯人。當局者迷，旁觀者清。《申報》又是怎麼樣看待這種現象呢？

首先，「中體西用」是那個時候的基本國策，違背了這一點的必須堅決批判。這些留學生把髮辮剪了、把服裝換了，就是丟了中體，是絕對不可以的。那麼西用呢？《申報》認為西用也沒有學到：「蓋以西文西語苟有所知，則便訑訑焉自鳴得意，以為我固精於西學、熟於洋務者，而其實則除言語文字外，一無所知。」〔註184〕

其次，即便有些西洋的真才實學，軍隊和體制是否需要這些留學生，也要打個問號。《申報》在這一點上比較含蓄，但字裏行間已經能看得出來。當時社會文化的主流代表是讀經典、應科舉，如果去國外學文，回國後難免遇到融入文化圈子的問題；當時的社會的末流是經軍功提拔和武舉考試，與從

〔註181〕《招選學童》，《申報》1886年03月04日02版。
〔註182〕《分遣學徒》，《申報》1881年11月02日01版。
〔註183〕《回華學生續聞》，《申報》1881年10月11日02版。
〔註184〕《論營號》，《申報》1882年06月11日01版。

文相比較，更是積弊叢生，毫無公平的上下流動。這些留學生文不能融入科舉，武不能家族恩蔭，自然去向堪憂了。

那麼有沒有什麼解決的辦法呢？下面兩點就是《申報》提出來的，且先看看再議。

> 蓋出洋學徒皆選幼年聰穎子弟，大不過十六七歲。無論其未出洋時入塾就傅經史之通貫何如，父師之教誨奚若，但以性情氣質言之，則人生之最不可忽者，惟此成童先後之數年。秉性雖純而血氣未定，見聞頓異而知識易開，欲其立定腳根、不失本來面目，恐無此學養深厚之人。然則居外洋而習外洋之事、侶外洋之人，不適成為外洋人乎？〔註185〕

> 出洋並無故家世族、巨商大賈之子弟。其應募而來者，類多椎魯之子，流品殊雜。此等人何足以與言西學？何足以與言水師兵法等事？性情則多乖戾，賦秉則多魯鈍。聞此輩在美有與談及國家大事及一切艱巨之任，皆昏昏思睡，顧而言他。則其將來造就又何足觀？其帶之出洋之華員亦知此輩之情性，故預出告白，囑各店鋪不得賒借對象，如有賒付及借與該學徒等錢物者，概不認賬。然則中國費如許錢糧，用若干心力，而學徒之所為如此，不亦大可惜哉！〔註186〕

上文的兩段話都是從反面來說的。一是批評留學生的年齡太小，二是批評留學生的家世不好。有沒有道理呢？先看年齡，出國時候都是十幾歲的少年，已算是初小畢業了，「三百千千」的啟蒙教育已經完成，在科舉道路上順利者已經有秀才的身份。如果不走科舉的路子，此時出洋並不早，算是中學階段。在國外接受語言培養和中學基礎教育，就能夠繼續在大學深造，學習救國的專業技術了。這個年齡階段出國留學，並無大錯，社會輿論的擔心並不涉及此。輿論擔心的是「成為外洋人」，可是在國外生活學習那麼久，衣著、服飾、髮型有些變化，也是正常的，關鍵要看有沒有學到富國強兵的本事。拘泥於表面現象卻忽視真正的目的，這也說明了社會的文化傳統之堅固，說明軍事近代化還有很遠的路要走。

另一方面，在那樣的社會環境下，條件好的世家大族和官宦子弟不願出

〔註185〕《論學徒出洋有美意而無良法》，《申報》1882 年 01 月 22 日 01 版。
〔註186〕《書日本報論中國學徒事》，《申報》1881 年 09 月 22 日 01 版。

洋，造成官派留學生都是「椎魯之子，流品殊雜」。這也不是出洋本身的問題，因爲貴族學校和平民學校本就各有優劣。這裡不作展開。排除一些投機取巧的人士，早期留學生裏也產生了容閎、詹天祐、唐紹儀等一批近代史上的人物。「惟出身論」是應當摒棄的。清廷早期官派留學生的波折，主要問題在於管理上。可是「中體西用」這個大路線在理論上都經不起推敲，下面的方針、政策又有誰能搞得明白呢？說來說去，就是一本糊塗賬罷了。

這些留學生有的在國外不再回來，成爲早期的海外華人華僑；有些回來，也無法進入官場，只好在十里洋場上漂著：「出洋既久，中國之禮義、儀文、揖讓、週旋固已久□若忘，而泰西精粹純厚之風亦未領略。求其本而得其末，舍其樸□而習其奢浮。即至通商碼頭，每置正事於不顧，惟逐隊呼朋，日奔走於花天酒地間，及令任事，以耳食爲眞知，以淺陋爲實在，誇大無功，純是虛驕之氣中之。此等人才，欲其盡心辦事、奏效從容，固亦戛戛乎其難之矣。」〔註 187〕

三十年河東，三十年河西。晚清社會風氣的變化實在是太快了！沒過多少年，自費出洋竟成爲風尚，穿西洋裝竟成爲潮流。但《申報》批評和思考的，一直到今天，仍然有其意義。

5.3.4　《申報》視野中的清軍新式醫療

提到軍事，實在不可不說的就是醫療。生老病死，本是伴隨人類存在和發展的必然。醫療，亦是社會的重要組成部份。就中國傳統而言，江湖郎中或者坐堂醫生開出藥方，到中藥鋪子抓藥，然後熬中藥服用，這是一個基本的程序。中醫內科比較發達，但外科也有。跌打損傷、槍傷刀傷、傷筋動骨，中國也有一些治療的方法。但是中醫的內外科無論怎樣集大成和有歷史經驗，都是在農耕文明之中孕育的前近代化時期的產物。近代化是個寬泛的概念，工業革命是其發動機。但發動機帶動了許多變化，軍事和醫療就是相輔相成的兩個事物。爲什麼這麼說？

近代軍事和古代軍事最大的變化是什麼？那就是熱兵器代替了冷兵器。這種變化的後果就是戰爭的規模大了，繼而就是戰爭中傷亡情況大了。一發炮彈打下來，受傷情況複雜，絕非冷兵器時代的刀傷可比。無論是從人道主義的觀點，還是從戰鬥力恢復的角度，對傷兵進行醫治，都是近代軍事後勤

〔註 187〕《論延聘西人須擇眞才》，《申報》1888 年 09 月 09 日 01 版。

保障的重點環節之一。這種治療需要大量的外科醫生，需要多快好省的手術治療，而不是中醫的緩慢調養和「治未病」。兩國差距、兩軍差距，是一個綜合性的問題，軍事醫療水平就是其中的一個重要方面。如果醫療跟不上，一打仗就大量減員，軍隊怎能有戰鬥力？

晚清政府中的洋務派官員看到這一點並付諸於行動，李鴻章在天津創辦了醫（學）院，培養了一些軍醫，但人數寥寥，仍需要年輕人往學。

> 前報列天津醫院中數學生學成後，由李傅相派往各營診治。茲聞香港有向習英文之華童多名刻下亦欲詣津肄習。蓋該院學生出外行道者已實繁有徒，院中所存寥寥無幾，故急需另招幼童往學云。〔註188〕

與此同時，杭州〔註189〕、香港〔註190〕、甚至臺灣〔註191〕也辦起了醫（學）院。

社會風氣對西醫的接納，需要一個過程。〔註192〕從《申報》看來，西醫之前途並不樂觀。

> 一則華文華書與西醫不同，有多少西人醫書中之名目法則，皆無華文可通，則學之也難。一則學西醫者必驗視死人之肢體，細加剖驗，而後知其受病災何處致死在何方，然西醫優為之而華人則有所不樂為。且不但不樂為而已，即曰樂為，而中國風氣斷不能將已死之身體用刀剖視。欲學西醫有無從深知其受病致死之道，則學之也又難。有此二難，而西醫之道其將不行於中國。〔註193〕

在瞬息萬變的時代面前，任何預測都是艱難的。李鴻章處在當局者，也是中國近代化的最前沿，有「三千年未有之大變局」的感慨。既然是三千年一遇的級別，那麼其猛烈程度是可想而知的。《申報》沒有預料到出國留學成為風尚，更沒有預料到西式醫院逐漸被國人接受。這些是軍事近代化的產物，

〔註188〕《華童習醫》，《申報》1884 年 11 月 12 日 02 版。
〔註189〕《製作一新》，《申報》1884 年 12 月 24 日 02 版。
〔註190〕《述臺灣打狗慕德醫院學生考試情形》，《申報》1887 年 07 月 29 日 01 版。
〔註191〕《譯臺灣打狗慕德醫院學院例則》，《申報》1887 年 07 月 28 日 02 版；
　　　《招集學生》，《申報》1893 年 10 月 09 日 02 版；
　　　《述臺灣打狗慕德醫院辦理原由》，《申報》1887 年 07 月 28 日 01 版。
〔註192〕參見楊念群：《再造病人──中西醫衝突下的空間政治》，北京：中國人民大學出版社，2006 年。
〔註193〕《述臺灣打狗慕德醫院辦理原由》，《申報》1887 年 07 月 28 日 01 版。

也間接改變了整個社會。

離開了社會的軍事，就是無源之水、無本之末。軍事近代化需要社會近代化的支撐，這種關係貫穿了本節，到了本節結尾處更是明顯。其實這一章又何嘗不是如此。如果細究社會的近代化，那關鍵又是人的近代化。在殘酷的近代史上，哪個國家的人、社會、軍事近代化搞得好，哪個國家就能夠立於不敗之地，從而獲得殖民地和各種資源，形成良性循環。相反，貧弱之國想要翻身，又是多麼不易。

5.4　《申報》視野中的晚清軍事通訊新設施建設

5.4.1　《申報》視野中的晚清（軍用）鐵路建設

在中國的軍事近代化過程中，鐵路是重要的推動力；在中國社會近代化的過程中，鐵路亦是不可或缺的。「興鐵路以防戍伊犁」〔註194〕，早在十九世紀八十年代，《申報》就指出了鐵路的戰略意義。「火輪車爲福國之舉」〔註195〕，早在十九世紀七十年代，《申報》同樣指出火車對國家的作用。

中國近代以來的鐵路史是厚厚的一本書，從過去到現在，還將繼續發展到未來。今天的鐵路已經融入了人們的生活，是交通往來所不可或缺的工具。但在一百多年前的晚清，鐵路的修建卻經歷了不少風波，人們對鐵路的接受也經歷了時間的磨合。在《申報》上，就連續報導了淞滬鐵路建好後又被拆除的事件。〔註196〕建了又拆，拆了還建，今天看來不免荒唐，但在那個時代，既有其理由，又有其爭議。爭議何在？

拋開別的不說，但從鐵路的軍事用途來講，利弊相輔相成就是難免的。鐵路方便了運兵，這不是雙刃劍嗎？對於我方而言，「陣戰貴乎速，銳師勁旅、朝發夕至，先聲有奪人之心，一鼓作氣，已足以制其死命，不待兵刃既接，而勝負已分」。對於敵人來說，「我能往，寇亦能往，我既藉鐵路之捷速以進兵而轉餉，彼亦可計攘力據，用之以攻我。」弄不好，自己修的鐵路就

〔註194〕《論中國亟宜興鐵路以防戍伊犁》，《申報》1885 年 11 月 05 日 01 版。

〔註195〕《火輪車爲福國之舉》，《申報》1874 年 07 月 15 日 01 版。

〔註196〕參見肖爾亞：《論早期〈申報〉的「新聞化」之路——以 1872～1877 年的鐵路報導爲例》，北京：中國傳媒大學，碩士論文，2011 年。

成了爲他人做嫁衣，況且中國民風未開、經濟拮据，勞民傷財修鐵路，何苦呢？因而在近代以來有一種請外國人修鐵路的風潮，鐵路修好後，路權自然也歸洋人所有。歷史的產物也影響了歷史，近代史上的重要事件「辛亥革命」就與四川的「保路運動」息息相關。正是由於武漢三鎮兵力外調用於平息「保路運動」，才使得武昌起義遭到的抵抗更小。

　　一百多年前，一條鐵路就能引發一次聲勢浩大的「運動」，可見鐵路對中國社會的影響不在小。既然如此，就從鐵路的軍事意義而簡單說開去，談一談《申報》視野中的鐵路。剛才講到利弊相輔相成，那麼就沿著這個思路繼續，看看鐵路還帶來了哪些利弊。首先，鐵路方便了人們的出行，因爲其運力的規模效應而票價低廉，是個朝陽產業；相對而言就肯定有夕陽產業，「鐵路既廣，輪車日盛，則此方之民恃驟馬以行車者，其業必驟衰，一時失業閒居何以糊口腹、養妻孥，必至饑無所食、寒無所衣，保不生意外之虞。」其次，鐵路帶動了經濟的發展，商販「通有無、徵貴賤，不至於坐失機宜」〔註 197〕，傳統的農耕文明逐漸向商業文明過渡；相對而言，洋貨也由於鐵路而大行其道，流入中國廣闊的鄉村，給本已艱難的民族工業雪上加霜。

　　《申報》除了列舉成雙成對的利弊，還提出了修鐵路的困難。綜合看來主要有兩點：第一是風水的破壞和民間的抗拒；第二是鐵路技術的不具備和中國地理環境的不適應。其中第一點無須解釋，第二點特引原文來觀。

　　　　泰西土性堅凝，故足以勝重歷久。今我中國九州之土半係塗泥，北地雖稍實厚且多平陸，而旱則赤地千里、潦則竟成汪洋澤國，鐵路軌道致難辨認，輪車之行必有所失。南方土鬆，車過則倏陷窟穴，損壞堪虞，修葺多費。〔註 198〕

　　穿山打洞，修路架橋，本就是鐵路工程的常態；用人力改造自然，本就是社會發展的必然。自然界的挑戰和人類生存技能的發展就是互爲因果、螺旋上升的。《申報》所說的中國的地質條件看似很專業，但卻忽視了重要的一點：科學技術的發展和人的主觀能動性。這樣的「專家」還是少說爲妙。當然了，說歸說，做歸做，清政府的當軸者們是怎樣開展鐵路建設的呢？

　　《申報》對以李鴻章爲首的洋務派一直比較褒揚，在修建鐵路一事上仍然如此。從鐵路人才的培養〔註 199〕，到路線的勘探〔註 200〕，到洋人的聘請

〔註 197〕《輪車鐵路利弊論》，《申報》1887 年 02 月 19 日 01、02 版。
〔註 198〕《輪車鐵路利弊論》，《申報》1887 年 02 月 19 日 01、02 版。
〔註 199〕《詳述講求鐵路》，《申報》1890 年 12 月 07 日 01、02 版。

〔註 201〕，到阻礙的克服〔註 202〕，再到竣工典禮〔註 203〕，給與了持續關注和報導。鐵路修好後，「客商往來附搭火車益形便捷」〔註 204〕，「輪軸相銜風馳電掣津通一路往來便捷」〔註 205〕。這令身處上海、目睹了淞滬鐵路建好又拆的《申報》文人們好生羨慕與無奈啊！事實上，即便有李中堂權勢的庇祐，津通鐵路工程及其後續的開平到天津鐵路也不是一帆風順的。皇宮的一場火，就能讓鐵路受到輿論指謫，差點中輟。

> 近日京友函述，謂去年十二月十五日太和門失慎。深宮遇災而
> 懼，側身修省，立罷頤和園工程。此正敬天勤民之至意，不僅媲美
> 於古先哲土（原文為「土」，疑為「士」之誤。2017 年夏記）已也。
> 而臣下有以此進言者，請並將通州鐵路工程一律停止，聞之不勝惋
> 惜。〔註 206〕

修鐵路，除了行政上的壓力，經濟上也不堪重負。惟有群策群力，才能一舉成功。李鴻章親出告示，號召官商們入股，用股份的辦法來解決資金的問題。這個募股通知，最多的語言卻在勸說上。這麼大的官，在募股這件事上的語氣卻近乎乞討、口吻似在請求，當時的社會風氣就可想而知了。

> 擬招股份一百萬兩，刊印章程，分送各處。誠恐遠近未能周知、
> 懷疑觀望，為此示仰官紳商民人等，須知鐵路為東西洋各國通行之
> 事，各省出洋商民皆曾親見其利益。凡遇有鐵路地方，生意格外興旺，
> 外洋紳富莫不分執鐵路股票，為子孫永遠業產。中國仿照辦法，事事
> 皆從節省信實做去，所有運載餘利入股者照章均分，斷不容其稍有含
> 混。此舉有關□國家要政，官必力為扶持，行諸久遠。該公司應辦各
> 事悉令照西國通例，由眾商董公議。官只防其弊、不侵其權。凡欲附
> 股者，切弗遲疑，致失機會，切切特示。光緒十三年月日〔註 207〕

在一個官本位的社會，鐵路這樣重要的軍事和經濟資源，純粹的商辦是

〔註 200〕《勘建鐵路》，《申報》1889 年 01 月 29 日 02 版。
〔註 201〕《鐵路將開》，《申報》1884 年 11 月 06 日 01 版。
〔註 202〕《鐵路難成》，《申報》1885 年 02 月 25 日 02 版；
　　　　《鐵路傳聞》，《申報》1882 年 02 月 23 日 02 版。
〔註 203〕《上相勘工》，《申報》1888 年 10 月 17 日 01 版。
〔註 204〕《鐵路述聞》，《申報》1893 年 07 月 05 日 02 版。
〔註 205〕《鐵路述聞》，《申報》1888 年 11 月 22 日 02 版。
〔註 206〕《鐵路不宜中止說》，《申報》1889 年 02 月 23 日 01 版。
〔註 207〕《照錄中堂告示》，《申報》1888 年 01 月 22 日 02 版。

非常難的。告示中雖說「官只防其弊、不侵其權」，但民間都知道，在一個商業契約精神並無完善的傳統農業國度，股份、公司這些西方的舶來品在公權力面前是多麼不可靠。大量資金流入土地，土地兼併嚴重，地（房）價虛高，受損的是實體經濟。

鐵路到了中國，也有中國特色。這條題為「人浮於事」的新聞就是萬裏挑一的經典。

> 鐵路公司擬將官商兩路畫分界限、各報開銷，已列前報。蓋向由天津接至古冶者謂之商路，現由古冶開至□東者謂之官路。除沿途車站及司車人等不計外，局中司事已有七十餘人。而茶房聽差以及□人更夫等又在八十以外。其中司事盡有坐支薪水而無所事事者。而薦褫之書、說項之口，仍復源源而來。總辦有鑒於此，謂非大加淘汰不可。爰將司事遣去九人，並撥差弁十五人歸官路差□。不知官路能否全收，又不知惘惘出門者能仰體總辦實事求是之意否。〔註208〕

一線鐵路和車站員工不說，機關人員就有七十多，「茶房」、「聽差」、「更夫」、燒開水的、跑腿的、打雜的又有八十多人。已經人浮於事了，但打招呼、遞條子、想要在鐵路上混碗飯吃的還是源源不斷。這還是只是商路啊！就是參照國外股份制管理的鐵路。商路的經理要裁員、敢裁員、能裁員，裁到哪裏去呢？官路。官辦的鐵路沒有必要得罪人，都養著便是了。這條新聞也間接回答了為何募股通知少有人響應。

鐵路管理不善，火車也能相碰〔註209〕，更別說軋到人了。以下的這條消息有點前車之鑒意味，算是條服務型的新聞報導。

> 析津信云，鐵路公司火車於月初某日由蘆臺開往塘沽，有客方欲附車，而車已開行。客以車行尚緩，大踏步而前，急趨車旁，擬登車上。不虞足力已竭而手握不牢，墜於車下，僵臥鐵軌之間。迅雷不及掩耳，隻輪已在大腿上碾過。管車者趕即停車查驗，則已肉糜骨折，氣息奄奄，傷及小腹，曾不移時，已魂遊墟墓矣。火車之行，其力甚大。寄語附車人：慎勿於車已開行時聳身而上，致視性

〔註208〕《人浮於事》，《申報》1892 年 12 月 06 日 02 版。
〔註209〕《火車肇禍續聞》，《申報》1889 年 03 月 31 日 02 版；
《火車肇禍餘聞》，《申報》1889 年 04 月 04 日 02 版；
《詳述火車肇禍情形》，《申報》1889 年 04 月 02 日 01、02 版。

命如兒戲也。〔註 210〕

「未見鐵路之利先受鐵路之害」〔註 211〕，這樣的管理水平，在戰爭到來需要運輸時，也是堪憂的。

唯獨有意思的是，「股份」、「鐵路」、「火車」這些新詞彙，經過新聞媒體的傳播，在社會上流行起來，並一直影響到今天。

5.4.2　《申報》視野中的晚清（軍用）電報建設

「烽火連三月，家書抵萬金。」烽火、家書都是中國古代傳遞信息的方式，尤以烽火與軍事的關係更為密切。烽火生在高臺上，故名曰烽火臺。烽火臺常常與長城一併修建，將對外防禦和示警結合起來。邊塞官兵發現敵情，就燃氣烽煙，一一傳遞，進而將戰爭消息傳往遠方。當然，烽火之外還有信鴿，還有快馬加鞭的八百里加急，等等。這些傳遞軍情的手段有些是中國人發明的，有些卻不是華夏文明的獨創。在歐洲的中世紀及以前，中西文明近代化的差距並不大，冷兵器時代的軍事情報無非就是這些而已。

近代以來，工業發展，社會進步，爭奪加劇，軍事巨變。傳統的戰爭有傳統的軍事情報手段與之配合，近代的戰爭有近代的軍事情報手段與之配合。電報代替了快馬和飛鴿，是新時期的軍情往來的依靠。具體來說，這是與戰爭在速度和廣度上的擴大相聯繫的。首先，鐵路的建設方便了運兵，大量兵力日行千里成為現實，軍隊的機動性更強。軍情就是一個提前量，就是對敵人動向的預先考察與判斷，如果敵兵都乘火車到了，送信的快馬尚未跑到，這種軍情成何體統？顯然，步兵的時代馬上送情報，鐵路運兵的時代就需要電報了。其次，輪船工業的發展和新航線的開闢增加了用兵的廣度。動輒跨洲、遠洋的兵力調動也令傳統的傳播手段變得無用武之地，必須使用海底電纜來傳遞信息。

《申報》評價電報好處的文字不少，但總歸就是一句話，那就是：「軍務以速為妙，所謂疾雷不及掩耳也。」〔註 212〕沒有電報的時候，「臺灣之事，日本兵已至臺者多日，京師始知；即月前傳說黔苗復叛，至今京師亦尚未得耗也。」〔註 213〕有了電報以後，「近者離京數百里，遠者離京或數千里，而一時

〔註 210〕《登車宜慎》，《申報》1892 年 09 月 04 日 02 版。
〔註 211〕《論中國欲建鐵路當行之以漸》，《申報》1891 年 03 月 29 日 01 版。
〔註 212〕《電線當有以輔其不逮論》，《申報》1883 年 07 月 04 日 01 版。
〔註 213〕《論電線》，《申報》1874 年 07 月 14 日 01 版。

傳消遞息極爲靈便，自前年高麗之亂，因有電報，警信得以早傳，立即命將出師，尅期戡定，其效最著」〔註214〕。對於千變萬化的國際軍事動向，有了電報還可以采百家之長：「既設電報之後，復取西報及各處日報以印證之，天下可運諸掌矣。」〔註215〕

　　正因如此，在清廷和官商的推動下，軍隊和地方廣泛通電。「軍營設電」〔註216〕、「行營通電」〔註217〕；天津〔註218〕、山東〔註219〕、安徽〔註220〕、江西〔註221〕、上海〔註222〕、雲南〔註223〕、廣東〔註224〕、福建〔註225〕、臺灣〔註226〕等地，在《申報》上也有了報導。由於電報工程耗費較大，建成後不僅要供軍隊使用，更要在商業上加以利用，在社會上收穫回報。爲了更好地商用，洋務派制定了電局章程並實施〔註227〕，獲得了利潤〔註228〕。不出幾年，已經電線密佈：《申報》總結了中國的電線路線〔註229〕。更是在 1882 年初刊出了第一條電訊稿。〔註230〕

　　但是，電報商用的推廣也有一些困難，首先就是價格過高。《申報》認爲價格高在於雇員難請，物以稀爲貴：「現在電報不繁，由於報費不賤；報費不賤，由於分店不廣；分店不廣，由於學生不多；學生不多，由於必通西文。何以必通？則由於教習者皆西人。」〔註231〕因而，報紙對電報局的招聘和學

〔註214〕　《書本報電報總局告白後》，《申報》1885 年 07 月 08 日 01 版。
〔註215〕　《籌俄餘議四》，《申報》1881 年 01 月 11 日 01 版。
〔註216〕　《軍營設電》，《申報》1885 年 01 月 11 日 02 版。
〔註217〕　《行營通電》，《申報》1883 年 12 月 07 日 01 版。
〔註218〕　《電線開工》，《申報》1878 年 12 月 11 日 01 版。
〔註219〕　《電工告竣》，《申報》1881 年 11 月 26 日 02 版。
〔註220〕　《更換電杆》，《申報》1889 年 05 月 31 日 02 版。
〔註221〕　《宜昌設電》，《申報》1886 年 01 月 25 日 01 版。
〔註222〕　《電報行設局吳淞》，《申報》1873 年 08 月 16 日 02 版。
〔註223〕　《滇電工成》，《申報》1887 年 05 月 11 日 02 版。
〔註224〕　《電線工竣》，《申報》1883 年 05 月 19 日 02 版。
〔註225〕　《福建將設電報》，《申報》1874 年 06 月 25 日 02 版。
〔註226〕　《臺灣廈門設電線信》，《申報》1874 年 08 月 19 日 02 版。
〔註227〕　《接錄電局章程十條》，《申報》1883 年 01 月 22 日 02 版。
〔註228〕　《電局獲利》，《申報》1887 年 08 月 21 日 02 版。
〔註229〕　《中國電線考》，《申報》1891 年 07 月 31 日 03 版。
〔註230〕　1882 年 1 月 16 日，《申報》刊出該報北京訪員從天津電報局拍發的電報，內
　　　　　容報導了清廷查辦一名瀆職官員的消息。參考方漢奇主編：《中國新聞事業通
　　　　　史·第一卷》，第 419 頁，北京，中國人民大學出版社，1996 年。
〔註231〕　《中國電報局某司事推廣招徒分設子店議》，《申報》1883 年 06 月 12 日 03 版。

生的培訓頗多關注〔註232〕。

　　在一個官本位的社會，學校、商業、科技等新行業的推廣都要附之以「行政級別」，如此方能得到社會的地位、環境的認可，進而方便地開展工作。洋務派首領李鴻章深諳此道，更是努力在體制內盡其努力地做一個「裱糊匠」。為了給新設立的電報總局人員一個名分，上奏章「保電局人員銜」〔註233〕。有意思的是，《申報》竟然在顯著位置將電報總局人員的官銜一一羅列、全文轉載。這說明了什麼？一是電報行業的從業人員是有身份的，洋務的推行是官方認可的；二是在社會上升途徑僅有科舉一條路的傳統文化中，通過幹洋務也能陞官無異於一股清風。《申報》的不少編寫人員都是「末路文人」、洋場文人，既不能融於體制，又不願商海沉淪，電報局的差事竟也能受保薦而入仕，無異於終南捷徑。這樣大張旗鼓地刊登電報局人員官銜，實在和頭版整版刊登各省鄉試舉人名單，有異曲同工之妙。

　　然而，即便是官方有了說法，電報在民間的推進還是有不少的阻礙。湖南就有對電線的恐懼和抵抗。

> 　　近日電局盛太守帶同洋匠學生多人，從襄陽一路設立電杆，紆回南指，欲達湘省而後止。及入湘境而鄉民膠守舊習，始而驚疑，繼而騰謗，又有無賴之徒乘機煽惑。由是聚集多人，將電杆電線及一切置備物料舁置曠野，付之一炬。聲勢洶洶，欲尋建設電線諸人，問其何故多事。太守即請地面官彈壓，而鄉民悉不畏法，欲將官擲入火中。官見勢不佳，只得暫時走避。電局學生等東奔西走，齊集沙市等處，附輪迴漢。太守坐船亦被擊毀，幸人尚無恙，現亦在漢皋小住。大憲接到稟報，立即簡委李竹虛太守謙速赴肇事地方查辦。〔註234〕

　　湖南如此〔註235〕，湖北亦然〔註236〕。對此，《申報》的評價是「距海較

〔註232〕《電局需才》，《申報》1881 年 12 月 05 日 01、02 版；
　　　　　《電報學堂招考學生示》，《申報》1886 年 12 月 14 日 02 版；
　　　　　《電報總局上海學堂秋季考取各生全案》，《申報》1886 年 11 月 12 日 01、02 版。
〔註233〕《李傅相奏保電局人員銜名單》，《申報》1885 年 10 月 10 日 01、02 版。
〔註234〕《阻電續聞》，《申報》1891 年 08 月 19 日 02 版。
〔註235〕參閱《阻電續聞》，《申報》1891 年 08 月 14 日 02 版。
〔註236〕《楚人阻電》，《申報》1891 年 08 月 04 日 01、02 版。

遠之省，小民識見狹隘，不改從前舊習」〔註237〕，但實際上，距離上海不遠的浙江農村也是一樣，只是沒有兩湖地區那麼激烈罷了。

> 中國電線現已通至杭省，有西人致書於字林西字報，云杭人初不知電線爲何物，或謂天線或謂地線，議論紛然。至今則始有知其爲電線，可以通報者。然見木杆林立、鐵線盤空，或疑其有礙風水。道士聞之，遂乘機設計，云能爲之禳解。其法以色線三條繫於各人頸上，便可無恙。杭人競向購買，道士竟大獲其利。現在杭郡電線通已數日，並無他患云。〔註238〕

電報線有礙風水，就請道士來破解，最後用的辦法是「以色線三條繫於各人頸上」，讀來頗覺得滑稽可笑。荒唐之中，又能看出時代的特點。畢竟「電線通已數日，並無他患」，近代化的進程，有些坎坷亦屬正常。《申報》用滿懷期待的語言介紹了比電報更新鮮的「德律風」（電話），特將這條新聞摘引，作爲本節的結束語。

> 西報載有外國電線行告白。言上海地方將通行德律風，工部局已會核准矣。德律風者，所以傳達言語，爲電線之變相，亦以鐵線爲之。持其一端，端上有口，就口中照常說話，其音即由此達彼。聽者亦持其一端而聽之，與面談無異。不但語言清楚，而且口吻畢肖。刻下歐洲、美國各處所造德律風，愈作愈精、愈推愈廣。故擬選其機器之最精妙者，在本埠相度地勢，創一總局。凡有願備是物者，先爲簽名計價之。至貴者每年洋一百五十元，如在鄉間則相去較遠、鐵線較長，略須加價。各家用德律風者，總局皆給與機器一副，其總關鍵則操之總局。譬如東家欲與西家語，先與總局說知，總局即告知西家，而將東西兩家鐵線接而連之即可，東西通語而總局不能與聞。說畢，另有一鈴，搖其鈴則總局知之，將鐵線拆開。又如有人欲傳語某處，亦可自至總局就其線而傳之。如欲不經由總局另自相通，亦無不可。其妙更逾於電線，但不及電線之遠耳。此法一行，無論華人、西人，皆可置備。相隔數里或爲風雨所阻，亦不難遙遙共話，是又一快事也已。〔註239〕

〔註237〕《論設電被阻事》，《申報》1891 年 08 月 07 日 01 版。

〔註238〕《受愚可笑》，《申報》1883 年 06 月 24 日 02 版。

〔註239〕《滬上擬用德律風》，《申報》1881 年 12 月 05 日 01 版。

5.5　《申報》視野中的晚清中國軍事近代化的展演和成就

「合肥相國綜北洋以治其內」，「湘陰相國綜南洋以治其外，總理衙門王公大臣握其樞要，有利必興、有弊必除，蓋自三代以後從未有如今日之盛者已」。〔註240〕在晚清時期的軍事史上，洋務派做了不少事，既有純軍事的內容，也有軍民結合的部份。不論軍用民用，近代化的成就是有目共睹的。威武雄壯的鐵甲巨艦、震耳轟鳴的鐵路火車、方便快捷的電報通訊，無一不在社會上掀起了革故鼎新的潮流。《申報》一向對洋務多加褒揚，當這些新事物如雨後春筍般湧現時，其評論是充滿著喜悅的，「風氣日開」〔註241〕、「中國仿行西法漸有成效」〔註242〕這樣的判斷登諸報端。

最令國人自豪的，自然是北洋艦隊。「此時北洋水備與前此馬江之軍天淵迥別矣。西信之言如此，人皆為中國海軍賀。以為堂堂中國可以雄視四大洲。凡開埠通商諸大國當不復生覬覦心、出嘗試計。豈非國家洪福薄海內外人民所同聲慶□者哉？」〔註243〕對於一手創辦並領導北洋艦隊的李鴻章，《申報》更是青睞有加。除了「追星」般地跟蹤報導李鴻章的行程之外〔註244〕，更是變著法子誇獎這位北洋大臣。在一次閱兵過程中，李鴻章的座船遇到了大風浪，雖然情況危險，但他鎮定自若、波瀾不驚。

> 行至中途忽值風浪，波濤洶湧，高與桅齊，艙面亦白浪奔騰。而駕駛裕如，絕無所懼，照常逕行，亦無所損。傅相雖經百戰，而海中風浪則素所未習。而是日危坐瞻眺，其隨從人等有瞑眩瞀亂者，而傅相巍然不動，其氣度亦可見矣。〔註245〕

李鴻章除了在海上檢閱艦隊，還在路上觀看水雷的演放。由於靠近岸邊，聲勢浩大，壯觀的水雷激發了民族的自豪感，幾乎萬人空巷。「其時岸上灘邊、船唇屋背、男者女者、老者少者、騎者步者、拖翎戴頂者，兩岸中流，紛列殆遍。」〔註246〕希望一飽眼福者大有人在，《申報》筆者作為報人，

〔註240〕《風氣日開說》，《申報》1882 年 02 月 23 日 02 版。
〔註241〕《風氣日開說》，《申報》1882 年 02 月 23 日 02 版。
〔註242〕《論中國仿行西法漸有成效》，《申報》1890 年 12 月 19 日 01 版。
〔註243〕《論海軍雄盛》，《申報》1886 年 05 月 10 日 01 版。
〔註244〕《巡閱詳紀》，《申報》1888 年 05 月 27 日 02 版。
〔註245〕《詳述傅相閱船》，《申報》1881 年 12 月 11 日 01 版。
〔註246〕《閱視水雷》，《申報》1877 年 04 月 24 日 02 版。

一旦有機會參觀新軍事裝備，就將至訴諸筆端、借助報端、公之於眾。較之參觀法國軍艦的夜不能寐和妙筆生花而言，參觀中國自己的南琛軍艦，文筆倒是平實了不少。

> 該船身長二十七丈七尺、寬三十八尺、高三丈五尺，船後吃水深一丈八尺。全船可載二千二百墩。有新式省煤康邦臥機鍋爐四副，有二千八百匹實在馬力。……上有大砲十尊、格林砲四尊、孟雷船一隻、電燈兩盞。船上一切鐵錨、鐵鏈、帆纜、繩索、帆布、各式旗幟、水手砲勇號衣、雙單千里鏡、中西各國海道圖書，以及槍炮、輪機、水雷書、風雨針、寒暑表、避雷針、天文表、量水表等物咸備。船首鑲一鋼刀，狀如犁式，以備碰船。該船係雙暗輪雙煙囪，頭尾配雕花、貼金龍鳳以壯觀瞻。係最大堅利之第一船也。〔註247〕

> 登諸昨報不煩再述，述其所未詳者。船上所置炮位最大者係一阿姆斯脫郎後膛炮，能容一百八十磅彈，遠而望之已覺壯觀，近而就之尤為奇特。〔註248〕

如此船堅炮利，豈有不用之理？耀武國內，揚威海外。朝鮮〔註249〕、日本〔註250〕、新加坡〔註251〕都有了北洋艦隊的船影。「丁禹廷軍門督率定遠、致遠、經遠、靖遠、來遠六艘兵輪船出洋遊歷。」〔註252〕在《申報》筆下，北洋艦隊的丁汝昌司令「身穿黃馬褂，頭戴猩頂雀翎，精神矍鑠」〔註253〕；艦隊所到之處的華僑華人「見之皆色喜」〔註254〕。這是一件多麼振奮人心的事請！

國家強大了，在外的華僑也就有了顏面。每當在中國的洋人收到欺侮，比如某某教案、某某排外事件，剛一出事，列強們的軍艦就忙不迭地開進中

〔註247〕《觀南琛船記》，《申報》1884年05月24日03版。《申報》中「砲」、「炮」二字皆用，本書引文僅考慮日文從字順，並非所有引文均像該段這般嚴格依從原文。（2017年春記）
〔註248〕《南琛遊記》，《申報》1884年05月25日01版。
〔註249〕《兵艦赴韓》，《申報》1893年03月23日02版。
〔註250〕《日東耀武》，《申報》1893年03月22日0203版。
〔註251〕《中國火船將赴新加坡》，《申報》1875年12月31日01版。
〔註252〕《威揚東海》，《申報》1892年07月02日01、02版。
〔註253〕《威揚東海》，《申報》1892年07月02日01、02版。
〔註254〕《兵船停泊東洋》，《申報》1877年04月17日01版。

國沿海、內河，為本國公民撐腰。幾門炮一架，清廷官員只得簽訂城下之盟，妥善道歉、仔細賠償、處罰罪人。這就是主持「公道」！中國人在別國經商、謀生，遠離祖國，同樣難免受到冷眼和屈辱。〔註255〕他們同樣希望來自強大祖國的後盾和主持公道，美國舊金山的華僑們就是如此。〔註256〕為了邀請北洋艦隊前去巡邏，愛國華僑們甚至連艦隊的路費也願意出，準備好了「鹹豬肉等物載至中國以供兵勇之食」〔註257〕，堪稱簞食壺漿。《申報》在輿論上對華僑們的合理要求是聲援的。

> 舊金山電報來，云現在旅居之華人與土人更不和睦，勢將或有變端，故已有兵弁預防不測云云。按此則在彼之華人實屬危險，中國家能即派兵舶二三艘前往保護，以示威勢，最為大妙。……新舊金山及南洋各埠華商之寄居者實繁有徒，他日得意來歸，得千金則即國家之千金也，得萬金亦即國家之萬金也，此實與國計相維繫。……華商在外實握利權，宜如何衛護之，而勿使失所也。〔註258〕

《申報》問得對：「西人商於中國，而其國之兵船可至中國海口之外以保護商人；則中人商於外洋，而中國之兵船豈有不能至他國海口之外以保護商人者？」〔註259〕軍艦遠洋護商，既保護了在外華僑的人身和財產安全，又鍛鍊了艦隊的遠洋航行能力。「倘能使之出洋，則一處有一處之道途，一時有一時之風波，經線、緯線有書可稽，前以無所用之，故不之習，一令出洋，即不得不專心習練矣。」〔註260〕這樣一舉兩得的事，自然是應該大力推崇了。

當然，有贊成就有反對，有一種意見說遠赴外洋護航保僑是「勞民傷財」，指望靠「萬國公法」來保護在外華僑。更重要的是，這種意見認為「自將利器轉徙於驚濤駭浪，萬一聞警，遠隔萬里餘，即電報飛傳，已慮鞭長莫及」。〔註261〕

終其全軍覆滅，北洋艦隊也沒有踏上美利堅的國土，不得不稱之為永遠的遺憾。即便是其曾多次造訪的日本，也留下了不少負面的消息。「大炮上曬褲子」已經不可考，但北洋艦隊到達前日本傳令「妓館、酒樓不得輕慢」

〔註255〕《舊金山續信》，《申報》1877 年 08 月 03 日 02 版。
〔註256〕當李鴻章訪美時，更是受到盛大歡迎。
〔註257〕《美報譯登》，《申報》1884 年 10 月 02 日 02 版。
〔註258〕《舊金山近事》，《申報》1877 年 08 月 02 日 02 版。
〔註259〕《中國兵船宜至他國海面閱歷說》，《申報》1881 年 03 月 06 日 01 版。
〔註260〕《再論中國兵輪出洋保衛說》，《申報》1885 年 10 月 09 日 01 版。
〔註261〕《論中國兵輪遊歷外洋宜緩》，《申報》1886 年 08 月 24 日 01 版。

〔註 262〕卻是白紙黑字的。艦隊官兵非但在日本的酒樓瓦肆中出沒，更是在長崎和日本商人、警察乃至普通百姓打架鬥毆。1886 年 8 月，北洋艦隊到達長崎，艦上官兵上岸購物遊玩，與日本人發生爭執，進而與日本警察激烈衝突。雙方各有傷亡，其時北洋艦隊實力遠超日本海軍，竟將鐵甲艦上巨炮對準長崎，城市危在旦夕。中方態度強硬，李鴻章的外交顧問伍廷芳起了關鍵作用。在談判中，畏於中國的壓倒性優勢，日本承諾處置涉案人員，並賠償中方損失。《申報》對此給與了連續報導。〔註 263〕日本於此事中吃了虧，更是留下了復仇的種子，從此集全國之力建設海軍，力求打敗北洋艦隊。

　　洋務運動很是成功，北洋艦隊風光一時。但隱憂卻是存在的，《申報》援引日本評論家談了談這個問題。最先進的艦隊尚且有細節能被日本人捕捉並評議，其它的所謂「近代化軍事」就更有點紙老虎的意思了。下引這段日本人對北洋艦隊的評價，作為本章的結束。

> 中國現在水師將校大半陋劣人物，然在李中堂以為既聘外國教師，資其習練日久自能通其奧突咸成勁旅，不料事有大謬不然者。蓋外國所聘教師必以謙遜為主，如遇管駕官通達事理，方可竭盡所長，悉心教導；否則直道徑行，不但勢有不能，且投鼠尤恐忌器，不得不從俗委蛇，所教將士多係不學無術之輩。指揮將弁僅予微權，不過就中國軍制略為更改，各國教師有不徒勞而無功哉？不但海軍，陸軍亦然。查其現在將士欲與近世各國節制之兵決勝負於行間，實難事也。近有初到外國教師，一腔熱腸欲造就中國兵士與歐州精兵並驅爭先，無如中國將士反視同仇寇，雖欲稍盡厥職，其可得乎？然間有□官以兵士過於閒散、不時犯事，倡議按時訊練、定期打靶，考究駕駛各法。稟之管駕，非但不邀允准，往往面遭擯斥。且船規百弊叢生。就其大者而言，不拘煤炭、口糧、食物等事，無不染指私入己囊。至今未聞有一獲咎者，斯亦奇矣！至小事如使用火夫人等在艙面上隨意吐唾，毫不顧忌，將領船房臭氣撲鼻，令人不敢迫近。平時將弁衣冠不整，夏令炎熱，任意裸體，偶有告以忠言，反被斥辱。此種風氣行之日久，已成痼疾，不可療也。此種軍兵只可供內地剿賊之用，無怪乎難當法國精銳之師也。〔註264〕

〔註 262〕《神山耀武》，《申報》1891 年 07 月 10 日 02、03 版。
〔註 263〕參見附錄二中相應部份。
〔註 264〕《日本報論中國水師》，《申報》1884 年 09 月 19 日 09 版。

第6章　帝國的沒落——晚清的軍事弊端

　　事物總有兩面性，晚清軍事史亦然。洋務派殫精竭慮，希冀趕上西方近代化的步伐，從《申報》看來他們做了不少事，前章已備述；洋務派又很無奈，如李鴻章的「裱糊匠」之說，他們的努力只是小修補。軍事置身於關係萬千重的社會，軍人生長於歷史厚重的傳統，軍政聽命於觀念狹隘的滿清，和這些比起來，幾杆洋槍、幾門洋炮眞是杯水車薪！同治、光緒朝的清廷，一面是帝國主義的瓜分掠奪，一面是承平日久的文恬武嬉，時局之壞已經壞透，官場之爛已經爛根。說晚清軍事史，如果離不開近代化歷程，就更離不開腐壞和落後，實乃同一硬幣之兩面爾！《申報》視野中的晚清軍事亦是如此。

　　前五章，零星有些軍事的弊端呈現；前一章，專看晚清軍事近代化的歷程。若還從硬幣譬喻，則弊端這一面尚顯瑣碎不明，而洋務這一面已然刻畫清晰。從中庸之道的兩面平衡來講，仍有所欠缺。本章就是補上這個欠缺，專說清軍從何落後、如何糟糕、爲何失敗。材料從何而來？《申報》上的負面軍事新聞。對於一份比較「接地氣」的報紙，用它的視角來還原社會和軍事的問題，雖不能說鞭闢入裏、一針見血，但總能有些傳統史學之外的新意。本章不談成績，專談問題。眞的勇士，敢於直面慘淡的現實，敢於正視淋漓的鮮血。〔註1〕既然這樣，那就讓我們做好迎接黑暗的準備，打開這幅晚清軍事的批判畫卷吧！

〔註1〕參見魯迅：《記念劉和珍君》，載於《華蓋集續編》，北京：人民文學出版社，1952 年。

6.1 《申報》視野中的宏觀晚清軍事弊端

6.1.1 《申報》視野中的晚清招兵之弊

「我是一個兵，來自老百姓。」第一章開篇的話語又被重複了一遍，因為軍隊不是從天而降的，而是從百姓中徵選，進而編制、訓練而得到的。拋開訓練和管理不說，如果人本身的素質不行，那也就是「朽木不可雕也」了。說軍隊出了問題，首當其衝就不能迴避徵兵中的問題。晚清社會，究竟是哪些人在當兵？從《申報》能找到軍隊所託非人的蛛絲馬蹟嗎？能。

> 皖垣有遊手好閒者，平日嘯侶呼朋、酗酒滋事。現傳蕪湖某哨官招募勇丁，將赴東西梁山駐紮。故若輩皆陸續起程前往應募，而市廛間爲之一清云。」〔註2〕

> 閩撫岑宮保……將地方上乞丐挑選充兵。……傳喚花子四百名，每名日給飯食錢四十文，如有洋煙癮者另給藥丸戒癮。每百名以一花子頭管領。先使在城上支更巡夜，及分派各街道掃除穢冀。倘於三個月內奮勉從公，其壯健者即選爲勇丁。〔註3〕

> 駐紮溫州龍灣炮臺之臺勇正營，係土匪投誠充當者居多。其軍向無紀律，不服營官約束。每遇上街閒遊，身畔必帶小尖刀，偶有口角滋鬧，即以尖刀亂戳。該處居民見之，莫不畏首畏尾也。〔註4〕

遊手好閒者、乞丐、土匪，這些人也能進入軍隊。有什麼後果？

鐵打的營盤流水的兵，軍隊有進有出，是社會中一個相對獨立的生態系統。系統在循環運行中，時有新鮮血液的補充。新兵作爲軍隊的主要新鮮血液，深刻影響著軍隊的生態。一方面，新兵到了部隊，受氣氛的薰陶，受老兵的耳濡目染，從而融入軍營。另一方面，新兵帶來的觀念、思想和生活習慣又影響著老兵，從而改變軍營。這樣一代代的人循環往復，形成了軍隊的思維方式、話語體系和自我認同，也形成了進進出出之餘的軍隊內核。這個內核說不清道不明，卻深入人心。一旦內核壞了，無論怎樣新舊更迭，都萬劫不復。

滿族是個少數民族，其之所以打敗明朝，就是因爲晚明的社會風氣爛透

〔註2〕 《投營效力》，《申報》1884 年 01 月 23 日 03 版。
〔註3〕 《編丐入伍》，《申報》1881 年 09 月 05 日 01 版。
〔註4〕 《勇不可恃》，《申報》1884 年 08 月 12 日 03 版。

了，就是因為明軍的內核壞到了根子，無可救藥。明之亡實亡於萬曆，到了崇禎帝時候，坐看大廈將傾而無能為力。相反，當時的八旗體制卻是生機勃發的，各旗一致、民兵一體、上下同心。清廷在南征北戰中證明了八旗制度的優越性，更是將其擴充到蒙、漢八旗，並最終入主中原。馬上得天下後，清廷馬上坐天下，繼續鞏固八旗制度，並令之駐防各地，還創立了輔助八旗的綠營制度。其用心良苦，不可不察也。然而制度是死的，人卻是活的。在承平日久的社會中，人身安樂起來，人心浮躁起來，這能不影響到軍隊嗎？人心變了，軍心能不變嗎？晚清與晚明的形勢，簡直如出一轍。

在鎮壓太平天國的過程中，曾國藩看到了清軍懈怠、腐壞、不堪用的弊端，有針對性地創辦了湘軍，並打敗太平軍，讓風雨飄搖的清廷多苟延殘喘了半個世紀。湘軍的勝利，關鍵在於制度，制度的核心是人。湘軍用的什麼人？「專募農民以為兵，專招書生以為將」〔註5〕，專奉儒家正朔，專聽上級領導。湘軍的制度被實踐證明是有效的，但清廷卻不能容忍漢族地主的大支武裝力量。湘軍遣散後至甲午戰爭這段時間，清廷在兵制上無甚動作，綠營重建，回到了腐化不堪的舊制度。所以，《申報》中看到的徵兵，沒有像湘軍那樣，招來淳樸厚重的農民，卻盡是游離於市鎮的閒雜人等。

遊手好閒者、乞丐、土匪，這些社會下流人進入軍隊，只能讓軍隊已經腐化的根子更爛透，呈現出王朝末年「無可奈何花落去」的蒼涼感。本章後續提到的許多問題，其根源都在於此。可是於此又要問一句，為什麼軍隊的進入機制如此荒唐？

原來，除了這些臉譜化的「壞人」混跡於軍隊，還有一些安分守己的老百姓也無意識地推波助瀾。花錢當兵以便有個鐵飯碗的，就是這一類。清末經濟凋蔽、民生艱難、糊口不易，當兵吃餉是個過日子的好去處。清軍紀律不嚴、訓練不苦，只要能混進去，也就旱澇保收了。可是當兵不像科舉，不必熟讀聖賢書，而是標準十分泛化的一個門檻。在一個關係型的熟人社會中，這樣的好差事只能被演變為關係加金錢。投入多少，回報多少，從《申報》的介紹來看，簡直是待價而沽、如同經商算賬一般！

　　嘗聞之營中之人曰：「我輩之所以願當兵者，非真為棄文就武、投筆從戎計也，只以士農工商一無所能，遊手無業，莫可糊口，因

〔註5〕 《羅爾綱全集·第十四卷·湘軍兵制》，第 51 頁，北京：社會科學文獻出版社，2011 年。

遍貸親友向營中買得一缺，列名兵籍。假如購缺需錢百千，一經入冊，每月可支餉銀二三兩至四五兩不等。其月得四五兩者，一年之中可以歸本。即月得二三兩者，兩年之中亦可以歸本。設以百千之資本營運，安得穩當獲息如此？而況本以不知營運之故，至於坐食無計，又安能以區區小本爲自求口實之計乎？」由是觀之，凡出身爲兵者，大都視之若生意，其於弓馬槍炮之法制、步武練習之規模，皆視之若有若無。此等兵正不知何所用之。〔註6〕

既然明碼標價，極少看眞本領，那麼兵源素質的良莠不齊就可以理解了。只要花錢，只要肯找門路、託關係，什麼人都能進軍隊，遊手好閒的投軍、乞丐無賴的充軍，甚至土匪也能招安，潛規則面前人人平等，優劣不分。軍隊招兵機制混亂至此，進口一亂，全盤皆輸。

本書第一章提到軍人的來源，既有兵，就不能不提官。清軍的幹部從何而來？武舉是個制度性的規定。到了晚清，《申報》視野中的招兵一片紊亂，武舉也是相當不堪。文科考試，如果連桌椅都沒有，那叫什麼考試？武科考試，如果連馬匹都沒有，那讓人怎麼考？杭州的武闈就出現了這種情況。由於考官訓斥了馬夫的懈怠，馬夫一氣之下牽馬離場，這下滿場待考的武生可炸了鍋：「場上惟考官一人。諸武生因遠方跋涉投考，及至考期而仍同畫餅，先激怒於馬夫，嗣遷惡於馬戶。繼而因馬夫馬戶不在，手下竟泄怒於考官，以爲釁由伊肇。一時難忍，遂擁圍之，大加摧挫，雖未致傷害，而已翎頂傾隨、蟒袍撕裂矣。」〔註7〕

這些武科考生在考場上都敢群毆考官，在社會上更是不可一世了。從《申報》的新聞歸納看，因爲考試期間涉考車船不檢查，所以有武生鑽制度的空子販運私鹽和其它貨物。〔註8〕當稅務部門和地方官員出面查扣時，就像捅了馬蜂窩，引來眾多武生的集中報復。他們不僅搶奪涉案財產，毆打執法人員，更是把稅務部門的辦公場所都給拆了！聽起來多麼橫行霸道、目無王法，簡直難以置信，卻實實在在就在《申報》的筆下。

> 本月十二日早有晉江武童攜帶貨物，路經泉州南門外新橋釐卡。被局中巡丁查獲，彼此爭論，繼以用武。該武童黨類甚多，

〔註6〕 《論賄買兵額》，《申報》1885年08月07日01版。
〔註7〕 《杭州武闈肇事》，《申報》1873年12月15日03版。
〔註8〕 《武生夾帶私鹽》，《申報》1875年10月22日02版；
《武生公憤》，《申報》1891年11月14日02版。

巡丁力不能敵，大受損傷。當即回稟總局，派勇拿人。不料巡勇
誤將同安縣之武童數人拿去。同安武童素喜生事，至此憤不可遏，
率眾擁至新橋，將釐卡拆毀。各縣武童群起和之，乘勢復將稅釐
總局前進房屋拆為平地。局員唐司馬甫於是日接家眷進局，聞前
門滋鬧、聲勢洶洶，即由後門逃出。各武童將巡丁毆傷，帶至總
局，並欲得委員而毆之。嗣經泉州府太守到場彈壓，慰以好言，
始各分散。〔註9〕

「將稅釐總局前進房屋拆為平地」，太守到場卻仍「慰以好言」，這更助
長了武生們的肆無忌憚。於是《申報》上的類似新聞層出不窮：橫行鄉里的
〔註10〕、聚眾賭博的〔註11〕、大鬧妓院的〔註12〕、欺侮百姓的〔註13〕……
不勝枚舉。這些未來軍官的候選人實在與土匪無異，原因又何在呢？

原因複雜，但其中的主要一點卻要歸結於咎由自取。因為這群人在社會
和清廷眼中的名聲都不好，即便考上武科混個職位，也是國家不堪使用的。
實際上發揮作用的軍事指揮人才，都成長於烽火硝煙的鍛鍊，曾國藩湘軍中
的胡林翼、羅澤南、李續賓皆是如此。見文人帶兵卓有成效，清廷遂放開了
選拔任用的口子，這就更擠壓了本已輕賤的武科道路。一則「武舉寥落」的
新聞，就反映了當時的社會現象。〔註14〕

可是非常時期放開的武官任用的辦法，又成了一些人的搖錢樹。他們拿
著立功受獎、轉為幹部、提拔任用的空白彙報表，沿街叫賣。任何人只要出
些錢，就能購來一張自行填寫，再由官府認可，就搖身一變成為軍官了。

臨陣殺賊，克復城池，以性命博之，故特示優異也，統帥於事
後擇尤奏保。……於是定先獎勵、後彙奏之法。刊印札知，隨時填
給。原為鼓勵人材，宵濫無奇，故寬其例也。……而不知弊實即自
此多矣。□特空白印札由幕府出者，散在外間為人賺財之券。……
亦有頂戴榮身、誇耀鄉鄰者，人但見其頭銜顯赫而未遑考其由來，
則雖注明某年某月某案出力，而其人從未出門，亦無人指謫之。欺

〔註9〕　《武童肇事》，《申報》1886 年 06 月 30 日 01 版。
〔註10〕　《武生作亂》，《申報》1892 年 02 月 21 日 02 版。
〔註11〕　《營員拿賭》，《申報》1879 年 11 月 18 日 02 版。
〔註12〕　《武童滋事》，《申報》1880 年 03 月 27 日 02 版。
〔註13〕　《武生用武》，《申報》1891 年 10 月 13 日 03 版。
〔註14〕　《武舉寥落》，《申報》1880 年 08 月 02 日 02 版。

> 冒成風，全不爲怪。……自同治初年軍務告竣以來，此種札知不知
> 經人買去若干張，其初則四品翎枝、五品翎枝亦值銀數百兩，其餘
> 武職亦如之。迨後散賣者多，日益便宜，且翎頂一項與所捐之職不
> 能合而爲一。〔註15〕

假作眞時眞亦假，眞假難辨是清軍。士兵如此，軍官如此。軍隊從進口
的問題就如此突出，後面更不待言。

6.1.2　《申報》視野中的晚清養兵之弊

參差不齊也好，素質低下也罷，徵兵得來的人都是國家需要供養的。這
些人本來就不是善茬，如果再吃不飽、穿不暖，能否管得住他們都是問題，
就更別提對內鎮壓人民和對外抵抗敵人了。清廷解決軍隊衣食住行的工作並
不成功，究其原因，是軍隊已經失去了百姓的信任，根子還在前述的徵兵。
根據人們的耳聞目見，地痞流氓能當兵當官，花點錢也能當兵當官，花錢養
著這群人有什麼用處？在這樣的民意基礎上，爲軍隊籌兵餉根本收不上來。
且注意看這篇報導的結尾部份：「未聞有一人而樂捐」。

> 廣督張振帥近與彭欽憲商議，亟欲廣拓兵勇，於附城險隘處密
> 爲駐紮。欽憲告以兵勇易集、餉項難籌，若有兵無餉，兵亦不足深
> 恃，須俟餉項有餘方可招募。……此次軍餉各憲意主寬大，欲各人
> 自願捐助，故止託書院山長向各殷戶善言勸導。然未聞有一人而樂
> 捐。〔註16〕

「兵勇易集、餉項難籌」，這麼多人集體脫離生產，他們的衣食住行就是
農耕社會中現實而迫切的問題。有鑒於明末加徵「三餉」釀酒農民起義被李
自成推翻社稷的教訓，清廷在收稅徵餉上一直有所顧忌，有清一代始終不敢
過勞民力。太平天國平定、湘軍解散、綠營重建後，這套腐朽不堪的舊兵制
已經膿瘡毒瘤：一方面多少錢也養不好這些人，另一方面社會上對他們的失
望已成共識。收稅造成民變，不收稅造成兵變，國家機器艱難地平衡著兩隻
手，勉力維持著這套行將崩潰的兵制。

對於花了錢或找了人混進軍隊的這部份人來說，即便是在一條將沈的船

〔註15〕《軍營保札遺存滋弊說》，《申報》1879年02月24日01、02版。《申報》中
　　　　「甯」、「寗」、「寧」皆用，本書引文僅考慮文從字順，並非所有引文均像該
　　　　段這般嚴格依從原文。（2017年春記）
〔註16〕《兵餉難籌》，《申報》1884年04月17日02版。

上，他們也是願意搭上便車來撈取最後一些利益的。百足之蟲，死而不僵，清廷雖已苟延殘喘，但天翻地覆卻難料何時，眼下的利益卻是現實的。這些到了社會上身無長物的人，只能耗在軍營裏等著發餉來苟活。有些地方拖著不發，有些地方只能發一半〔註17〕，軍隊中的不安定因素就由此而起了。「鬧餉」就是其主要表現，這一個「鬧」子，正是寫出了一部份來自社會下層的地痞流氓和無賴刁民的特點。

比如說，這些人以「藉請餉為名，擁進大堂，聲言毀署，勢甚洶洶。遊戎旋即出堂禁止，奈一時軍心已惑，勢難彈壓。該什長等乘機將衣物各項席捲一空，並掠去游擊關防一顆，揚長而去」〔註18〕。幹的是聚眾鬧事，再趁火打劫的勾當。既然這些人連官長都無法彈壓，他們對地方上的平頭百姓就更肆無忌憚了。《申報》寫鬧餉，好就好在從民間的視角來寫。「營中因發餉爭鬧一事，茲悉當時已將哨官捆縛。」〔註19〕悉就是知道，就是消息迅速傳開。壞事傳千里。為什麼會傳千里？就是老百姓害怕啊！「燒殺搶擄，百姓流離失所，苦難盡述」〔註20〕，快躲起來吧！下面這篇報導寫出了兵變是怎樣發生的，消息是怎樣傳開的，百姓是如何應對的，世態民情，盡在其中。

> 前報駐紮營口之甘軍營中因發餉爭鬧一事，茲悉當時已將哨官捆縛。幸統帥雷軍門得信，立飭素得兵心之衛巡捕前往勸解，營中各兵始安靜如常。不料初八日午前訛言又起，其□奉軍兵勇紛紛來往、極為忙迫。觀其情勢，一似有變起倉卒者。鄉約人等亦隨道廳兩憲向東疾行。至酉初，鄉約人等□走告各鋪戶，迅速□門以防變故。奉軍中大炮快槍已齊出矣，營市之人一聞此言，立時驚惶無措，幾於心膽欲裂。□□炊時，安靜如故。至二更時，又聞嘩傳曰：「東邊奉甘兩軍已開戰矣。」市人愈懼。至半夜，始見奉軍整隊而歸，聞有受傷者兩三人。知無大變矣。此係營口訪事人函述，其詳則俟續聞再錄。」〔註21〕

「訛言」、「倉促」、「疾行」、「驚惶無措」、「心膽欲裂」，這條發自營口訪事人的新聞生動地刻畫了軍隊嘩變對百姓的紛擾。混亂，徵兵，欠餉，再混

〔註17〕　《發餉續聞》，《申報》1887 年 06 月 22 日 02 版。
〔註18〕　《鬧餉續述》，《申報》1889 年 09 月 01 日 02 版。
〔註19〕　《鬧餉續聞》，《申報》1887 年 04 月 10 日 02 版。
〔註20〕　《黔省兵亂》，《申報》1876 年 07 月 21 日 02 版。
〔註21〕　《鬧餉續聞》，《申報》1887 年 04 月 10 日 02 版。

亂，似乎是個惡性循環的無底洞。《申報》在評論中探討了這一問題，並認爲：「兵貴精、不貴多，古之名將以減爲增、汰老弱而留精強，一人可抵十人百人之用，此善用兵者。」但是面對晚清的實際情況，這又無異於紙上談兵：裁軍，裁不動；練兵，練不好。原因何在？已無需多言。承平日久，腐化不堪，社會風氣，爛到骨髓，非血雨腥風而難改。《申報》看得明白：「今則文官愛錢而不惜命，武官惜命而更愛錢，此國家虛靡之餉項所以日見其多，而家之肥者，國之瘠也。」〔註22〕

6.1.3　《申報》視野中的晚清練兵之弊

積貧積弱，貧和弱常是一起說的。晚清的兵勇連領餉都困難，成天爲生計而發愁，動輒「鬧餉」，還談什麼訓練呢？久而久之，訓練懈怠下來，武功也就荒廢了。

比如，福州營務處下轄某水師兵船按照規定應該「隔日一操或數日一操」，可實際上該船「終年灣泊江心從不操練」。官兵把軍艦當作遊艇，周一至周五以上班巡洋爲名，把軍艦開得遠遠的一停，然後在上面打牌、賭錢，吃喝玩樂，好不快活！到了「禮拜日及禮拜六，駕弁則登岸」。平日上班都如此散漫，周末更是花天酒地，「或嫖、或賭，往往沿街滋事，被人告發者不一而足。」〔註23〕在岸上游玩之餘，官兵還採購下一周的物資，搬運到船上作爲儲備。這樣一星期一星期地循環往復，倒也形成規律，經《申報》記者的神來之筆而猶如歷歷在目。

人們常批評晚清的軍事是有硬件、無軟件，似乎堅船利炮是鐵板釘釘的事情，只是人的因素不具備。事實上，如果沒有善管善用善待硬件的軟件，這些硬件遲早也會刀槍不得不入庫、良駒不得不歸南山。就說那群周一到周日幾乎全周都在玩樂的水兵吧，他們的船能好到哪裏去？大炮上曬褲子都算好的。更有甚者，輪船年久失修〔註24〕，甚至都被螞蟻給蛀了〔註25〕。《申報》評論雖然批評了，但沒有批評到點上。評論認爲，與其花那麼多的錢從國外買回並不結實的船，倒不如中國自行建造。船政局費時費力，「國家特派大臣，倡辦船政設局，二十年糜帑幾千萬，若此之船而尚不能自造，亦既

〔註22〕　《論裁剪勇額》，《申報》1893 年 05 月 25 日 01 版。
〔註23〕　《操練廢弛》，《申報》1881 年 07 月 11 日 02 版。
〔註24〕　《輪船失修》，《申報》1882 年 02 月 01 日 01、02 版。
〔註25〕　《蟻蛀舊船》，《申報》1881 年 06 月 04 日 01、02 版。

愧死」。〔註26〕

艦船被螞蟻蛀，槍炮情況也類似。如果說福州的兵船遭螞蟻災是山高皇帝遠，那麼兵部（清廷中央軍事機關）的炮都被偷走就實屬荒唐了。「兵部職方司甬道內有鎮司鐵炮三尊，突於二月初八夜失去。」〔註27〕這不簡直是開玩笑嗎？理應戒備森嚴的國防部、軍隊司令部級別的單位門口，小偷也敢光顧，並且毫無障礙地行竊，造成什麼突然失去。換成哪個西方列強，就算是日本也不會發生這檔子事。從這件小事就能看出清軍的懈怠、荒蕪到了怎樣的嚴重程度！

上梁不正下梁歪，兵部開了頭，全國各地的類似消息在《申報》上層出不窮。什麼巡兵在柴草堆上一覺醒來發現隨身的洋槍被偷啊〔註28〕，什麼炮兵連通信禮儀性質的空炮也放不響亮啊〔註29〕，什麼工兵在武漢剛修的炮臺被雨水一淋江水一泡就垮了啊〔註30〕，什麼塘兵接到緊急軍情卻耽擱兩個晝夜不送啊〔註31〕……從這些報導看來，清軍沒有一個得力的軍（兵）種類，簡直就是「洪洞縣裏無好人」了！

如此軍隊，怎能殺敵？在上海的一位外國醫生就親眼目睹了一樁手持洋槍的官兵反被持刀賊追趕的笑談：「見一官兵手執洋槍，繞跑一墳堆，以追逐一賊之手執刀者。乃賊頗捷足，官兵轉過一角舉槍欲放，而賊又閃過一角，自掩於墳後。如是繞走數匝，忽官兵靈敏有智躍登墳頂而以為敵人從此無復生路矣。奈何槍腹雖有彈而封門子未曾壓定築實，官兵不知也，自上轟下。槍已指準，不料彈子徐徐滾出槍門，毫無猛勢，不能及遠，於是提槍遂走。此時反客為主，賊反追趕官兵矣。卒之賊足絆於草樹，作觔斗滾地，而官兵幸得全軀以逃。」〔註32〕

由此不難看出，清軍有洋槍而不善於用，反被賊佔了先機。如果雙方都用冷兵器，清軍必無勝算；如果賊也得到槍炮，清軍更無勝算。清軍追捕敵人如此狼狽，真是黔驢技窮，於是就有強盜因為沒有槍沒有炮來明火執仗地找清軍要了。

〔註26〕《論蟻蛀炮船》，《申報》1881 年 06 月 09 日 01 版。
〔註27〕《鐵炮失去》，《申報》1883 年 04 月 01 日 01 版。
〔註28〕《巡兵失槍》，《申報》1882 年 02 月 13 日 02 版。
〔註29〕《信炮誤差》，《申報》1874 年 09 月 23 日 02 版。
〔註30〕《炮臺坍損》，《申報》1880 年 07 月 01 日 02 版。
〔註31〕《塘兵誤公》，《申報》1884 年 06 月 03 日 02 版。
〔註32〕《血戰笑談》，《申報》1874 年 08 月 24 日 03 版。

距蕪湖下游二十五里，有裕溪鎮，係歸皖北含山縣管轄。鎮臨江口爲長江入巢湖之要隘，鎮上本有巡檢司駐守。自長江添設水師，遂分提標營分佈該處，營官以參將任之，設有公署。另在空僻之處，築室數間，存儲火藥，而以右哨守備掌之。前數日夜間，忽有匪徒數十人，明火執仗，至存儲火藥之處，破門搶劫。官軍與之格鬥，仍被搶去火藥若干桶。且曰：「吾此來非爲阿堵物，但爲此軍中利器耳。」嗚呼！盜風如此猖獗，在上者將何以善其後哉？錄蕪湖訪事人信〔註33〕

《申報》還報導了清軍軍官中流行開的一種風氣，那就是不愛騎馬愛坐轎子。「武員多有不騎馬而乘轎者」，「三營將佐視乘馬者爲不知修飾」。〔註34〕何爲修飾？武官和文官都是領導，領導出有車：文官的車都是適合和平環境工作需要的豪車，武官的車卻是爲打仗而配備的戰車。豪車舒適體面，戰車皮實耐用卻上不得臺面。在晚清的官場交往中，茶樓、飯館、戲院、會館是常到場合，在這些高檔場所門口栓幾匹戰馬成何體統？自然是清一色的轎子更入鄉隨俗了！和平年代，軍隊向地方靠近，與地方搞好關係，自然是有利於軍隊生活的。

《申報》批評了這種現象，主要是從軍官的來源和心理來分析的。國家承平日久，軍界難免近親繁殖，「武官出身非將門子弟之蔭襲，即制科武舉之考試，目不睹烽火，足不履疆場，養尊處優」。晚清的軍官們早已沒有明清之際八旗兵將們的銳氣，而是在生活上接近富家大族，在官場上接近文官卓隸。這樣一來，出門坐轎子就是與生俱來和習以爲常的事情了。從心理上看，戰爭年代文卑武尊，和平年代文重武輕。即便是靠軍功當上將領的武人，也不得不向社會風氣妥協。「當軍興時，岸幘迎笑、箕踞謾罵、闊達大度、開心見誠，此武官之率眞本色也。」當和平時，「俎豆莘莘、冠裳濟濟，皆生平所不經見，顏爲之忸怩、口爲之囁嚅，自覺其面目可憎、語言無味，引以爲恥，踧踖不安。」加之「婦人孺子漫無知識，徒見其淩厲無前之概、桀驁不馴之狀，又從而訕笑之譏刺之」。這些都讓武官很報顏，只得尋思一個體面的解決辦法。

彼武官不勝其忿，深自刻責，幡然一變其所爲。舉止安詳，步

〔註33〕　《盜劫軍火》，《申報》1887 年 05 月 15 日 02 版。
〔註34〕　《武官不准坐轎》，《申報》1877 年 06 月 02 日 02 版。

趨塞緩，遇人卑辭，厚貌退然若不自勝者。然自謂輕裘緩帶、雅歌投壺、名將風流，故自爾爾。或且與一二文士遊，折節下交，評詩論畫，溫文爾雅，恂恂然類讀書子弟。迴憶當時劍拔弩張、大呼殺賊、指揮山嶽、吒叱風雲，猶風馬牛之不相及。嘻！……彼為武官者，訓練士卒、嫻習弓馬、技勇韜略，皆所謂本分內事，又何必誦詩書、通文墨為哉？不知也而強以為知，欺人也，而即以自欺。譬之沐猴而冠、戴假面具作俳優戲，扭捏撮弄、百態交呈，以博市人之一笑。〔註35〕

《申報》說武人不必「誦詩書、通文墨」的態度值得商榷，說人是「沐猴而冠」也有些有色眼鏡了，但批評武人丟失了陽剛之氣、迎合社會的奢靡和陰柔之風，是鞭闢入裏的。滿清入主中原，就是因為明朝末年過於腐化，晚明社會風氣糜爛，文明發展到自我毀滅的程度，才導致被野蠻的鐵蹄所踐踏。八旗兵是滿人引以為傲的組織體制，有清一代視為瑰寶，從無變革或撤銷，堪稱衛戍部隊或御林軍。與綠營和各類臨時勇丁的缺餉、鬧餉相對比，八旗兵從不缺錢，是清廷重點保障的對象。但費錢如許，養的卻是一幫人盡皆知的「八旗子弟」。《申報》是這麼說的：

吸食洋煙之人濫竽其中，則精力疲弱、氣體羸瘠，雖欲勉強支持而不可得。……將弁中尚知自愛，而兵士乃陽奉陰違，甚至有一營之中習為風俗，無一兵一卒不高臥煙霞者。誅之則不可勝誅，察之亦不能遍察，其將奈之何哉？滿營之法制本較綠營為嚴肅，然近來趨而益下，亦不免於疲敝。〔註36〕

6.1.4　《申報》視野中的晚清散兵之弊

在《申報》對晚清軍事內容的報導中，有一類新聞，既多又整齊，那就是「散勇」。說其多，因為涉及散兵遊勇的報導在本書研究的時段中有近三百條。說其整齊是因為這些新聞從年份上看，多是中法戰爭後的幾年和甲午戰爭後的 1895 年，呈現一定的時間規律性。〔註37〕之所以如此，其原因不難想

〔註35〕　《論武官習氣》，《申報》1889 年 06 月 14 日 01 版。
〔註36〕　《論禁神機營兵弁吸食洋煙事》，《申報》1882 年 04 月 30 日 01 版。
〔註37〕　參閱附錄二、附錄三。甲午戰後的「散兵」報導可能會延續至 1896 年及其後，但這已在本書時限之外。（2017 年春記）

見：戰爭時需用人，用人就招；打完仗不用了，裁撤便是。可就是這個裁撤，卻裁出了晚清的巨大社會問題。《申報》說：「當招募時，多一人則多一兵；及既裁撤，散一人則又多一盜。」此話怎講？

　　戰爭是社會的**特殊**情態，軍隊是社會的**特殊**群體，軍人是社會的**特殊**職業。首先，在人類的歷史長河中，戰爭雖然頻發但終究是天空中的繁星、滄海中的一粟，如果天天打仗，什麼種族、國家或階級都受不了。因而戰爭不是社會的常態，戰爭思維也不是解決社會問題的主流思維。其次，在人類的生存競爭中，利益爭奪往往由政治方式向軍事方式而演化，這就叫有時思無時、有備無患。古代社會的寓兵於農、近代國家的常備軍，無不是出於戰爭擔憂的考慮。隨著職業屬性越發突出，專業化和脫離生產勢成必然。再次，從戰爭到軍隊都是人類競爭思維和叢林法則的極端化，這在軍人管理體制和思想灌輸上同樣呈現。而這樣的思想從何保障？就需要足夠的後勤供給。政權調整著社會的分配，維繫常備軍隊的存在，並根據戰爭等臨時情況作出國民經濟的傾斜。

　　政策對軍隊的傾斜，是近代國家的常事，也是軍事近代化的保證。如果說近代化以洋槍洋炮為第一層面，以紀律管理為第二層面，那麼第三層面就是整個社會制度的設計。第三層面更為複雜，是國家決策者而不是軍隊決策者所能考慮的。前段第一句的「特殊」、「特殊」、「特殊」，於此有深意焉：特殊與平常的銜接，軍隊與地方的交融，軍隊小社會與百姓大社會的互動，實在是個制度設計上的近代化考量。綜觀美、英、法、德等國家，對於離開軍隊的官兵多有優撫，從教育、醫療、就業、養老等方面，給予一系列保障。這樣一來是為了做好出口，出口好了進口才更吸引人，中間的人也更安心工作；二來也是安定了社會。常年軍營生活的人，習於槍炮卻疏於生計，百無一用是武生；並且在思維方式、生活習慣上都與社會脫節。一旦被毫無保障地拋入社會，軍氣越深就越難適應。

　　《申報》對散勇的評論十分整齊，說來說去，總脫不開上面的分析，那就摘引三段，放在一起看看吧。

> 　　此等人曾當營勇，習於威猛、積為剛暴。始雖起於田間，繼乃無可執業，遂隨處逗遛、結成死黨，以擾害於民間。其黨羽甚多，到處流連，多方煽誘，幾欲使天下之良民皆化為莠。除之頗不易。〔註38〕

─────────────

〔註38〕《化莠說》，《申報》1894 年 11 月 17 日 01 版。

為工者論技藝則荒矣，為農者論耕耘則苦矣，為無賴者論衣食則難矣。即令欠餉如數補發，而為數無多，僅足供目前之費，尚難免日後之憂，何況欠餉又不能如數補給乎？故兵燹之後，每有餘孽，再起者非盡出於叛逆之黨，亦多由於遣散之人也。〔註39〕

充軍士者大抵多係無業遊民、鄉間不馴之輩，凡稍有身家者即不肯為。故其人類多陰鷙剛狠、桀黠狡譎之流。然亦正惟陰鷙剛狠、桀黠狡譎也，而國家於是能收其用。今既教之以殺敵致果、同澤同仇，而暴戾不良之心漸激而為公義，方躍躍然欲一試其鋒；乃忽一旦無事，置身閒散之中，則既不能復事家人生產，而其雄赳慓悍之氣常蟠鬱而不能發，必將漸滅其一息之公義、仍復反之於暴戾不良。

而為寇為盜且其禍更有愈烈者，何也？蓋既習於兵事，則軍中固以殺戮為能、視人命如草芥，而初若無所介意也。〔註40〕

清廷啟用曾、左、李，可以說是「頭疼醫頭、腳疼醫腳」，雖然解決了太平天國、捻軍等敵對勢力，但埋下了巨大的隱患。湘軍、淮軍、楚軍，都是臨時招募的武裝力量，有招兵之法，有養兵之法，卻沒有散兵之法。一旦仗打完了，曾經願意出錢的地主老財們就不願出錢了，軍隊只有解散一條路。從農民變成職業軍人容易，從職業軍人變回農民就難了。「為工者論技藝則荒矣，為農者論耕耘則苦矣，為無賴者論衣食則難矣。」〔註41〕這些離開軍隊的官兵，即便有經濟補償和工作安置尚且紛爭不斷，如果一旦全部還給社會，那後果更是不堪設想。

《申報》對散勇的報導與評論一樣，也十分整齊。雖說數量龐雜，但三個方面清晰明瞭：第一，散勇們如何為非作歹；第二，老百姓如何害怕散勇；第三，地方政府如何治理散勇災害。

散勇每到一地，該地的社會新聞總會多出幾條來，打架鬧事就不用說了〔註42〕，還有偷鍋碗的〔註43〕、偷衣服的〔註44〕、偷絲的〔註45〕。至於偷錢，

〔註39〕　《論散勇事》，《申報》1876 年 07 月 13 日 01 版。
〔註40〕　《論中國之患不在今日之倭而在後日之兵》，《申報》1895 年 03 月 14 日 01 版。
〔註41〕　《論散勇事》，《申報》1876 年 07 月 13 日 01 版。
〔註42〕　《散勇擾民》，《申報》1877 年 09 月 24 日 02 版。
〔註43〕　《遊勇竊物》，《申報》1878 年 01 月 23 日 03 版。
〔註44〕　《遊勇竊衣》，《申報》1877 年 02 月 20 日 03 版。
〔註45〕　《遊勇滋事》，《申報》1876 年 04 月 21 日 02 版。

那就更是多發案件。《申報》都覺得一條一條地編發新聞太麻煩，乾脆把三樁散勇偷錢案件寫在一起。雖然是差不多的案件，卻寫得妙筆生花，並不重樣。

> 近有湖南遊勇逗遛溫郡，日在各處攫取錢物。若被人獲住，反以飾詞挾制他人，互相朋毆。前日府前橋下晉泰酒店倐來兩楚勇購買鴨蛋，一欲買鮮蛋，一欲購醃蛋。兩人自言自語，遂即入內選別，該店之人一不經心，而錢櫃邊所放之錢二千已被楚勇攫去。適攔杆外歇一賣菜擔，卻被賣菜之人看見，迨兩楚勇去後，始行轉述。然黃鶴一去已無影響矣。

> 次日鐵井□正隆酒店復有一楚勇來□燒酒並鴨蛋等物，當囑該店夥將蛋劈開，以便下酒。該店夥走進店後覓取廚刀，而櫃檯旁之錢亦作青蚨飛去。

> 又大學士牌坊前之酒店東名碎海亦來湖南人購酒，遂在帳棹上獨酌。當將小衫脫落，按入錢櫃之上。其人身坐錢櫃，即以一手將櫃劃開，竊去錢一千文。但該店東見其形跡可疑，早已留心窺視。旋聞錢櫃有聲，遂著湖南人移飲櫃檯，即將錢櫃開視，而所存大錢一千、小錢二千文已被攫去大錢一千。當向湖南人身畔搜尋，而其錢各盤在跳包之內，並搜出大小鎖匙一把。因此向其理論，而湖南人反稱我身畔帶洋蚨十餘元已被爾等攫去。該店東恐其反噬，遂將其人並錢鎖匙等物送交捕署，稟請究辦。

> 但刻下溫郡遊勇既多，而竊案復層見疊出，若不亟為整頓，竊恐宵小蔓廷，而閭閻不得高枕而臥矣。〔註46〕

「閭閻不得高枕而臥」，確實就是這樣的。散勇就像一群蝗蟲，所過之處，總會啃噬一些莊稼。而《申報》就像天氣預報的紅色、黃色預警一樣，刊登了預告散勇將要到來或路過的新聞，提醒讀者朋友們關好門窗、注意防範。「散勇到漢」〔註47〕、「散勇過境」〔註48〕、「散勇將來」〔註49〕、「遊勇過滬」〔註50〕，這些不是專欄、不是預告，而是《申報》的新聞標題。內容不必詳說，也能猜得到：從哪裏來，是哪個軍隊的部份，多少人，最重要是

〔註46〕《遊勇滋事》，《申報》1883 年 08 月 14 日 02 版。
〔註47〕《散勇到漢》，《申報》1895 年 12 月 05 日 01 版。
〔註48〕《散勇過境》，《申報》1881 年 11 月 29 日 02 版。
〔註49〕《散勇將來》，《申報》1895 年 10 月 09 日 03 版。
〔註50〕《遊勇過滬》，《申報》1893 年 06 月 30 日 03 版。

什麼時候來。預報已有，只能有備無患、自求多福啦。

也有一些地方官盡到了安境保民的職責，這就有了什麼「驅逐遊勇」〔註51〕、「給資遣勇」〔註52〕、「資遣散勇」〔註53〕的政策。這些手段既有點開門揖盜的無奈，又有些破財消災的慶幸。對於散勇來說，地方政府給的這點遣散費實在是毛毛雨，身無長物的他們只能坐吃山空。他們只能一而再、再而三地找曾領他們打仗的老領導。但領導已經陞官，且不再負責軍事工作，清廷的工作重心也調整了、政策也變化了。下面這條新聞就生動地寫出了老領導的好意與無奈，老兵的失望與不甘。

> 左侯相前由口外回京，其舊日從征將弁早經請假回籍，近聞侯相蒞任兩江，又各紛紛由湖南原籍來甯，意圖投効。近經侯相訪聞，即飭保甲總局稽查城廂內外客棧旅寓，果查得來者不少。即經札飭保甲局出示查明，凡有由湖南原籍來甯投効者，無論將弁一概發給川資每人銀或六兩、或三四兩，視原保官階大小以分數之多寡。其由江甯至漢口則用輪船資送，並一面知照江漢關輪船招商局暨各船行，嗣後如再有湖南人趁船來甯者，概不准搭。自示之後倘再有在甯逗遛者，一經查出，即照遊勇例懲辦，遞解回籍，交地方官嚴加管束云。〔註54〕

曾經的為左宗棠和清廷賣命的戰鬥英雄，曾經叱吒疆場、收復伊犁、平定「髮撚」，也曾背井離鄉、南征北戰，依舊脫不開「兔死狗烹」的結局。他們來找左侯相，可是這問題又怎是左侯相能解決的呢？左宗棠給舊部下一點錢，已經是仁至義盡了。如果再做糾纏，就不客氣了。曾經為國征戰的將士，卻落得一個類似於囚犯般的結局，真是不勝唏噓。在社會的體制安排面前，個人總是很渺小，老兵如此，身為侯相也概莫能外。

散勇的社會影響是深遠的。晚清民國時期的「會」、「道」、「門」、「幫」、

〔註51〕 《驅逐遊勇》，《申報》1895 年 09 月 01 日 02 版。
〔註52〕 《資遣散勇》，《申報》1895 年 12 月 10 日 03 版。
〔註53〕 《給資遣勇歸里示》，《申報》1880 年 11 月 19 日 02 版。
〔註54〕 《資遣回籍》，《申報》1882 年 05 月 06 日 02 版。本段引經與原文字字核對，其中「甯」、「効」、「札」等字與現今寫法不盡相同。在單獨成段的引文中，理應遵從原文不作改動。書稿幾經簡繁轉換，且時間緊張，故而筆者未段段如該段這般字字核對，但文意、斷句等均已經過推敲。筆者認為「炮」、「札」、「實」、「甯」、「回」等字的寫法不必拘泥，因為它們無論怎麼寫只要無礙表辭達意和上下文理解即可。這個問題，既要精細嚴謹，又不能鬧孔乙己「茴香豆」的笑話。是個平衡的學問。（2017 年春記）

「派」，進而到「黨」，如果往前推溯，都能與這批散兵遊勇掛上千絲萬縷的聯繫。孫中山的革命活動，就是從這些社會團體、黨派起步的。另一方面，領兵漢族將領們看到清廷過河拆橋、卸磨殺驢的舉動，誰還死心塌地爲其賣命？地方分離勢力更加突出，「東南互保」〔註55〕就是一例。到了清末練兵時候，將領們更是強化了兵將之間的私人所屬關係。曾、左、李沒有成爲軍閥，但北洋勢力吸取其教訓發展成了軍閥，並終結了清朝。

所以，清廷苟延殘喘，用兵解決了一時的困難，卻是在挖東牆、補西牆。只有權宜之計，沒有宏觀設計。風雨飄搖之中，逐漸不可救藥。這一節，說的就是這一點。

6.2　《申報》視野中的微觀晚清軍事弊端

6.2.1　《申報》視野中的晚清軍官腐敗

甲午戰爭末期，日軍在山東取得決定性優勢，進而抄了北洋海軍的後路，從陸上自南向北地環攻北洋海軍的威海衛劉公島基地。北洋艦隊停泊在威海衛軍港內，只得調轉炮口作爲水上炮臺使用；劉公島的炮臺本是爲防禦海上敵人而設計的，此時也一併調過頭來向陸上的日軍射擊。《申報》上的這則翻譯新聞就描繪了彼時的戰鬥場景。

> 西字報云，威海被倭人所據後，有英水師武弁多人前往閱觀。見所有炮臺經倭人占住後，華軍從劉公島發炮攻擊。有一極大開花炮飛至炮臺左近，並未炸裂，因將彈鑿開，則其內實以泥沙。尚有許多未炸者，內皆空無一物。嘻！軍火如此，地方安得而不失？軍士安得而不敗？誰司其職而竟若此之潦草胡塗耶？譯竟爲之慨歎不置。〔註56〕

〔註55〕義和團運動期間，清廷向十一國宣戰，令地方督撫支持義和團的排外活動。地方督撫出於種種原因，不願坐視動亂；而西方列強亦深恐運動危及其在華利益。經買辦官僚盛宣懷從中牽線，由上海道余聯沅出面，兩江總督劉坤一、湖廣總督張之洞、兩廣總督李鴻章、閩浙總督許應騤、四川總督奎俊、山東巡撫袁世凱等與各參戰國達成協議。協議各方承諾保證和平與安全，不進入敵對和戰爭狀態。史稱「東南互保」。東南互保使河北、山東以外的地區免遭義和團與八國聯軍戰亂的波及，亦使地方的政治勢力進一步擴張、清廷權威下降。

〔註56〕《軍裝無用》，《申報》1895 年 03 月 12 日 01 版。

炮如此，槍亦然。《申報》還介紹了甲午戰爭「接仗之時，倭人槍炮皆能及遠，我軍槍彈所及倭兵亦無損傷。豈彼所用者皆新式槍炮而我軍所持乃係廢舊不可用之物耶？果爾，則承辦軍火之人剋扣侵吞，雖碎屍萬段，且不足蔽其辜」[註57]。在戰鬥白熱化的激烈場面中，一顆子彈往往就是一條人命，一發炮彈往往就是數條人命。人命就是戰鬥力，就是軍隊的有生力量。自古以來的戰爭莫不以消滅敵人有生力量為關鍵點，因而才有了更高效率的「殺人機器」。中日兩國同屬後進國家，同時引進了這些新武器，又同時在甲午戰爭中比拼。在這樣的關鍵時刻，清軍掉了鏈子，能不讓人窩火嗎？更何況中國是大國，比日本投入了更多金錢，為什麼連槍支彈藥都辦不好？

《申報》分析了武器彈藥出問題的原因。因為問題就出在報館的所在城市——上海，所以，分析得還是比較透徹的。

> 上海通商大埠，百業稱雄。十數年來，乃增出軍火掮客一行。生意其人，非洋行之小夥，即遊閒無業之徒。始而各營購辦軍火委員到滬，人地生疏。掮客遇之，逢迎交結，納賄親隨，為之稱譽。於是奔走於洋商，指貨定價，訂期付銀。委員以為洋商交易公正無欺，深信勿疑。彼掮客則不出數年而已成巨富。迨後則官場微知其事，掮客之底蘊約略可窺，漸有攘之之意，而為掮客者亦因此出眾。於是委員之來，掮客與之互為狼狽、□肥分潤、兩無所傷，而軍火之弊愈滋矣。[註58]

上海灘軍火掮客的起源與發展有三個階段：一是掮客單方欺瞞的階段，二是掮客與清軍狼狽為奸的階段，三是掮客、清軍和洋商心照不宣的階段。上述引文反映了前兩個階段的情況，值得注意的是兩個階段之間的過渡。俗話說「蒼蠅不叮無縫的蛋」，清軍來上海購買武器的特派員辛苦出差一趟，本就想撈點油水。當官場漸漸流傳開上海有軍火掮客的行當之後，這些特派員非但不迴避掮客，反倒自己找上門來討價還價。他們商討和爭奪的，無非是從侵吞的公款中，誰能分到更多的羹。後來，當蒙在鼓裏的洋人也知道此訣竅後，便忙不迭地加入了這個勾當。正如經濟學上所說「公地的悲劇」，這些人的腰包鼓起來了，清軍的武器彈藥卻越來越差了。

按這個道理以此類推，清軍裝備、後勤領域的蒼蠅更多。福建、廣東的

[註57]　《軍械不精》，《申報》1894 年 10 月 20 日 02 版。
[註58]　《經辦軍火宜懲流弊說》，《申報》1884 年 10 月 30 日 01 版。

炮臺剛建好沒多久，大雨澆上幾澆就消失不見蹤影，真是把錢扔到水裏去了〔註 59〕；江南提供的軍餉拆包一看不是銀子卻是銅錢，真是狸貓換太子〔註60〕；軍艦上的水兵連飯都吃不飽〔註61〕，陸軍也是一樣被扣發糧餉〔註62〕。除了蒼蠅還有老虎，比如某個四千人的大單位的領導只管撈錢，對眼皮子底下的「種種弊端」睜隻眼閉隻眼，《申報》說簡直「難以枚舉」。〔註63〕又比如說天津的某將領仗著李鴻章的靠山，「以其義子補授哨官」，面對輿論洶湧也有恃無恐。〔註64〕

要說晚清的腐敗，那是不分文武的。但是，文官的腐敗不容易看出，武官腐敗卻常可檢驗。對內鎮壓太平軍，清軍打不贏，多虧了曾左李才轉危為安；對外打法國人、打日本人，清軍也打不贏，才激起了維新變法運動。越是對比、越是開放的領域，就越要面對輿論的質疑、接受公眾的批評，就越先暴露出封閉、腐化與落後。當社會輿論把清軍的蓋子一個個揭開後，《申報》除了咬牙切齒，卻提了另一種輿論態度。

清廷對文官有養廉銀子，「於俸銀之外酌給養廉，此乾隆以來之新例，所以示體邮而杜貪婪也」，武官卻沒有；在社會上文官腿多、手長、應酬多，斂財渠道多，武官卻沒有，「差於禁門嚴密之地，苟不喜應酬、不好張羅，寅年世誼、蹤跡疏闊，雖欲兜攬而無從」；文官工作「十旬休假、勝友如雲、千里逢迎、高朋滿座」，武官卻是「從軍行」，整日在軍營擔驚受怕、難得解脫。《申報》舉了例子，給清廷中央部委守門護衛的軍丁們就很艱苦：

> 有久當門差者言，每年冬令宿於門竇中。風雪紛飛，裹衣而睡，四鼓入朝，官員班次既齊，猶瑟縮不能起立。此等苦況，即二十餘歲之人能禁寒氣者，不過三五年精力已形消憊。然往往十年不滿差，廿年不除官。窮餓老死，妻孥羈京邸至不能扶櫬歸者，比比皆是。
>
> 〔註65〕

「十年不滿差，廿年不除官」，希冀獲得優撫安置的待遇，必須到一定年

〔註59〕《炮臺倒塌瑣聞》，《申報》1875 年 08 月 31 日 01 版。
〔註60〕《餉銀攙銅》，《申報》1875 年 10 月 22 日 02 版。
〔註61〕《水手上控》，《申報》1881 年 01 月 16 日 02 版。
〔註62〕《詳述營官撤任》，《申報》1884 年 07 月 26 日 02 版。
〔註63〕《武員造冊》，《申報》1892 年 03 月 09 日 02 版。
〔註64〕《匿名揭帖》，《申報》1877 年 10 月 16 日 02 版。
〔註65〕《論津貼武員》，《申報》1884 年 07 月 25 日 01 版。

限。猶如上船不易，下船更難，官兵皆是如此。這就是立論的來源和依據，從而《申報》認爲：要想杜絕軍隊腐敗，要想提高軍隊戰鬥力，首先就要改善軍人的待遇，關鍵在於改善軍官的待遇。

6.2.2　《申報》視野中的晚清士兵苦況

　　軍官尚且有輿論的幫助，提出什麼「養廉銀子」的措施。即便沒有所謂的「養廉銀子」，軍官吃點空餉、多安排點宗族親朋，也不至於窮困潦倒。但是官兵官兵，軍隊中除了官還有更多的是兵。當官的日子都不怎樣好過，當兵的就更艱難了。在《申報》筆下，京城的綠營兵就是這樣的一副苦相。

> 鵠面鳩形，甚爲窮苦。其所食之物與貧民無異。天寒夜永，非有皮服何以克當？乃衣裘者甚屬寥寥，至有無一襲棉衣而仍御單袷者。操事告竣，乘晨曦未升，即行起程入城。彼時寒冽異常，兵或因饑凍交迫，泣數行下。〔註 66〕

　　吃不飽、穿不暖，飢寒交迫，「鵠面鳩形，甚爲窮苦」。這還是京城的兵，尚且窘迫如此，那麼山高皇帝遠的臺灣，就更加困頓了。許多大陸的清軍到了臺灣，「水土不服疾病纏綿」〔註 67〕。更有因爲瘴氣深重而導致軍中疫情爆發的，「基隆地方，多瘟加甚，每日死者數十人」〔註 68〕。清軍的醫療條件跟不上，許多將士只能坐以待斃。

　　臺灣建省之前，曾被日軍和法軍短暫佔領。相對於當地高山上居住的「生番」而言，日本人和法國人也是外來戶。清軍遇到的水土不服和瘟疫流行的問題，上述兩國軍隊也遇到過。法國是西方列強，西醫水平領先於中國自不待言，法軍遇到疾病問題，打針吃藥就對付過去了。這既算不上新聞，《申報》也不會用法軍的後勤醫療保障水平來寒磣清軍。但是，日本卻是值得比一比的。同樣在臺灣，同樣有軍人病倒，日本人是怎麼做的？

　　「日人在臺時，病者雖多，然大概得以帶病歸國，計其殉身臺地者，究不甚眾。」〔註 69〕醫療水平是客觀因素，和一國的綜合國力及社會發展程度息息相關，旁人無可指謫；但軍隊對於傷兵員的態度，確實主觀因素，反映了一國軍隊的管理水平和人文情懷。日本能把出征的將士接回國內治療，

〔註 66〕　《綠營苦況》，《申報》1880 年 12 月 09 日 02 版。
〔註 67〕　《在臺軍士之苦》，《申報》1875 年 08 月 10 日 01 版。
〔註 68〕　《基隆大疫》，《申報》1885 年 11 月 26 日 02 版。
〔註 69〕　《出師宜愛惜軍士說》，《申報》1875 年 07 月 30 日 01 版。

美國能上演「拯救大兵瑞恩」，但清軍只能眼睜睜看著士兵在異鄉病痛呻吟。「中國於兵士生病後，獨不效東人之法，以帶回本鄉救治，不亦失於拊循之道乎？」〔註 70〕

　　《申報》批評得對，清軍省了工夫，卻丟了人心。當兵的眼見當官的打著小算盤、一個個陞官發財，而辛苦訓練、賣命國家卻橫豎沒有保障。沒病時缺衣少糧，有病時缺醫少藥。「間關數千里，轉戰數十年，其存其歿查不可知。徒使白頭人目極天涯、淒然淚下，亦在在皆是。」〔註 71〕爲國盡忠，難以盡孝。做出貢獻，難有回報。這樣的現實困境和心理困境壓垮了不少清軍基層官兵，因而各種奇怪的事情就出來了，多虧了新聞媒體的報導，後人得以看到。

　　既然當清軍既沒有前途、又沒有「錢途」，所以各種各樣的「第二職業」就成了清軍士兵的習慣。有兼職賣軍用品的，至於軍用品從何而來就不可考了〔註 72〕；有開著兵輪搞快遞運輸的，因爲免收過路過橋費、免受關卡排查〔註 73〕；還有用軍艦走私的，從軍火、鹽到洋貨，無所不有，也是因爲地方稅務部門管不了軍隊〔註 74〕。更有甚者，有「天津練軍前營之哨官」，做兼職做到了土匪窩裏，當兵之餘還能當盜賊。〔註 75〕

　　面對部隊中的亂象，大部份軍官是睜一隻眼閉一隻眼。其身不正，雖令不從，何必惹個不痛快呢？軍官只管撈錢，士兵心中有數。有些當兵的不管「兔子不吃窩邊草」的道理，就偷營中貪官的錢，一偷一個準：「松江梁有升哨官所帶炮船之勇丁名王具祥者，於十五日私竊梁哨官箱內洋銀二百五十元。」〔註 76〕能上《申報》的洋銀二百五十元，肯定不是小數目。〔註 77〕一

〔註 70〕　《出師宜愛惜軍士說》，《申報》1875 年 07 月 30 日 01 版。
〔註 71〕　《從軍苦況》，《申報》1877 年 09 月 10 日 02 版。
〔註 72〕　《案涉武員》，《申報》1891 年 10 月 16 日 02 版。
〔註 73〕　《委查兵船》，《申報》1881 年 04 月 20 日 01 版。
〔註 74〕　《劣弁宜懲》，《申報》1892 年 10 月 04 日 02 版；
　　　　　《營官正法》，《申報》1877 年 05 月 30 日 02 版。
〔註 75〕　《盜攀哨弁》，《申報》1882 年 07 月 11 日 01 版。
〔註 76〕　《水勇竊銀》，《申報》1874 年 12 月 29 日 03、04 版。
〔註 77〕　清代原先有「紋銀」，係官方認可的含量較純的銀錠，有一兩等於以前文銅錢的比價。晚清時，白銀外流，洋銀流入，銀價波動（以升高爲主）。洋銀一般指西拔牙銀元，每個銀元含銀量約在 0.72 左右，也就是說中國白銀的購買力的 70% 左右。清末一兩白銀的購買力用糧食換算，約等於今天的人民幣 150 至 200 元之間。所以，取低值，用 250 乘 0.7 再乘 150，得到 26250 元。近三

個哨官尚且身邊有這麼多的現金，更高級點的武官就更不用說了。不患寡而患不均，這樣的軍隊能齊心協力嗎？

還有少數軍官，不管什麼其身正不正，一律使用大棒政策，希冀實現簡單、粗暴、有效。金陵有民人到軍營舉報丟失財物，「清晨進營之兩勇丁」最有嫌疑。該營官的做法是：「不察其真偽，逼令兩勇招承。不容分辯，一味拷問，甚至施以炮烙之刑」；「該勇熬刑不過，信口招承，而搜贓無著，又復疑其匿贓，更加刑責，致該勇斃命於軍棍之下」。本來軍營中貧富不均已經人心渙散了，再因為一點莫須有的小事讓士兵枉死，官兵能不離心離德嗎？

> 古人之在軍中，先當與士卒分甘共苦。視士卒如己之子弟，教之、育之、愛之、勞之，士卒有疾苦必為之調治而撫恤之，士卒有冤抑必為之表白而申訴之。俾士卒之視己亦無異於父兄，心腹相聯、指臂相屬，然後上之所令下無不從。其有一二梗令者，戮以徇夫，而後恩威並濟，營規自此而肅。蓋養軍當有恩，行軍當有威，二者有相濟無相悖也。如養軍則一毫無恩，而但以峻法嚴刑從事，兵雖畏之，而究不甚愛之，離心離德之患，猶恐有所不免。而況以匪刑加於無辜之人哉？〔註78〕

總之，就讓我們看看清軍普通一兵面臨的困境吧！吃不飽，穿不暖，有病看不了，有冤伸不了，辛苦數十年後養老國家管不了，一聲令下變成散勇躲不了。「有能耐的」各種方法掙外快，「沒能耐的」吃不飽只能小偷小摸。社會上瞧不起，家裏人不待見，〔註79〕就是當兵的之間還拉幫結派，時不時打群架〔註80〕。還未對付敵人，清軍本身就成了一個隨時會爆炸的火藥桶。

6.2.3　《申報》視野中的清軍官兵矛盾

軍人以服從命令為天職，這在哪朝哪代、哪洲哪國都是通行的，本應在清軍中也是如此。晚清時，中國雖開始了軍事近代化的腳步，但社會主體仍然是農耕文明和小農經濟承載的，軍隊主體仍然來源於農民。中國農民有著飽受壓迫的彈性和容忍度，歷朝歷代非到統治者完全失道寡助才會揭竿而

　　　　萬元的現金，不是小數了。

〔註78〕　《書金陵某營官刑斃勇丁事》，《申報》1881 年 04 月 01 日 01 版。

〔註79〕　《自盡類誌》，《申報》1888 年 05 月 24 日 02 版。

〔註80〕　《嚴束勇丁》，《申報》1874 年 08 月 27 日 03 版。

起。社會的法則同樣適用於軍隊，令行禁止、絕對服從對於成長在三綱五常儒家文化治下的鄉村中的人們來說並不是難事，所以清軍是一支好帶的部隊。但是，軍隊中的幹部做了什麼？侵吞兵餉、中飽私囊、作威作福、爲富不仁，幹部把壞事做絕，戰士把苦累受盡，接下來的就只有官逼兵反了。

我們先看看《申報》中個體化的一個例子。新聞發生在煙館中，幹部發現戰士在抽大煙，於是制止並批評。戰士離開煙館後，幹部自己抽起了大煙。事態如何發展？

> 營中設有哨官，所以約束兵丁也。然官先不自約束，鮮有能受其約束者。蘇郡撫標右哨官沈君素有煙□，□初十二鼓時，沈獨至湖田某姓煙館中，適其本哨營弁兩人正在吸煙。彼此撞見，沈隨舉手中馬鞭，將兩人猛擊數下，呵斥逐退。兩人不敢違拗，狼狼竄出。去後，沈即就其煙榻欹枕倒臥，挑煙自吸。未幾，兩人復至，站立沈傍提燈候沈。沈自覺報顏，老羞成怒，責其不應復來，欲待揚鞭恐惡。兩人不服號令，咸肆口回罵、揮拳返毆，沈力不能敵，匿於塌下，嗣爲旁人遮欄得免。諺云，只許州官放火，不許百姓點燈，沈惟知責人而不知責己，宜其不能制兵而反爲兵辱也。〔註81〕

新聞題目叫「兵毆哨官」，單不說內容，僅是這樣的標題，如果放到任何一張軍事類的專門報紙上，絕對是聳人聽聞的大新聞了。在一個上下級關繫緊密、銜職安排清晰的特殊群體中，以下犯上無異於自殘其規則，也是陷入混亂和失敗的開始。士兵毆打幹部的事，在正常的部隊中無異於天方夜譚，但是在清軍中卻發生了。首先，它說明清軍管理上的失範已經嚴重到到了何等地步！其次，它說明清軍對商業媒體的涉軍報導沒有任何管制。何以見得？本書之所以能成文，靠的就是散落在《申報》中的軍事新聞片段，其中不乏相當多的負面消息。這一方面說明了新聞報導的自由，另一方面又侵蝕了清軍本已危在旦夕的信任堤防。

軍隊是特殊的群體，是國家機器的重要組成部份；新聞媒體是社會的特殊存在，他們利用並放大民眾的知情權，通過新聞價值的法則來獲得利益回報。西方國家近代以來的政治制度和社會環境造就了新聞自由的土壤，新聞媒體的觸角幾乎無所不到。但是，任何一個西方國家對戰爭時期的涉密內容

〔註81〕《兵毆哨官》，《申報》1877 年 04 月 03 日 02 版。原文中「回」字的寫法稍有不同，引文中不作區分。（2017 年春記）

和涉及國家安全的軍事信息均是有所保留的。軍隊有專門的發言人和新聞發佈制度，新聞媒體亦不敢大幅度炒作和放肆。這也是一種社會近代化的體現和軍事近代化的體現。我們說清軍的近代化在洋槍洋炮上做了努力，但是距離眞正的全面的近代化還有很遠，新聞的發佈制度，這又是一個論及的方面。而這個方面的論據和思考依據，幾乎貫穿了本書始終。在本書中提及的眾多新聞，或許都可以拿來思考一番：這樣的新聞，在今天的某個新聞自由的國家，拿到臺面上刊登出來給大眾看到，是否妥當？

　　官逼兵反的例子，在《申報》上除了個體事件，更有群體事件。廣東惠州的兵變可以作爲過渡，因爲與其說是「兵變」，不如說還是「散勇」鬧事的老路子。〔註 82〕這些鬧事的人嚴格說來已經不是軍人的身份，而是被強制退伍的軍人。軍隊的退出機制欠缺前面已經說過，此處從略。這些光緒年間的退伍兵在離開部隊時，竟然還在索要同治年間的兵餉，隔了兩代人，換了多少領導，但軍餉還欠著，豈不荒唐！

　　天津的兵變都是有軍籍的士兵起事的，是眞正的兵變。兵變人數上萬，從小站、新城向河北、山東蔓延，後經李鴻章出面彈壓，方才逐漸平息。值得從《申報》中挖掘的，是兵變的原因。這還用說嗎？不還是官逼兵反嗎？對。剋扣兵餉是最主要的一條。

> 　　向例每月每名按給餉銀三兩三錢，除扣去米銀九錢外，實領銀
> 二兩四。而又以四十五日爲一月，故遞年實給餉銀不過九個月耳。
> 惟至年終，每名加賞銀二兩。去年多一閏月，仍關九餉，而年終之
> 二兩賞銀又復裁去。〔註83〕

　　剋扣兵餉之外，還有兩條原因，有的是新提到的，有的與前文有聯繫。先看新的。

> 　　買賣街一帶鋪户，半係營哨各官及親丁開設，物價騰貴，營兵
> 不敷所用，不得不向之賒欠。〔註84〕

> 　　買賣街鋪户行賒，而鋪户盡皆營哨各官親友所開。凡向賒取，
> 必高抬物價，□餉扣後有名無實，各兵苦況不堪言矣。〔註85〕

〔註82〕　《惠州兵變》，《申報》1880 年 10 月 10 日 01 版。
〔註83〕　《兵潰餘聞》，《申報》1877 年 03 月 09 日 02、03 版。
〔註84〕　《兵潰餘聞》，《申報》1877 年 03 月 09 日 02、03 版。
〔註85〕　《潰兵餘聞》，《申報》1877 年 03 月 24 日 01、02 版。

　　本來兵餉就少、發餉又不及時，好不容易拿到軍餉了，還要受到商戶的折磨。之所以說軍隊是個特殊的群體，就是因為它幾乎涵蓋了一個社會的所有成分，堪稱一個完整的小社會。這個小社會的最大特點是封閉，商業也不例外。封閉導致不競爭，不競爭導致腐敗，軍隊的小賣部、小商店，與其說是商業，更準確說是關係戶的自留地。外面的商業進不來，裏面的士兵出不去，就只能眼睜睜地在「買賣街」上挨宰！晚清時期北洋大臣直隸總督在天津駐節，天津周圍養了不少兵，這個巨大的商機就被某些人的親朋好友們壟斷了。商業也要賺錢，但賺得太多太黑心甚至有恃無恐，那就總會有「水可載舟、亦可覆舟」的結局了。

　　兵變另有一原因，就是散勇和會黨。「哥老會匪勾串遊勇一百餘人，潛至營旁買賣街，前後放火、搶掠財物。」〔註86〕前面說到的「買賣街」，這會兒就被洗劫了。會黨們與後來推翻清廷統治的革命黨人有一些相似之處，是幹大事的，怎麼會執著於一條商業並不完善的軍營「買賣街」呢？糧倉銀庫可以去、洋行官府也可以去的會黨們去了「買賣街」，顯然是泄憤意義大於實際意義。我們來看反清勢力的流動和集結是如何完成的：一部份江湖人士從清廷建立起就打起了「驅除韃虜、反清復明」的旗幟，隨著清廷的穩定而勢力減弱和低調起來；晚清時期的軍隊是隨用隨便招，用完就遣散式的，這在前文已經述及，散兵遊勇生計艱難時，恰巧感受到這些會黨組織的「溫暖」，成為他們的有生力量；散勇和勇有著先天的聯繫，會黨借助散勇發展到勇，至於為何能發展，原因很清楚，因為清軍官兵已經離心離德了。辛亥革命、武昌起義的貯備工作，其實半個世紀前的《申報》上就能看出端倪了。

　　會黨有章程、散勇有怨氣、勇丁也有怨氣，三方面力量的共同目標就是剝削和壓迫的直接代表——軍營小賣部「買賣街」。其實街上的這些店鋪謀生人也多為窮苦，多虧依靠關係或者花了錢才獲得一個營生。有時候太遠不會被關注，反倒是差距不大才會激起強烈的羨慕嫉妒恨，勇丁們對於小賣部就是如此。這些小賣部是附著在腐朽肌體上的膿瘡，當博弈到不能維持的時候被掀翻，也是自取其辱吧。

　　在兵變發生時，真正作威作福的人在城裏看戲。他們知道這艘船早晚會沈，得知兵變的消息後，早已有所準備的他們，該跑路跑路便是了。《申報》描寫中，到「絡繹不絕」筆端竟然有點詼諧，摘引在下文，請讀者看看是否

〔註86〕《兵潰緣由》，《申報》1877 年 03 月 14 日 02 版。

如此。

> 天津始得信息，其時戲館中正開臺唱戲，座上客如山積。驟聞
> 此耗，風馳電掣，頃刻散盡。戲亦停演。東橋至中堂衙門一帶，塗
> 人潮湧，戴紅頂拖花翎者，乘馬疾馳、絡繹不絕。〔註87〕

　　本章前兩節說的都是清軍中的問題，只是第一節側重於制度設計中的弊病和由此引發的問題，而第二節側重於人，關注不同群體的應對和生存法則。需要說的是第二節中，官有官的苦處、兵有兵的路數，在一個狡點的鑽制度空子和以鄰為壑的氛圍中，沒有人是無辜的。軍事軍事，軍隊的事，軍隊是本體。本體如此糟糕，軍隊與外界的情況就好不到哪裏去，軍隊的所謂新玩意、洋務、近代化舉措，也就堪憂了。本章後兩節將會涉及。

6.3　勢同水火——《申報》視野中的晚清軍民關係

　　軍愛民，民擁軍，軍民魚水一家親。軍事新聞從狹義上說是和戰備、戰爭有關的新聞，從廣義上說只要有軍人出現都能算作軍事新聞。前面提過，軍事是社會的特殊組成部份，軍人是社會中特殊的一群人，軍事既和柴米油鹽、紅男綠女有所隔絕，又不能完全離開社會而存在。養兵千日，用兵一時，我們試想一下，無論是養兵還是用兵，哪一點能夠離開社會和人民呢？軍隊的衣食住行都是地方上生產的，軍隊的餉銀也是國家通過稅收這隻手來調配的，這是平時的養兵；打仗的時候軍隊更離不開老百姓，雙方交戰，誰動員了一場男女老少參戰的全民戰爭誰就勝券在握，誰脫離人民誰就必敗無疑。

　　綜觀中國近代戰爭史，由近及遠來說，上述道理得到許多印證。在解放戰爭中，中国共產黨推行土地革命，獲得了廣大農民支持，才能用小米加步槍打敗了國民黨反動派的美式裝備，故有淮海戰役的勝利是許多支前人民用小車推出來的這一說法；在第二次世界大戰中，日本之所以侵略中國、挑戰蘇聯、偷襲美國，一度耀武揚威，就是因為日本民族的「武士道」精神和高度的凝聚團結；在中國的抗日戰爭中，共產黨注意統一戰線工作，發動人民來打一場全民戰爭，而國民黨卻僅靠正規軍殊死抵抗，僅靠西方國家的援助，結果是共產黨的力量在敵後發展壯大，而國民黨龜縮在西南一隅，解放戰爭的勝敗在此已經埋下伏筆；由此上溯到中日甲午戰爭，清軍被日軍打敗，不

〔註87〕《津沽兵潰》，《申報》1877 年 03 月 05 日 01、02 版。

是因為缺少堅船利炮等先進武器，而是因為缺少了凝聚的民族精神，被稱為東亞病夫、一盤散沙。為什麼散？散在哪裏？這就是本節要解決的問題。

綜觀本書研究時段的《申報》，什麼新聞最多？社會新聞。什麼是社會新聞？爭吵、打架、鬧事、官司、奇談、異聞、花邊、小道……等等，凡是能夠抓人眼球的就事無鉅細地描寫，凡是能夠促進銷量的就千篇一律地連載。狗咬人不是新聞，人咬狗才是新聞。彼時，以《申報》為代表的商業媒體，高舉著「有聞必錄」的招牌作為金鐘罩，肆無忌憚地享受著「新聞自由」的短暫陽光。軍隊、官場，洋務、會黨，記者編輯們不管半斤還是八兩，幾乎無所不碰，直到「蘇報案」、「癸丑報災」，局面才一步步收攏起來。軍事新聞本書已經說了很多，但尚未與《申報》最擅長的社會新聞構成交集。交集是指共有了雙方的各自特點，社會新聞特點紛繁，但負面一定是其絕對的主流。所以，軍事新聞與社會新聞交集的部份肯定是負面的，這在本章探討是合適的。那麼，什麼是「社會軍事新聞」或者「軍事社會新聞」呢？

顯然，涉及軍人的社會新聞就是問中之意，爭吵、打架、糾紛等事情有軍人佔了一方。社會新聞，肯定發生在社會而不是軍營，另一方顯然是老百姓。矛盾雙方都已經具備，那麼新聞的發生勢成必然。從《申報》看來的晚清社會軍民矛盾，究竟有哪些案例呢？

旅館中有客商丟失了財物，報官一查，作案者是勇丁；〔註88〕「鮮肉店買豬肝二十文起釁」，也是勇丁；〔註89〕到「糧食油酒店」不買東西、自帶酒水，還喝酒喧嘩，也是勇丁；〔註90〕茶館中打牌，被勸阻而不從，發怒將桌椅打砸破壞，也是勇丁；〔註91〕戲院內看戲不對號入座且不服從管理，雙方大打出手，「戲場變為戰場」，也是勇丁；〔註92〕飯飽喝酒抽煙，迷迷糊糊在「花煙館滋鬧」，也是勇丁；〔註93〕沒穿軍服、不辦公務過橋被收了過橋費，卻大發雷霆、聚眾鬥毆，認為處處皆是「白渡橋」，也是勇丁；〔註94〕沒有橋的地方乘坐渡船非但不給錢，還把同船看不順眼的小商小農暴打一頓，也是

〔註88〕《營勇竊銀》，《申報》1875年08月23日03版。
〔註89〕《看管營勇》，《申報》1883年02月17日03版。
〔註90〕《營兵酗酒》，《申報》1880年09月17日02版。
〔註91〕《巡捕捉兵》，《申報》1884年06月06日03版。
〔註92〕《大鬧戲園》，《申報》1890年03月08日02版。
〔註93〕《攜槍滋鬧》，《申報》1885年10月12日03版。
〔註94〕《寧波兵過江橋起釁案已結》，《申報》1873年08月02日02版。

勇丁；〔註 95〕吃飯被打攪、睡覺被影響，同樣一擁而上、睚皆必報，還是勇丁。〔註 96〕至於拐賣婦女〔註 97〕、毆打藝人〔註 98〕、影響交通〔註 99〕，就更可想而知了。《申報》中的類似新聞，有近乎四百條之多！〔註 100〕堪稱各類別的最高紀錄。

　　這些新聞報導中的軍民矛盾，多數是在各類店鋪的小打小鬧，其結局也多有類似之處。或者是吃了虧的老百姓忍氣吞聲；或者是鄉紳地保出面促使雙方私了；或者是報告地方官，地方官轉給武官，官官相護，武官責罰一番做做樣子也就了事。當然也有一些特例，地方官鐵面無私、嚴格執法，「溫州府張太守」就啃了不該啃的硬骨頭：抓賭時候抓了三十多人，其中「竟有一千總」。事態怎麼發展？「轄下兵丁見本官受辱，各甚怨恨。初五日早，城門未啓，突被兵丁阻不使開。溫州官民皆不准出入城中，人甚爲惶惑，幾致罷市。」你抓我的人，我封你的城，相持不下，怎麼解決？「直至十一點鐘，始由溫處兵備道溫觀察與鎮將吳總戎會議畢，飭令開城，民皆安堵如故。」〔註 101〕雙方官員還要向上申訴，結果必然是不了了之。違法的武官不能繩之以法，其餘的勇丁必定更加肆無忌憚。

　　軍隊在地方為非作歹，又是封城，又是打人，甚至欺負到小孩子身上，老百姓有時候忍無可忍，便釀成「全武行」的群體事件。

　　　　甯波江東大校場東首向有湖南勇駐營防堵。本月十二日未刻，適神會將過，老幼男婦齊來觀看，頗有潮湧濤翻之勢。適有十餘齡之孩童在營盤泥城上跂足遠望，營勇見而喝阻，孩童即欲扒下，被勇將雙足倒拽。大眾見之共抱不平，異口同聲謂營勇不得若此無禮。營勇亦反脣相稽，互相抵□，遂致棄文用武。勇以亂石擲下，眾以瓦石還擊，勢如急雨飄風。營勇見眾不散，初以空槍恐嚇，繼以刀矛示威。大眾受傷者數人，內有一嫗受傷更重。眾益譁然，勢將決裂。營勇趕將營門緊閉，眾仍飛磚擲石，聲勢洶洶。城守營文參戎

〔註 95〕《武弁殺人》，《申報》1880 年 08 月 27 日 02 版。
〔註 96〕《兵勇逞強》，《申報》1885 年 09 月 20 日 02 版。
〔註 97〕《營勇拐婦》，《申報》1890 年 04 月 08 日 02 版。
〔註 98〕《營勇滋事》，《申報》1877 年 12 月 11 日 02 版。
〔註 99〕《演炮妨船》，《申報》1882 年 04 月 14 日 02 版。
〔註 100〕參閱附錄二相應部份。
〔註 101〕《文武不和》，《申報》1879 年 12 月 30 日 02 版。

見此情形，恐釀大禍，飛報提憲。迨馮軍門出外彈壓，眾仍不知斂抑，擁入營中，異常滋鬧。軍門勃然大怒，飭麾下壯士拘拿兇橫者十餘人，將交鄞縣懲辦。道憲吳福茨觀察知眾怒不可犯，急行阻止，將所拿之人悉數釋放。一面囑楊邑尊傳諭眾人，許爲受傷者給費養傷。眾人聞之，遵道憲諭，始漸安靜。然仍不肯散去，迨□道憲回署，已交二鼓，眾人逼令軍門以軍法治營勇之罪。軍門不允，眾欲與之爲難，後派道憲綠頭勇護衛出營。〔註102〕

這篇報導簡直就要寫出了《五人墓碑記》〔註103〕的氣勢，但揣摩一下事件的起因，相較起來眞是雞毛蒜皮。勇丁欺負一個孩童，是平日裏習以爲常的，老百姓忍氣吞聲，也是平日裏習以爲常的。可是「防民之口、甚於防川」，積少成多，不防微不杜漸，老百姓對清軍的怒火總會在某個時候爆發。這件小事作爲導火索是個偶然，但偶然之後有著巨大的必然。就像某些重大歷史事件一樣，無不是歷史的偶然性與必然性的結合。清廷從十九世紀後半葉直至覆亡，一直處在風雨飄搖的形勢下，其舊軍事組織和制度也一直處在崩潰的邊緣，出問題，整頓，再出問題，在整頓，如此循環往復，終至不治。〔註104〕而最終在武昌起義終結清廷的就是清廷自己改革和培養出的新式軍隊，其中有著很多的深意。

漢族爲主體的綠營兵和勇營尚且如此，自視甚高的八旗兵就更加無法無天了。他們公然在街坊鬧市打群架〔註105〕，百姓不敢管，官府也管不了。魚肉百姓〔註106〕的八旗兵在公堂「咆哮叫罵」〔註107〕，官府也不敢拿他們怎麼樣。

還有一類兵是查私貨的，既是肥缺，更是不可一世：「一船既到，巡丁下

〔註102〕《兵民大鬧》，《申報》1892 年 05 月 11 日 02、03 版。

〔註103〕《五人墓碑記》是明代張溥的作品。該文記述和頌揚了蘇州市民不畏強暴、不怕犧牲、敢於向惡勢力進行鬥爭的英勇事跡，熱情歌頌了五位烈士仗義抗暴、至死不屈的英勇行爲，對於他們「激於義而死」的精神給予了高度評價，肯定了鬥爭的重大意義和不朽功績，進而闡明了「匹夫之有重於社稷」的道理。歌頌了其中五人「激昂大義、蹈死不顧」的英雄氣概，揭示了「明死生之大、匹夫之有重於社稷」的主題思想。

〔註104〕《嚴禁兵民滋鬧示》，《申報》1892 年 05 月 18 日 02 版；
《嚴禁營勇生事示》，《申報》1880 年 03 月 06 日 03 版；
《約束兵丁示》，《申報》1883 年 09 月 18 日 02、03 版；
《整頓營規》，《申報》1895 年 03 月 25 日 02 版；
《浙江提督軍門黃告示》，《申報》1878 年 02 月 27 日 02 版。

〔註105〕《旗兵殃民》，《申報》1877 年 12 月 04 日 03 版。

〔註106〕《論廣東旗人鬧事》，《申報》1887 年 07 月 06 日 01 版。

〔註107〕《旗兵逞兇》，《申報》1876 年 03 月 28 日 02 版。

艙查貨，作威作福，其狀難堪，人莫不畏之如虎。」〔註108〕真作假時假亦真，這就被一些社會上的地痞無賴們抓住機會，冒充巡丁，趁機斂財。〔註109〕這些假軍人不但在城市作案，更是招搖撞騙到了鄉村的寺廟中。

> 杭垣錢塘門外自寶石山莊蒻嶺，一路迤邐，而至棲霞嶺，層巒複岫，境極幽僻。是處有香山、紫雲、黃龍諸洞天之勝。各洞皆有僧人住持。月初黃龍洞中來一兵弁，紅頂花翎，營官妝束，帶有親兵八人，均湖廣口音。自云係提督衙留省差委，近奉劉仲帥密札，親查各處庵院寺觀，恐有遊勇逗遛、匪徒藏匿或私藏軍火槍炮等事。該僧聞言，悚懼叩首，再三力白其無。該弁即命搜查，以便覆命不期。洞中搜出洋槍一杆、藥火鉛彈一包、并長矛一支及小刀一二把等。僧見之失色，自謂係擊鳥獸所用者。求為庇護，不惜重酬。弁佯為大怒，定欲帶歸撫轅。嗣經求懇再四，方得首肯說定罰洋八十元。僧搜括洞府，祇得其半，其四十元請展期十日。該弁以口說無憑，勒其票據而去。越日，僧入城至楚湘賓館，求一武員託其探聽。該員遍詢同鄉，並無其人復至撫轅，查問亦並無此札，知假冒無疑。不料至期，該弁親來取洋，僧殷勤迎入洞中。預伏壯士十餘人，一齊動手，即將該弁拿住。惜親兵盡被逃散，現已送入總局究辦，聞尚須移縣定案云。〔註110〕

軍民關係不是魚水，而是勢同水火，此乃一散；軍中的關係毫不團結，此乃二散。清軍一盤散沙的問題，也就回答了。

軍民矛盾如此不可收拾，惹不起躲得起更是明哲保身的要義。《申報》對軍民矛盾的報導既有新聞性，又有服務性。有軍隊要來，廣而告之一下〔註111〕；軍隊要駐紮，提醒大家注意〔註112〕。社會上因為害怕而流言四起，報館也要

〔註108〕《巡丁積弊客述》，《申報》1886 年 03 月 18 日 01 版。
〔註109〕《假勇正法》，《申報》1874 年 09 月 07 日 02 版；
　　　　《洋藥巡勇換牌示》，《申報》1878 年 07 月 10 日 02 版；
　　　　《冒充巡丁》，《申報》1876 年 01 月 14 日 03 版；
　　　　《冒充巡丁》，《申報》1891 年 07 月 21 日 03 版。
〔註110〕《冒充營官》，《申報》1883 年 11 月 14 日 02 版。《申報》中的「札」多為該引文中的寫法。如別處引文中有不同寫法，皆從此處，另，類似該字的不影響理解的某些字體差異，本書亦未一一比對原文。請讀者見諒。（2017 年春記）
〔註111〕《風傳過兵》，《申報》1876 年 08 月 21 日 02 版。
〔註112〕《淮軍逗留》，《申報》1875 年 10 月 11 日 02 版。

盡職盡責地調查清楚：「近日又傳得有兵將來上海，本館曾著人探訪，知並無其事，俱捕風捉影之辭耳。本埠商民大可安居，勿爲虛言所淆惑也。」〔註113〕

　　上海的情況稍好，因爲開埠較早且租界較廣、洋人勢力較盛，清軍在上海不敢過份造次〔註114〕。有隨地吐痰的〔註115〕、踐踏草坪的〔註116〕、亂丟果皮紙屑的〔註117〕，都被巡捕房抓獲後通知營官領人。清軍到了上海租界地區，方才暴露了文明水準的差距，其實這也是軍事近代化的一部份。日本人批評中國的艦艇上混亂骯髒，而日本的兵船十分「精潔」，說的也是這個道理。中國的軍事近代化，除了購買先進武器之外，還有許多的軟實力也要向西方學習。這種學習不是面子上的事，也不是一天兩天的事，而是一個系統的社會、文化、教育的工程。

　　「中體西用」、「全盤西化」之類的問題說起來就大了，《申報》對此的評論也同樣是難以駕馭問題的。軍隊和老百姓的問題、文官和武官的問題，《申報》不是歸結爲軍營法度不嚴〔註118〕，就是歸因於「上意不能下達下情不能上通」〔註119〕，或者思考一下晚清兵興以來「營務處之權爲最重」〔註120〕的制度不合理性。甚至乾脆說這一切都是因爲「武人習氣」在作怪。

　　　　文才之與武略迥判兩途。……介胄之士……於持躬涉世、待人
　　接物之方，平時素未講求，臨事易致蹉跌，每爲學士大夫之所姍笑。
　　蓋武人之性直，直則率意徑行，不暇瞻前顧後，危途險徑率然蹈之。
　　其不顚躓者幾希。武人之氣盛，氣盛則一發而不可復遏，遇不如意
　　事輒若不共戴天誓滅此而朝食。〔註121〕

　　軍人雷厲風行、敢作敢當的豪氣是職業的需要，《申報》所說的「武人習氣」其實並非壞事。在戰場上殺敵勇猛，在生活中彬彬有禮、善待百姓，這在報紙筆下的洋人軍隊裏經常體現。因而，清軍內部不可開交、外部眾叛親離似乎不是因爲什麼「武人習氣」，恐怕是部隊的政治工作有待加強罷了。當

〔註113〕《謠傳失實》，《申報》1876年08月31日03版。
〔註114〕《淮軍來滬記餘》，《申報》1875年07月27日02版。
〔註115〕《營勇滋事》，《申報》1886年03月02日03版。
〔註116〕《勇捕互毆》，《申報》1882年04月13日02版。
〔註117〕《兵毆巡捕》，《申報》1884年07月24日02版。
〔註118〕《論營兵不法》，《申報》1879年10月25日01版。
〔註119〕《論廣東兵民誤鬥事》，《申報》1877年12月27日01版。
〔註120〕《論兵勇滋事》，《申報》1885年05月14日01版。
〔註121〕《論武人習氣》，《申報》1890年05月09日01版。

然，這也和整個國家、社會的近代化水平不無聯繫。

6.4　欲拒還迎──晚清軍事近代化的波折

　　說到軍事就離不開養兵，說到養兵就離不開訓練，說到訓練就離不開事故。養兵千日，所以養兵顯然佔了軍事的大部份時間；平時多流汗、戰時少流血，所以訓練顯然佔了養兵的大部份時間；上馬三分險、從軍七分傷，所以事故和傷病在部隊訓練中是常有的事。試想一下，近代以來與軍事一樣飽受詬病並直接導致中國人被扣上「東亞病夫」帽子的體育界與軍事界有些共同之處，追求更高、更快、更強的體育文化精神雖然不是你死我活的鬥爭，尚且在訓練和比賽中有許多傷痛困擾著運動員，在軍事訓練中的傷痛不就更可想而知了嗎？體育訓練付出傷痛的代價換來的是金牌和榮譽，軍事訓練付出傷痛的代價換來的是個人生命和國家利益。孰輕孰重，一目了然。

　　練兵習武，刀槍棍棒，跌打損傷，自古亦然。事故和傷病是軍事中很大的一塊，但在一般軍事新聞中卻多被忽略。究其原因，有些是因為涉及負面不宜公諸於眾；有些是因為事發尋常，實在難以引起人們的興趣。從《申報》的屬性看，應該歸於後者之列。是的，按照《申報》從業文人們的觀點，武人本就等而下之，加之習武受傷司空見慣，是沒有多少新聞價值的。但是，本書研究時段的清軍事故報導竟有二百餘條之多！這又是為什麼呢？

　　「放砲傷人」〔註122〕、「演炮斃命」〔註123〕、「演炮遭險」〔註124〕、「炮兵折臂」〔註125〕、「兵船觸沈」〔註126〕、「兵船失事」〔註127〕、「兵輪擱淺」〔註128〕、「水雷轟裂」〔註129〕、「炮船失火」〔註130〕、「砲船傾覆」〔註131〕……看到這些新聞標題，疑問就會迎刃而解。要刀弄棍出了事不叫新聞，洋槍洋炮、輪船火車出了事就叫新聞！在《申報》上，每次新式軍隊的訓練或閱兵，

〔註122〕　《放砲傷人》，《申報》1879 年 11 月 06 日 02 版。
〔註123〕　《演炮斃命》，《申報》1876 年 08 月 12 日 03 版。
〔註124〕　《演炮遭險》，《申報》1877 年 05 月 09 日 01 版。
〔註125〕　《炮兵折臂》，《申報》1876 年 05 月 09 日 02 版。
〔註126〕　《兵船觸沈》，《申報》1877 年 07 月 28 日 01 版。
〔註127〕　《兵船失事》，《申報》1886 年 04 月 03 日 01 版。
〔註128〕　《兵輪擱淺》，《申報》1887 年 08 月 23 日 03 版。
〔註129〕　《水雷轟裂》，《申報》1879 年 09 月 23 日 01、02 版。
〔註130〕　《炮船失火》，《申報》1876 年 05 月 22 日 01 版。
〔註131〕　《砲船傾覆》，《申報》1883 年 12 月 21 日 02 版。

不是人頭攢動就是水泄不通，或者什麼萬人空巷之類。這還沒出事呢，就萬眾矚目；一旦出了事，那不更是不脛而走的大新聞了嗎！《申報》是商業報紙，是以盈利為根本目的的。盈利是靠廣告的，廣告是靠銷量的，如果報紙都沒有人看，誰還會來做廣告！怎麼讓報紙有人看？就靠吸引眼球，也就是用「新聞價值」的標準來把關登載哪些、不登載哪些。

　　本書的許多地方都無一例外地說明，《申報》的生意經實在高超。就拿下引的報導來看，廣東兵工廠爆炸的新聞被寫得妙筆生花，即便是當今新聞媒體的許多頭條「爆炸新聞」恐怕也難有如此生動、流暢、雄健的筆力和清晰的邏輯。

> 廣州省城三元里鄉有火藥局在焉。本月十一日下午鐘鳴四下，局中庖丁方在廚下作晚餐，偶不小心，遺火積薪之內。登時性發，勢若燎原。眾人竭力救援，無如愈撲愈熾，勢將延及火藥房。眾人遂奪路狂奔，不復回顧。行至鄰近，喘若吳牛。人有問其何故若斯者，類皆呆若木雞、不知所答。正在互相驚訝，忽轟然一響，無異天崩地裂、倒海移山。凡三元里鄉、瑤臺鄉、沙湧鄉、棠下鄉、西村鄉，房屋祠堂悉皆震壞。風悲日黯，棟折垣傾，女哭男號，慘聞數里。事後查看五村屋舍，無一瓦全。瑤臺一鄉受害尤重，總計男女壓傷千餘人，斃命者想亦不少。是晚災民咸露宿於瓦礫堆中。忽大雨滂沱、徹夜不止。遠近諸匪類又聞風而至，乘機搶取衣服、銀錢。此中慘苦情形，不特目不忍睹，即耳亦不忍聞矣。〔註132〕

　　按照新聞專業的說法，這條新聞堪稱嚴謹之典範：where、when、who、what、why、how 一個不少。而且時間是異乎尋常地準確，「下午鐘鳴四下」，彼時習慣一定是說到「下午」就可以了。另外，受災地有「三元里鄉、瑤臺鄉、沙湧鄉、棠下鄉、西村鄉」，乍一看有點拖沓，按照那個年代的習慣也是說成「等五鄉」也就可以了。但是作者敢「浪費」這麼多字就是有自信的：該詳就詳、該略則略，無一字浪費，無一字多餘。這篇報導堪稱到了字字珠璣的水平，尤其在文言文的語境下，把語言文字用得出神入化，既講究章法，又不拘泥於形式，還能把事情說得清清楚楚，真是新聞業務歷史上難得的好稿件。這樣的新聞登上報紙多了，人們能不愛看嗎？報紙能不大賣嗎？

　　在追求經濟利益之餘，如此頻繁的洋務軍械事故，到底是中國的特色還

〔註132〕《藥局飛災》，《申報》1893 年 07 月 02 日 01 版。

是世界的慣例，這是一個值得思考的問題。從《申報》的報導數量看來，火器事故頻發是清軍的特有現象。洋人用得好好的槍炮船雷，到了中國卻總是出事，這是爲什麼呢？《申報》給出了自己的思考。

中國人秉持著「師夷長技以制夷」，學到了「長技」沒有？《申報》認爲更多是淺表罷了：「略通西法之皮毛者太多」〔註133〕，「專襲其皮毛，不考其精蘊」〔註134〕。由於失敗而力求奮起，由於落後而希望趕超，整個社會處在動蕩不安的浮躁中，難免染上乖戾和暴力之氣。外國人怎麼搞科學技術？「西人之用心也，專而致力也。果一事之理，前人或未能悟徹，則後人必殫其心以貫通之；一物之製，前人或未能盡善，則後人必竭其力以蹵成之。」中國人怎麼學西方技術？「習西學稍有一知半解，便詡詡然自以爲有得，而孰知僅得皮毛，豈足以言西學？則適以成其爲似通非通、不中不西之廢物而已，大抵心思不用則不入，精力不用則不出。」〔註135〕不潛心研究、不鑽研業務，在人文社科領域尚且能蒙混過關，到了工業、機械、汽車、建築、武器等硬碰硬的尖端領域，問題就像在探照燈下一樣，被徹底暴露了，付出了血的代價。

> 鐵路之宜通也，電線之宜立也，煤礦金礦之宜開也，船廠鐵廠之宜設也。一令既下，百廢具舉，不過一手一足之烈，即以成千世萬世之功焉。乃無何而船廠設於福州矣，則喟然曰：「何其規模之狹也！」鐵路通於開平矣，則喟然曰：「何其道里之近也！」金礦開於漠河矣，則又喟然曰：「何其僅拘於一隅而不復推廣於他省也！」……煤礦雖開而未能取其精煤，鐵廠雖設而未能得其新製，則尤徒勞而無功、徒勞而無益也。〔註136〕

這樣的「近代化」，有點令人失望。二百多條清軍事故的新聞，也得到了解釋，但答案並不能讓人豁然開朗。如果用學到皮毛、一知半解、自鳴得意來解釋，把責任歸結到民族性、人種或環境，那是不負責任的。中國有洋務派、有「頑固派」；西洋有強人、也有弱者，人的因素是複雜的，也絕不會是國家和民族先進或落後的決定性因素。《申報》試探性地給出了一條對策：「洋務當務其大」〔註137〕。什麼是「大」？「法度、政治、教化」〔註138〕。這些

〔註133〕《論中國之仿西法但得其似而不得其眞》，《申報》1886 年 04 月 06 日 01 版。
〔註134〕《論華人習西法之弊》，《申報》1886 年 06 月 06 日 01 版。
〔註135〕《論華人之習西學尚未得法》，《申報》1886 年 11 月 29 日 01 版。
〔註136〕《論變法》，《申報》1889 年 08 月 17 日 01 版。
〔註137〕《論洋務當務其大》，《申報》1889 年 09 月 08 日 01 版。

評論繞來繞去，並沒有說清楚，但從其中不時蹦出的句也能揣摩出其意蘊了：「君不甚貴而民不甚賤」、「上議政院」、「下議政院」、「（總統）四年退位之後仍與齊民等耳」。〔註 139〕

　　說到這，本節本章也就至此結束了。這一章是個專題研究，專門把《申報》中對清軍的負面報導和評論搜集起來加以歸納、整合與分析。從清軍的入口——招兵開始，首先梳理了清軍從進到出的制度設計上的弊端。接著從個體、群體的角度分析清軍內部的矛盾，以及由內而外引起的軍隊和地方的矛盾。在糟糕的軟件環境下，再好的「師夷長技」努力也難見實效。

〔註 138〕《論變法》，《申報》1889 年 08 月 17 日 01 版。
〔註 139〕《論洋務當務其大》，《申報》1889 年 09 月 08 日 01 版。

結　語

7.1　金戈鐵馬的背影

　　金戈鐵馬，壯懷激烈，談笑間檣櫓灰飛煙滅；故紙舊報，揮斥方遒，言語中紅塵滾滾而來。在本書研究時段畫上句號的 1895 年，是中華民族近代以來最痛心刻骨的一年。這一年發生了中國近代軍事史上的一件大事──清軍在甲午戰爭中失敗，北洋艦隊全軍覆沒。

　　戰爭是流血的政治，政治是不流血的戰爭，政治是戰爭的延續。中國被日本打敗，緊接著必然是不得不簽訂的《馬關條約》：賠款兩億三千萬兩白銀的鉅款，割讓中國的固有領土臺灣島。從鴉片戰爭到甲午戰爭，中華民族的經世之學與「同光中興」被證明是吹噓了，「師夷長技以自強」的洋務運動被證明是失敗了，就連「中國」、「華夏」這樣的傳統稱謂也被人們懷疑為「浮誇」了。

　　　　華人自稱為「中國」，曰中國則必果居於天下之中而後可。然中國之地顯不及□□□之半，何中之有？而乃己則稱中而其餘皆目之為外，非浮誇之一端乎？又稱「中華」，華者，美之辭也。他人美我則可，在我自美則不可，則「華」之一字亦浮誇之一端也。又曰「中夏」，夏者，大也。中國而自以為大已屬不可，而況自以為大者實則非大。合地球各國而計，地之大於中國者尚或有之，豈天下之國大無逾於中國者乎？而儼然自以為中夏，此又浮誇之一端也。夫自以為中，則必外視他國矣；自以為華，則必陋視他國矣；自以為夏，則必小視他國矣。不但此也，他國之人亦將因其自中而以中責

之，因其自華而以華求之，因其自夏而以夏詰之，中國於是乎轉受
□害。古人有言曰：「盛名之下，其實難副。」中國之人往往無一不
好名，上而王公大臣，次而文人學士，再次農工商賈，凡名望所在，
莫不群焉趨之。即明知爲無益之虛名，甚或轉以虛名而受實禍，而
彼仍執而不反、迷而不悟。必時時存一求名之見、好勝之心。中國
此種風氣，殊爲我西人所不解。〔註1〕

《申報》不敢直說，而是借著西人的口發了鴻篇大論。在一份中文編排
給中國人看的報紙上，連中國老祖宗留下來的「國號」、「族名」都敢發難，
可見近代以來中國人的思想被衝擊有多麼劇烈了！這種特大的思想波動是怎
麼引起的呢？不就正是本書說了一路的軍事嗎！一敗再敗，竟敗給東鄰小國
日本，這是多麼痛的領悟啊！

領悟了什麼，或者說甲午戰爭爲什麼敗給日本，相信讀到這裡的讀者們
從本書都能找到自己的答案。而更可笑可悲的是，《申報》構建出的帝國沒落
背後的傳統，還部份地活在當下，呈現出根深蒂固的死而不僵。古人，今人，
後人，歷史是延續承接的，這給人很多無奈，還有希望。軍事的，國家的，
民族的奮鬥與改進是任重道遠的。〔註2〕

本書初稿完成時，恰值甲午戰爭一百二十週年祭，這個年份是中國干支
紀年法上說的兩個甲子。〔註3〕書末要致敬的是一百二十年前爲國捐軀的清軍
上下人員，例如鄧世昌、丁汝乃至李鴻章這樣的名字。因爲，越是貼近新聞
紙及其還原的歷史，就越能感受到社會的強大裏挾力量。錯誤的不是一個人、
不是一支軍隊、甚至不是一個朝廷，而是整個社會的思想、文化、風俗、潮
流。但是，在戰場犧牲的卻是個體，在局中縱橫捭闔的也是個體，他們的處
境應當被理解，他們的付出應當被尊敬。

黯淡了刀光劍影，遠去了鼓角錚鳴，闔上了塵封的舊報，揮散了金戈鐵
馬的背影。就用《申報》中的一篇論說題目爲本書畫上句號吧：「中華將來必
能廓大」〔註4〕。

〔註1〕 《論中國宜去浮誇之習》，《申報》1885 年 08 月 22 日 01 版。
〔註2〕 本段文字有較大調整。(2016 年秋記)
〔註3〕 甲午戰爭爆發於甲午年（1894），《馬關條約》簽訂於乙未年（1895）。這句話
　　　 原爲正文部份，本書調整爲注解。(2016 年秋記)
〔註4〕 《論中華將來必能廓大・歐洲遠遊客來稿》，《申報》1878 年 02 月 21 日 01 版。

7.2　文末的話：想像與構建的背後邏輯

　　在結束《申報》視野的晚清軍事觀察之際，我們有理由重新端詳並思索這份報紙對晚清軍事所進行的想像與構建，並思考其背後的邏輯。爲了思考這種邏輯，不妨從與新聞工作有著類似目標──眞實──的歷史書寫談起。

　　我們不是歷史的親歷者，我們眼中的歷史無一不是根據史料「構建」或「想像」起來的，既留下了史料提供者的取捨，又打上了史料解讀者的烙印。「客觀」與其說是要求，毋寧說是夢想。秉筆直書的史家們和鐵肩擔道的記者們循著這一夢想，一代又一代地追尋著各自嚮往的對社會發展的「眞實」反映。

　　然而，這種幻想中的「眞實」卻根本不存在！西方歷史哲學對此的討論已是毋庸贅言，新聞理論學界對此的研究也是汗牛充棟。正是緣於這種可以無限逼近卻不能完全符合的「微積分」效應，歷史的書寫與解讀才令人如此著迷，新聞的採訪與探求才讓人前赴後繼。新聞記者是社會的記錄者和守望者，新聞事業和社會發展有著難捨難分的互動關係，一言難盡。正因爲如此，源於新聞事業的新聞史教學與研究，具有充分的學術合理性。

　　這種合理性，既表現在新聞史是新聞事業的記錄者和守望者，直接上溯到新聞事業與人類社會演進的宏大主題；又表現在新聞史是史學家族的新成員，提供了近代以來的新史料、新見解、新視野。這也就回到了本書主題的出發點，《申報》視野的晚清軍事，不僅回答了「《申報》軍事新聞是什麼和怎麼樣」，還補充了傳統史學對晚清軍事領域的「遺漏」。在全書即將塵埃落定之際，讓我們拋開軍事史和社會史的細節，重新審視貫穿於全書的新聞史主題，提出一個問題：這個視野客觀嗎？

　　毫無疑問，回答一定是：不完全客觀。新聞紙存在於歷史背景和社會環境中，潛移默化的改變和無時不刻的壓力影響著新聞言論的客觀性。影響「《申報》視野晚清軍事」之客觀性的要素，大致可以從立場、態度和觀點三個方面來考量。

　　第一，立場是政治的底線，決定了報紙的有無。

　　《申報》誕生在租界買辦勢力蓬勃、依靠經濟要素發展壯大的上海灘。與京華帝都不同，似乎「政治」在十里洋場是個退居二線的詞彙。加之《申報》創辦者的外資背景和盈利目的，「商業報紙」的頭銜就順理成章地成爲《申報》的主要身份。有了這樣的保護色，《申報》在 19 世紀末的上海、華東乃

至中國，在波譎雲詭、群雄紛起造成的多種政治語境中遊刃有餘。但是，一份單純反映經濟內容的報紙，又怎麼可能在那樣一個「三千年未有之大變局」的複雜環境中，引來讀者的目光？

表面是「在商言商」的《申報》，背後卻有著深刻的政治立場。如果不顧政治，就是超文明、超國家、超階級的報紙，《申報》具有這樣的屬性嗎？答案是否定的。

在東方文明和西方文明中，《申報》選擇的是西方。如果說前事不忘、後事之師，那麼鴉片戰爭之後的半個世紀不到，《申報》就試圖給戰爭翻案。赤裸裸的侵略似乎不是罪惡，而是帶來西方文明的福音。在《申報》筆下，洋人的軍隊彬彬有禮，洋人的城市美輪美奐，洋人的文化更勝一籌。源遠流長的華夏文明和西方文明比起來，因為近代的屈辱而被徹底拋棄，似乎只有「全盤西化」才是「走出中世紀」的最好選擇。

《申報》不但在文明的衝突中有立場，就連一同宰割中國的歐亞諸列強，也褒貶不同。因為《申報》的老闆是英國人，英國在列強紛爭中怎樣站隊，《申報》就怎樣進行新聞輿論的配合。在國際舞臺上，英國拉拉打打；在涉外（軍事）評論中，《申報》高度一致地捧捧罵罵。大捧小捧，大罵小罵，都是幫英國的忙。英與法不睦，中法還沒打起來，《申報》宣戰評論已是鋪天蓋地；英與日相睦，日本早對中國有司馬昭之心，《申報》卻總叫囂聯日抗俄。中法戰爭之小勝，甲午戰爭之大敗，可以說與《申報》引領的輿論不無關係，可見其時《申報》的國際政治立場對國運的深刻影響。

非但國際政治，就連國內政治，《申報》的立場也不含糊。雖在租界，但《申報》顯然不會利用洋商的背景來和一國政府較勁，釀成類似於「蘇報案」的影響生存和盈利的紛爭。站在有產者的角度，《申報》不必依靠離經叛道來吸引讀者。擴大銷量的辦法很多，但不該碰的決不能碰。比如說，只要是清政府鎮壓的，在提法上《申報》一律冠之以「某匪」。《申報》對於各類「匪」的報導和評論充分而及時，基本上實現了所謂的「新聞自由」。彷彿是君子約定，只要《申報》在提法上遵循正統的話語體系，清政府對報導範圍不作限制。媒介與政府達到了默契的平衡。

政治立場帶來的辦報限制，對《申報》來說是客觀存在的。只要有勢力不能得罪，就是給報人戴上了桎梏，辦報就是帶著鐐銬跳舞。在十里洋場長袖善舞的文人們瞭解這一點、領會這一點，更是圓潤地消化吸收了這一點。

對於《申報》，即便政治立場的鉗制相對存在，可謂「自損一百」，但歷史地看，「殺敵五千」是毫無疑問的。說起《申報》為何成功，就是第二個方面考量的。

　　第二，態度是經濟的訴求，決定了報紙的盈虧。

　　作為一出生就風華正茂的商業報紙，《申報》的生意經毫不含糊並早被稱道：成本戰、價格戰、廣告戰、發行戰……在近代報刊史上留下濃墨重彩的一筆。但立足於經營管理方面的分析決不能解決《申報》成功原因的全部，內容和態度也是經濟的訴求，並且決定著報紙的盈虧。

　　從地域上看，《申報》的報導面很廣，北至遼瀋，南抵兩廣，訪事人的足跡遍佈大半個中國；從數量上看，《申報》的新聞點很多，政治經濟，文化社會，以地理為主要特徵的四字新聞集合中，可謂兼容並包；從時效上看，《申報》無所不用其極，這在本書主題的軍事上，表現的最為明顯。兵貴神速，軍事新聞更貴神速，《申報》為了速度可謂「博採眾長」：專用電報，特派記者，廣搜源流……當時社會經濟科技條件下能夠想到的新聞傳播手段，《申報》幾乎都用上了。在各版本的新聞史講述中，這些內容多少都有些提及。

　　但是從內容出發的廣、多、快，絕對僅僅是一種低水平的惡性競爭。揮斥方遒、激揚文字、高手如林的十里洋場，並不缺少寫手。一個黃金遍地、機會萌發，號稱「冒險家樂園」的新興大城市，更不缺少尋找機會的眼睛和此起彼伏的新聞熱點。其時的上海和紐約、倫敦極為相似，有著所有原始積纍時期大城市的魔力，即《雙城記》開篇概括的「天堂與地獄」共存體。大城市的吞噬力量使個體非常渺小，新聞信息的碎片化非常明顯，一有不慎，即落入碎片的汪洋大海，萬劫不復。對於《申報》最初的競爭者《上海新報》來說，就有類似的困境。

　　伴隨著江浙一帶核心城市上海的興起，附近的人們首先經歷了農耕文明向城鎮商業文明的轉變。轉變表現在很多方面，是經濟社會史所研究的話題。而其中的新聞信息傳播方式的改變，就是這裡需要指出的。在「前近代化」時期，新聞除了朝廷的、官府的，其餘都是市井的。張李家長短、米麵菜漲跌、聊齋志怪異……用今天的話來說都是社會新聞所能夠包括的。我們觀察《上海新報》和創辦後很長一段時間的《申報》，碎片化的社會新聞佔據了報紙的大多數版面。類似新聞刺激人的感官，初看使人興致盎然，但時間久了難免覺得低級趣味、誨淫誨盜。出路何在？就是在新聞中加入態度。《申報》

找到了而《上海新報》沒有，後者被淘汰的深層原因即在於此。

　　觀察二十多年《申報》，這份報紙和它的讀者一樣，和它所處的社會一樣，也有著「走出中世紀」的節奏。阡陌相通、雞犬相聞伴隨的是志怪、傳奇的新聞節奏；車水馬龍、高樓大廈伴隨的是有專業、有態度的新聞節奏。經濟社會的近代化帶來了新聞事業的近代化，《申報》跟上了第一波的滾滾潮流。城裏人不僅僅談街坊了，也開始說國家大事了。於是借著洋務運動的東風，「請洋人」、「建海軍」、「買鐵甲艦」這些話題被《申報》炒作起來，目光隨之吸引，報紙隨之大賣。當然，與之配合的評論也不在少數。就從洋務的新聞和評論開始，《申報》真實地與傳統中國的信息形式拉開了深遠的距離，所謂的「新聞專業化、評論態度化」起來。中國新聞事業的發展揭開了新的一幕。

　　在當時，洋務之外的社會話題還有很多，比如散勇過境，再如軍隊嘩變，又如中外大戰，《申報》挑選一二，報導三四，指點五六。正因這些一三六，讓我們研究《申報》時看到的再不是雞飛狗跳的小新聞，而是一個個經過精心選擇的新聞話題集合。這種選擇，就是《申報》的態度。為了多賣報紙而關注市場，根據市場來決定態度，從態度出發來選擇新聞，由新聞而吸引讀者，吸引讀者自然銷量提高，這就是《申報》的生意經。這既是《申報》在以洋務運動為指針的第一波近代化潮流中崛起於報海的成功之道，又是《申報》沒落於第二波政治風雲潮流中的隱性原因。

　　《申報》比《上海新報》更有態度、有腔調，是 19 世紀七、八十年代的翹楚。但是也要看到《申報》的一些階段性烙印與不足。《申報》有主筆在中舉後離開報社，說明了什麼？《申報》的大部份努力都是為了多掙錢，又忽略了什麼？在甲午戰爭之前《申報》對局面的樂觀、對洋務成果的自信、對聯日抗俄的鼓吹，與甲午之殤不無聯繫，我們又能領悟什麼？局限性，至少能說是《申報》的局限性和報人的局限性吧？政治上不自由，經濟上不獨立，思想上有些眼界初開的「幼稚病」，讓這份報紙在它快速發展二十餘年的軌道上差點拋了錨。

　　茶餘飯後談論「李傅相」、「北洋水師」的年代是《申報》的天下，但是，到了市井小民都知道「柿油黨」的年代，《申報》就不再引領風雲了。在甲午敗後的民族大反思中，《申報》明顯束手束腳並很快被激烈的「文人論政」報紙所超越。《申報》自己給自己戴上的政治桎梏早被辦報高潮中的新生報紙砸碎，《申報》奉若圭臬的生意經也顯得不合時宜，在世紀之交的十里洋場和變

局中國，《申報》沒落了。待到《申報》東山再起，已是民國時期，超出本書的論述範圍。

成也蕭何，敗也蕭何。我們思考《申報》的成與敗，僅僅看到個體之上的政治立場、經濟態度，也是不完備的。帶著對歷史的溫情與敬意，我們不妨看看《申報》背後的人們，看看他們在遵循報社定下的政治調子、經濟調子之後，還有沒有表達個人腔調的餘地呢？

第三，觀點是文化的體現，決定了報紙的品味。

本書研究的《申報》時段還遠未到梁任公「皇牢百代、盧牟六合、貫穴古今、籠罩中外」的風起雲湧，《申報》編寫者們的個人痕跡與書生意氣的揮斥方遒在《申報》上也並不多見。《申報》更多是作爲一個整體出現的新聞紙，而不是作爲意見匯聚、眾說紛紜的觀點紙。此說作何解？

當政治上的桎梏和經濟上的訴求這兩個緊箍咒戴在《申報》主筆主編們的頭上之後，個人色彩濃厚的觀點表達和文筆發揮就大大受限了。在本書研究範圍內，新聞很多，評論也不少，不得不說《申報》有觀點。可是這些觀點，看來看去都是符合報社的政治、經濟定位的。主筆們的「言論自由」有了「道」上的限制，也就只得在「術」上下點工夫。比如國際的分析，運用春秋戰國縱橫捭闔的模型可以講得像說書人那般精彩；比如國內的對策，採取名篇佳句典故駢章的手法也可以寫得氣勢磅礡。但是時間久了，難免就染上「十景病」，雖然「文起八代之衰」，卻落個空洞無物，得來「太上感應篇」的評價。

從軍事之一隅看來，《申報》文人們的小情感，也就一言「酸」字可以蔽之。在許多新聞和評論中，流露出身逢亂世、文人無用的淒涼感慨。實際上，文人在中國近代化歷程中扮演的角色並不渺小。就在《申報》衰落的 19、20 世紀之交，甲午戰敗給晚清沉睡的東亞病夫以深刻一擊。傳播新思想、新觀念，需要新媒體。新媒體依靠新新聞和新評論，歸根結蒂依靠的是新文人和新知識分子。那是一個大時代，需要的是家國情懷的大感情，《申報》習以爲常的格局顯然是不夠了。

談報紙的品味，講報紙的文化，說到底是人的因素。物以類聚，人以群分，當新觀點的知識分子辦起類似《時務報》的媒體時，《申報》背後的人們顯得有些落伍，晚清《申報》的輝煌一頁，也就可以合上了。悟以往之不諫，知來者之可追。實迷途其未遠，覺今是而昨非。一份報紙，其興也勃焉，其

衰也忽焉，其原因分析起來，上文提到的三點給出了本書的見解。

　　這三點作爲本書的總論，也是《申報》構建及想像晚清軍事的背後邏輯。

　　全書終。

參考文獻

一、新聞史和《申報》研究方面

1. 戈公振：《中國報學史》，上海：上海古籍出版社，2003 年。
2. 方漢奇：《中國新聞事業通史‧第一卷》，北京：中國人民大學出版社，1992 年。
3. 方漢奇：《中國近代報刊史》，太原：山西人民出版社，1981 年。
4. 方漢奇：《中國新聞事業編年史》，福州：福建人民出版社，2001 年。
5. 尹韻公：《中國明代新聞傳播史》，重慶：重慶出版社，1990 年。
6. 李彬：《中國新聞社會史》，上海：上海交通大學出版社，2007 年。
7. 李彬：《唐代文明與新聞傳播》，北京：新華出版社，1999 年。
8. 徐忍寒：《申報七十七年史料》，上海：上海文史館，1962 年。
9. 徐載平、徐瑞芳：《清末四十年申報史料》，北京：新華出版社，1988 年。
10. 李瞻：《中國新聞史》，臺北：學生書局，1979 年。
11. 秦紹德：《上海近代報刊史論》，上海：復旦大學出版社，1993 年。
12. 卓南生《中國近代報業發展史》，北京：中國社會科學出版社, 2002 年。
13. 胡太春《中國近代報業經營管理史》，太原：山西教育出版社，1999 年。
14. 胡太春《中國近代新聞思想史》，太原：山西人民出版社，1987 年。
15. 李良榮：《中國報紙文體發展概要》，福州：福建人民出版社，1985 年。
16. 宋軍：《申報的興衰》，上海：上海社會科學院出版社，1996 年。
17. 鄭翔貴：《晚清傳媒視野中的日本》，上海：上海古籍出版社，2003 年。
18. 林幸慧：《從〈申報〉戲劇廣告看上海京劇發展（1872～1899）》，臺北：里仁書局，2008 年。

19. 胡道靜：《新聞史上的新時代》，上海：世界書局，1946 年。

20. 徐鑄成：《報海舊聞》，上海：上海人民出版社，1981 年。

二、近代史和軍事史研究方面

1. 郭廷以：《近代中國史綱》，上海：上海人民出版社，2009 年。

2. 蔣廷黻：《中國近代史》，上海：上海古籍出版社，1999 年。

3. 徐中約：《中國近代史》，北京：世界圖書出版公司，2008 年。

4. 陳恭祿：《中國近代史》，北京：中國工人出版社，2012 年。

5. 鄭師渠：《中國近代史》，北京：北京師範大學出版社，2010 年。

6. 陳旭麓：《近代中國社會的新陳代謝》，上海：上海人民出版社，1992 年。

7. 唐德剛：《晚清七十年》，臺北：遠流出版事業股份有限公司，1998 年。

8. 梁啓超：《清代學術概論》，桂林：廣西師範大學出版社，2010 年。

9. 梁啓超：《中國近三百學術史》，北京：中國社會科學出版社，2008 年。

10. 錢穆：《中國近三百年學術史》，北京：中華書局，1986 年。

11. 龔書鐸主編：《中國近代文化概論》，北京：中華書局，2004 年。

12. 龔書鐸：《龔書鐸自選集》，北京：學習出版社，2005 年。

13. 〔德〕克勞塞維茨著：《戰爭論》，北京：解放軍出版社，2005 年。

14. 組編：《中國軍事史·第一卷·兵器》，北京：解放軍出版社，1983 年。

15. 組編：《中國軍事史·第二卷·兵略》，北京：解放軍出版社，1988 年。

16. 組編：《中國軍事史·第三卷·兵制》，北京：解放軍出版社，1987 年。

17. 組編：《中國軍事史·第四卷·兵法》，北京：解放軍出版社，1988 年。

18. 組編：《中國軍事史·第五卷·兵家》，北京：解放軍出版社，1990 年。

19. 組編：《中國軍事史·第六卷·兵壘》，北京：解放軍出版社，1991 年。

20. 組編：《中國軍事通史·第十六卷·第十七卷》，北京：軍事科學出版社，1998 年。

21. 高銳主編：《中國軍事史略》，北京：軍事科學出版社，1992 年。

22. 王厚卿主編：《中國軍事思想論綱》，北京：國防大學出版社，2000 年。

23. 張玉田等編：《中國近代軍事史》，瀋陽：遼寧人民出版社，1983 年。

24. 組編三卷本：《中國近代戰爭史》，北京：軍事科學出版社，1984～1985 年。

25. 史全生主編：《中國近代軍事教育史》，南京：東南大學出版社，1996 年。

26. 羅爾綱：《羅爾綱全集·第十四卷·第十五卷》，北京：社會科學文獻出版社，2011 年。

27. 王爾敏：《淮軍志》，桂林：廣西師範大學出版社，2008 年。

28. 王爾敏：《清季軍事史論集》，桂林：廣西師範大學出版社，2008 年。

29. 王闓運、郭振墉、朱德裳著：《湘軍史專刊之一：湘軍志·湘軍志平議·續湘軍志》，長沙：嶽麓書社，1983 年。

30. 王定安著：《湘軍史專刊之二：湘軍記》，長沙：嶽麓書社，1983 年。

31. 王宏斌：《晚清海防：思想與制度研究》，北京：商務印書館，2005 年。

32. 張俠等編：《清末海軍史料》，北京：海洋出版社，1982 年。

33. 戚其章：《晚清海軍興衰史》，北京：人民出版社，1998 年。

34. 戚俊傑、劉玉明主編：《北洋海軍研究》，天津：天津古籍出版社，1999 年。

35. 王家儉：《洋員與北洋海防建設》，天津：天津古籍出版社，2004 年。

36. 王家儉：《李鴻章與北洋艦隊——中國近代創建海軍的失敗與教訓》，北京：三聯書店，2008 年。

37. 高鴻志：《李鴻章與甲午戰爭前中國的近代化建設》，合肥：安徽大學出版社，2008 年。

38. 戚其章：《甲午戰爭史》，上海：上海人民出版社，2005 年。

39. 陳悅：《碧血千秋——北洋海軍甲午戰史》，長春：吉林大學出版社，2008 年。

40. 組編：《甲午殤思》，上海：上海遠東出版社，2014 年。